보이지 않는 수

복거일 장편소설
보이지 않는 손

초판 발행__2006년 3월 24일
4쇄 발행__2007년 1월 15일

지은이__복거일
펴낸이__채호기
펴낸곳__(주)문학과지성사
등록번호__제10-918호(1993. 12. 16)

주소__서울 마포구 서교동 395-2(121-840)
편집__전화 338)7224~5   팩스 323)4180
영업__전화 338)7222~3   팩스 338)7221
홈페이지__www.moonji.com

ⓒ 복거일, 2006. Printed in Seoul, Korea

ISBN 89-320-1689-5

복거일 장편소설

보이지 않는 손

문학과지성사
2006

차 례

제1부   법   9

제2부   정 의   137

작 가 의 말   274

나는 알기를 열망했던 자다: 그러면 그대는?
── 로버트 브라우닝, 『파라셀서스*Paracelsus*』에서

제 1 부

법

제1장

지하철 출구를 나서자, 거리의 소리들이 파도처럼 밀려들었다. 끊어지지 않는 자동차 행렬들이 둘러보는 눈길을 가득 채웠다. 가벼운 현기증을 느끼고, 이립은 눈을 껌벅거렸다.

서울에 올라올 때마다, 그렇게 정신이 멍해지곤 했다. 대전도 작거나 한산한 도시는 아니었지만, 서울의 거리들은 무슨 힘이라도 품은 것처럼 그를 쉽게 압도했다. 대전에 정착한 뒤로 서울은 점점 낯설어지고 있었다.

누가 스쳤다. 한 걸음 피하면서, 그는 흘긋 돌아보았다. 검은 양복의 젊은이가 빠르게 걸어갔다, 귀에 댄 전화기에 열심히 말하면서. 그 앞쪽에 헬멧 쓴 사내가 오토바이를 밀고 보도 위로 올라오더니, 오던 쪽으로 달려갔다. '퀵 서비스'의 직원 같았다.

멀어지는 그 사내의 뒷모습에 그는 찬성의 뜻이 담긴 눈길을 보냈다. 그는 교통 법규를 어기는 사람들에겐 늘 꾸짖는 눈길을 보냈지만, 지금 '퀵 서비스'의 직원에겐 마음이 문득 너그러워졌다. 그에게

'퀵 서비스'는 자본주의의 활력을 상징하는 것들 가운데 하나였다. 그것은 화물운송 시장에서 용케 틈새를 찾아내서 돈을 벌고 그 과정에서 사회의 효율을 높이고 있었다. 어떤 정부 기구가 그것을 생각해낸 것이 아니었다.

사람들은 모두 제 이익을 좇아서 다른 사람들의 필요들을 채워주면서 살고 있었다. 그리고 개인들의 그런 활동들이 조화를 이루어 거시적 질서가 나왔다. 지금처럼 '보이지 않는 손'의 모습이 문득 드러나는 자리에선, 그의 가슴이 감탄으로 가득 차곤 했다.

보도로 내려서서, 그는 어지러운 거리를 한 번 더 둘러보았다. 그런 시각에서 바라보면, 이 거대한 사회는 거의 완벽하게 돌아가고 있었다. 아무도 그것이 갑자기 혼란스러워지거나 멈출까 걱정하지 않았다. 이른 아침 집을 나설 때, 그는 서류 가방과 지갑만 지녔었다. 그리고 여기 올 때까지 한 순간도 걱정하지 않았다, 시내버스는 제대로 움직일까, 열차는 제대로 다닐까, 상점들엔 그에게 필요한 것들이 있을까, 지하철을 움직이는 전기는 제대로 공급될까, 그가 변호사와 만날 호텔에선 차와 음식을 제대로 내놓을까. 그런 것들은 누구에게나 당연한 것들이었다.

곰곰 생각해보면, 그것들은 당연한 것들이 아니었다. 한 사람이 몇 백 킬로미터의 거리를 단 몇 시간에 움직인다는 것은 그 자체로 놀라운 일이었고 그런 이동이 아주 편하도록 모두가, 많은 사람들과 더 많은 물건들이, 제자리에서 맡은 일들을 하고 있다는 것은 더욱 놀라운 일이었다. 누가 치밀하게 계획한 것도 중앙의 권력이 자세한 명령을 내린 것도 아닌데, 세상은 거의 완벽하게 돌아가고 있었다. 지금 이 자리에선 정부의 '보이는 손'은 보이지 않았다. 보이는 것은

'보이지 않는 손'의 부지런한 움직임뿐이었다.

더욱 감탄스러운 것은 그런 사회적 조화가 뜻하는 지식의 조정이었다. 한 사회에 존재하는 지식은 개인들이 지녀서 널리 퍼졌지 어느 한곳에 따로 모인 것이 아니었다. 방대한 지식을 한데 모으는 것은 물리적으로 불가능했고 경제적으로 비합리적이었다. 그래서 현대 사회처럼 정부의 몸집이 커진 사회에서도, 정부가 실제로 지닌 지식은 사회 전체의 지식에 비하면 무시해도 좋을 만큼 작았다. 이런 지식의 분산은 필연적으로 지식의 조정이라는 문제를 불렀다. 그것은 생각할수록 막막해지는 문제였지만, 사회는 그것을 거의 자동적으로 풀어서 잘 움직였다.

그는 몸을 돌려 호텔 쪽으로 걸었다. 늦가을 하늘 아래 떨어진 가로수 잎새들이 바람에 쓸리는 거리의 모습이 문득 잊혀진 기억 한 자락을 슬쩍 들추었다 내려놓았다. 자신이 이제 환갑을 넘겼다는 사실이 그의 마음에 옅은 그늘을 던졌다.

여의도로 가는 너른 길을 가득 메운 차들을 곁눈으로 보면서, 그는 조금 전에 느꼈던 감탄을 다시 불러냈다. 세상을 감탄하는 마음으로 바라본다는 것은 좋은 일이었다. 그것은 사회의 구조와 움직임을 또렷이 보여주었고 사회로부터 기대할 수 있는 것들을 알려주었다. 무엇보다도, 그것은 불완전할 수밖에 없는 실존 사회와의 불필요한 감정적 대립으로부터 그를 구해주었다.

문제는 그가 소설가라는 점이었다. 사회에 대해 감탄하는 마음은 소설을 쓰는 데 별 도움이 되지 않았다. 자본주의 체제나 시장의 질서처럼 거대한 것들에 대한 경우일지라도, 감탄은 본질적으로 옅은 감정이었다. 증오나 분노와는 비교가 되지 않을 만큼 옅은 감정이었다. 그리고 소설을 쓰는 데 결정적으로 중요한 것은 감정의 농도였다. 감정의 정체나 합리성이 아니었다. 하도 짙어서 *끈끈한* 액체가 된 증오도 난로 속 석탄처럼 검붉은 분노도 걸작을 낳을 수 있었다. 절망까지도, 충분히 짙으면, 사람들이 감탄하는 작품을 낳을 수 있었다. 감탄은 그렇지 못했다. 특히 감탄의 대상이 실존하는 사회 체제인 경우엔.

세상의 움직임이 또렷이 보일수록, 그의 감정적 자산은 줄어들었다. 사회가 존재한다는 사실 자체가 경이로웠고, 그 사회가 잘 움직인다는 사실은 더욱 경이로웠고, 사회의 움직임이 그럴 듯하게 설명될 수 있다는 사실은 무엇보다도 신기했다. 아직 깔끔한 설명을 거부하는 문제들이 많다는 사실조차 그를 든든하게 했다. 만일 그런 문제들이 없다면, 지식인으로서의 그의 삶은 얼마나 시들하겠는가? 그런 마음엔 거세게 뿜어져 나올 만한 감정은 고이기 어려웠고, 그런 감정적 평온에선 거센 자장을 지닌 작품이 나오기 어려웠다. 그것이 그가 풀지 못한 직업적 문제였다.

가벼운 한숨이 새어 나왔다. 어쩌면 직업을 잘못 골랐는지도 몰랐다. 사람이 직업을 고르는 것이 아니라 운명에 떠밀려 직업을 만난다는 생각이 스치면서, 그의 입가에 야릇한 웃음이 어렸다. '이제 와서 소설가가 되기 위해 치른 기회비용을 따져봤자⋯⋯'

뒤꿈치에 탄력이 느껴져서, 그는 걸음을 빨리했다. 오래 앉아 있었더니, 걷는 것이 즐거웠다.

'이대로 서울을 한 바퀴 돈다면⋯⋯?'

나쁜 생각은 아니었다. 스물 몇 해 전 서울을 떠난 뒤, 서울 거리를 한가롭게 살피면서 걸은 적은 없었다. 서울을 한 바퀴 돈다는 일이 쉬운 일은 아니었지만, 소설가에겐 한번 해볼 만한 일이었다.

'레오폴드 블룸처럼.'

샛길 건널목에 서서, 그는 그 생각을 마음속에서 굴렸다. 괜찮은 생각이었지만, 무슨 구체적 결과는 없을 듯했다. 이곳은 『율리시스』가 나올 수 있는 세상이 아니었다. 그러기엔 서울이 너무 거대했다.

'당시 더블린은…… 한 십만? 지금 서울은 천만이 넘는데. 백 곱절 크단 얘긴데. 한 바퀴 도는 데 하루로는 어림도 없고. 한 달? 제대로 살피자면, 한 달로도 부족하겠지. 한 달 동안의 기록은 하루의 기록처럼 구도가 깔끔하지 않은데…… 그러나저러나 서울 전체를 한 바퀴 둘러볼 정당한 이유를 가진 사람이 있을까? 하긴 부당한 이유라도 가진 사람? 도둑이나 깡패도 제 구역을 벗어나지 않는다는데.'

체념 비슷한 것이 가슴에 번지는 것을 느끼면서, 그는 눈길을 막아선 빌딩들을 둘러보았다. 여의도로 가는 다리가 놓이기 전 이곳에 여러 번 왔었다는 생각이 들면서, 거리가 더욱 낯설어졌다.

'그리고 한 사람의 눈에 들어올 수 있는 것들이 무엇일까? 당시 더블린이야 광고 세일즈맨도 충분히 살피고 이해할 수 있었겠지만, 이 거대한 도시를 누가……?'

그는 건널목을 건넜다. 무심코 휘파람을 불다가, 그 가락이 「물방아 도는 내력」임을 뒤늦게 깨닫고서, 흐릿한 웃음을 지었다. 사람은 어릴 적에 배운 것들에 집착하는 존재였다. 노래든, 습관이든, 생각이든. 문학이 예술의 가장 중요한 형태라는 어릴 적 생각을 그는 아직 품고 있었다. 이미 소설의 시절은 지나갔는데도. 나쓰메 소세끼와 노신과 이광수가 영웅들이었던 시절은 멀리 사라졌는데도.

웃음이 아직 얼굴에 남은 것을 느끼면서, 끊어졌던 휘파람 가락을 이었다. "흐르는 시냇가에 다리를 놓고, 고향을 잃은 길손 건너게 하며……"

제 2 장

이립이 호텔 회전문으로 들어서자, 로비 안쪽에서 기다리던 정현욱이 웃는 얼굴로 손을 흔들었다.

"일찍 왔구나. 오래 기다렸니?"

"아니." 그의 손을 잡으면서 정이 고개를 저었다. "조금 전에 도착했어."

"그래?" 그는 로비를 한 바퀴 둘러보았다.

"김변호사는 좀 늦는다고 하던데. 조금 전에 사무실에서 나온다고 전화했으니까, 한 삼사십 분……"

"아, 그래? 그럼 우리 어디 가서 차나……"

"조 위에 커피숍이 있더라." 정이 왼쪽을 가리켰다.

"자네 바쁜데, 내 일 때문에 번번이 시간을 내게 되어서……" 차를 주문하고서, 그가 뒤늦게 인사를 차렸다.

"별 얘길 다 한다." 정이 손을 저었다. "그러나저러나, 오늘 잘되어야 할 텐데. 작가가 직접 사정을 얘기하면, 판사도 좀 호의적이 되지 않을까?"

"글쎄. 재판장이 보자고 한다니까, 나가긴 나가는데…… 재판장 앞에서 엉뚱한 얘기나 하는 거 아닌지 모르겠다." 소리 없는 웃음을 터뜨리고서, 그는 가방에서 서류봉투를 꺼냈다. "이희상이가 제출한 문서에 대한 의견인데……"

"어때? 허점이 보이든가?" 문서를 받아 드는 정의 얼굴에 기대가 어렸다.

"허점 정도가 아냐." 그의 얼굴에 야릇한 웃음이 어렸다. "이해가 안 돼, 무슨 생각으로 그 문서를 재판부에 냈는지."

"그러냐?" 정이 문서를 읽기 시작했다.

그도 변호사에게 줄 문서를 탁자에 내려놓고 훑어보았다.

'준비서면' 초안

1. 피고는 2002년 9월 22일 '서증목록 1.을제7호증 퍼스트 트리트먼트'를 법원에 제출하였습니다.

2. 원래 '퍼스트 트리트먼트'는 원고의 소장에 '갑제2호증'으로 첨부되어 제출되었습니다. 소장 제4항에 기술된 것처럼, 이 문서는 2001년 피고의 직원인 기획실장 심재용이 원고에게 보내온 것입니다.

이에 대해, 피고는 2002년 4월 29일자 '준비서면' 제3항에서 "피고 회사 소속의 영화 기획자였던 소외 이희상은 〔……〕 한국이 계속 식민지로 남는다는 설정만을 이용하여 이를 토대로 다른 이야기를 지어

내보기로 하였습니다. 이후 이희상은 4개월 정도에 거쳐 스토리를 구상하여 퍼스트 트리트먼트(갑제2호증)를 완성하였습니다"라고 진술했습니다.

그리고 피고는 2002년 8월 3일자 '준비서면'의 1.가.(2).(나) 항목에서 "퍼스트 트리트먼트에 적시되어 있는 바와 같이 상황 설정의 아이디어를 이 사건 소설에서 빌려온 사실은 피고도 이미 인정하고 있습니다. 그러나, 위 트리트먼트에는 동시에 '기타 등장인물 묘사 및 줄거리는 완전히 재구성된 것임'이라고 명시되어 있으며, 이는 오히려 이 영화가 2차적 저작물이 아님을 보여줍니다"라고 주장했습니다.

아울러 같은 '준비서면'의 4.가.(1) 항목에서 "이희상은 1998. 9.경 '지평출판사'를 통해서 트리트먼트를 원고에게 보냈습니다. 그리고 원고와 전화 통화를 하였으며, 당시 원고는 이를 영화화하는 것에 동의하고 원안으로 명시하는 것에도 동의하였습니다"라고 한 번 더 확인했습니다.

3. 사정이 이러하므로, 갑제2호증 '퍼스트 트리트먼트'는 이번 사건에서 중심적 자리를 차지하는 문서입니다. 그것은 원고와 피고 사이의 거래에 관련하여 원고가 보유한 유일한 문서 증거이며, 피고도 이희상이 그것을 원고에게 보냈다는 주장에 바탕을 두고서 지금까지 주장들을 전개해왔습니다.

4. 그러나 피고가 제출한 을제7호증 '퍼스트 트리트먼트'는 갑제2호증과 별개의 문서입니다. 내용과 형식이 뚜렷하게 달라서, 도저히 동일한 문서로 볼 수 없습니다.

1) 분량: 을제7호증은 갑제2호증의 절반 가량밖에 안 됩니다.

2) 표지 누락: 갑제2호증엔 표지가 있고 아래의 정보들이 담겨 있습니다.

'한국 최초의 대체역사 SF 영화'
"LOST HISTORY"
퍼스트 트리트먼트: 이희상 작
1998. 10.

그러나 을제7호증엔 표지가 없습니다. 당연히, 문서의 성격, 작성자, 작성일자와 같은 핵심 정보들이 빠졌습니다.

3) 내용의 상이: 세부 사항에서도 많이 다릅니다. 특히 주인공의 상대역인 동료 일본인의 이름이 '사이고 쇼오지로'와 '가네무라 이치이로'여서 서로 다른 점과 조선 레지스탕스의 지도자에 관한 소개에서 "또는 좀더 '정치적'으로 고려한다면 DJ와 비슷한 이미지의 연기자"라는 갑제2호증의 구절이 을제7호증에 빠진 점은 두 문서가 다른 시기에 작성된 것을 뚜렷이 보여줍니다.

5. 따라서 피고는 1998년 여름에 이희상이 실제로 원고에게 보낸 문서가 '을제7호증'이며 '갑제2호증'이 아니라는 주장을 펴는 셈입니다. 그렇다면, 피고의 주장들은 원고가 1998년 여름에 받은 문서가 '갑제2호증'이라는 전제 속에 나왔으므로, 지금까지 피고가 한 모든 주장들은 존재하지 않은 사실에 바탕을 두었다는 결론이 나옵니다.

서류를 내려놓으면서, 정이 고개를 저었다. "왜 이런 짓을 했을까?"

"이희상이가 자기 주장에 시간적으로 맞지 않는 부분이 있다는 것을 뒤늦게 깨달은 것 같아. 처음에 당황해서 마구 거짓말을 했잖아? 거짓말이 어디 쉽니? 앞뒤가 안 맞는 게 당연하지. 그래서 문서를 바꿔치려 한 것 같아."

"어디가 맞지 않는데?"

"이희상이는 '98년 9월경에 지평출판사를 통해서 퍼스트 트리트먼트를 원고에게 보냈'고 진술했어. 그러나 심재용이가 내게 보낸 퍼스트 트리트먼트엔 작성 일자가 10월이라고 명기되었어. 따라서 이희상이가 내게 보냈다는 문서가 퍼스트 트리트먼트라는 주장은 물리적으로 성립할 수 없거든."

"아, 그러냐? 난 그걸 여러 번 봤는데도, 문제가 있다는 걸 전혀 몰랐는데."

"내가 당사자니까 잘 알 수밖에. 어쨌든, 이희상이가 그 문제 때문에 고민한 것 같아. 그래서 표지가 없는 문서를 뒤늦게 재판부에 제출한 걸로 보여."

"표지가 없으니, 작성 일자도 없다, 그런 얘긴가?"

"맞아."

"그래도 그렇지. 저쪽에서 볼 땐, 괜히 일을 키운 것 아닌가?"

"이 일이 시작된 뒤로, 늘 마음에 그늘이 진 듯했어. 잘못한 게 없는 내가 그런데, 실질적 피고인 이희상이는 어떠했겠어? 그래서 온갖 꾀를 부리게 된 건데, 말을 지어내기가 쉽지 않으니까, 말을 계속 바꾸게 되고, 그러다가 수렁에 빠진 셈이지."

제3장

　"김변호사 생각엔 어떤가? 잘될 것 같은가?" 김신병 변호사의 빈
잔에 맥주를 채우고서, 정현욱이 물었다. 김변호사는 정의 친구 동
생이었다. 어릴 때부터 알던 사이였고 나이도 차이가 나서, 정은 김
변호사에게 허물없이 대했다.

　"글쎄요." 김변호사의 낯빛이 좀 어색해졌다. "아직은 뭐……"

　"지적재산권에 대한 법관들의 태도는 어떤가요? 좀 호의적으로
보나요?" 그가 서둘러 화제를 돌렸다.

　"글쎄요. 판사마다 생각이 조금씩 다르긴 하지만, 호의적이라고
하기는……" 열적은 웃음을 지으면서, 김변호사가 고개를 저었다.
"저번에 상표 도용 사건을 맡았거든요. 그래서 가짜 명품을 만든 사
람들을 단속하는 검사를 만났는데, 그 사람이 '외국 상표를 좀 쓴
게 뭐가 문제냐? 우리나라 사람들한테 손해가 가는 것도 아니잖느
냐?'고 하더라구요."

　정이 혀를 찼다. "지금이 어느 세상인데……"

"법도 시대에 뒤졌잖습니까?"

"원래 법은 시대에 뒤지게 마련입니다." 김변호사가 다시 열적은 웃음을 지었다. "지적재산권에선 특히 많이 뒤졌죠. 혹시 신문에서 보셨는지 모르겠습니다. 컴퓨터에 저장된 정보를 빼내더라도 절도로 볼 수 없다는 대법원의 판결 말입니다."

"아, 그거. 나 그 기사 읽고서, '세상에 이런 판결이 다 있나' 하고 한참 들여다봤어." 정이 말했다. "컴퓨터에 저장된 정보를 빼낸 게 절도가 아니면, 뭐가 절도야?"

"우리나라 법이 그렇습니다. 형법에서 말하는 재물에 컴퓨터에 저장된 정보는 포함되지 않는다는 얘기죠."

"정보화 사회네 어쩌네 하는 세상에서 정보가 재산이 아니라면, 도대체 뭐가 재산야?"

"그래서 별 우스운 일이 다 벌어집니다. 몇 해 전에 이런 대법원 판결이 나왔습니다. '회사에서 어떤 직원이 다른 직원이 작성한 회사 문서를 복사기로 복사한 다음에 원본은 제자리에다 갖다 놓고 복사한 것만 가져갔을 경우, 회사 문서 사본을 절취한 것으로 볼 수 없다.' 그래서 그런 직원을 처벌하려면, 복사지를 훔친 혐의로 고소해야 됩니다."

웃음이 그치자, 김변호사가 말을 이었다. "판결이 그렇게 나오니까, 이제 약은 사람들은 아예 복사지를 사갖고 와서 복사합니다. 그러면 처벌할 근거가 전혀 없습니다."

"세상에……" 정이 혀를 찼다.

"법이 그렇고 판사들도 지적재산권에 대해서 호의적이지 않기 때문에, 솔직히 말씀드리면, 이번 소송이 우리 쪽에 꼭 유리한 것만은 아닙니다." 김변호사가 흘긋 그의 얼굴을 살폈다.

그는 깨달았다. 김변호사가 이번 소송의 결과에 대해서 큰 부담을 느낀다는 것을. 하긴 김변호사는 이번 소송을 맡기를 꺼렸었다. 사건이 복잡하기도 했지만, 그를 어렵게 대할 수밖에 없는 처지라는 점도 있었다. "김변호사님, 제가 미리 말씀 드릴 게 있습니다."

"아, 예." 김변호사의 자세가 이내 굳어지면서 고기를 썰던 손길이 멈췄다.

"아시다시피, 저는 소송을 하기로 마음을 굳히기까지 번민했습니다. 그냥 넘어가면, 평생 자신이 초라하게 보일 것만 같아서, 내키지 않는 마음으로…… 그래서 전 소장을 법원에 낸 것만으로도 일단 목적을 이룬 셈입니다."

김변호사는 잠자코 고개를 끄덕였다.

그도 속으로 고개를 끄덕였다. 하긴 별의별 사람들을 상대하는 변호사가 액면대로 받아들이기엔 그의 얘기가 부자연스러운 것도 아니었다.

"현형 얘긴 빈말이 아닐세," 그의 생각을 짐작했는지, 정이 거들었다.

"아, 예," 김변호사가 짧게 대꾸했다.

"군대 있을 때, 현형 별명이 '에프엠'이었어. 현이럽 소위 하면……" 젊었던 시절의 회상으로 정의 얼굴이 문득 부드러워졌다.

"'에프엠'요?"

'에프엠'은 『야전 교범』의 원어 '필드 매뉴얼'의 약자였다. 자신의 얼굴에도 따스한 웃음이 번지는 것을 느끼면서, 그는 옛 기억을 살폈다. '내 별명이 '에프엠'이었었나?'

"응. '에프엠.' 현소위가 벽창호였지. 매사에 원칙을 세우는데, 누구도 막을 수가 없었어."

"제가 꼭 옳아서 그랬던 게 아니고, 저랑 싸우면 피곤해지니까, 사람들이 그냥……" 그는 소리 내어 웃었다.

"하도 자기 고집만 세우니까, 동기생들까지 멀리했지."

"요새 말로 하면…… 왕따?" 김변호사의 얘기에 웃음판이 되었다.

그는 맥주병을 들어 정의 잔을 채우고 남은 술을 자신의 잔에 부었다. 그리고 잔을 들어 정에게 손짓했다. 정의 잔에 잔을 부딪치고서, 문득 탁해진 목소리로 말했다, "포 오울드 타임스 세이크."

"좋지." 정의 늘 진지한 얼굴에 모처럼 환한 웃음이 어렸다.

한동안 군대에서의 경험담들이 이어졌다. 그는 김변호사에게도 군대 경험을 얘기할 기회를 주려 애썼지만, 군법무관을 오래 했다는 김변호사는 그와 정의 얘기를 듣기만 했다.

식사가 끝나자, 그는 봉투를 꺼냈다. "이건 이희상이 새로 낸 '퍼스트 트리트먼트'의 문제점들을 지적한 겁니다. 준비서면을 만드실 때 참고가 될까 해서 한번 만들어보았습니다."

"아, 예. 이렇게 서류를 만들어주시니까, 제가 일하기가 아주 편합니다." 김변호사가 서류를 받아서 한번 훑어보았다.

"그런데 말야," 정이 말했다. "저쪽 사람들이 거짓말을 너무 심하게 하던데. 전혀 없었던 얘기들을 마구 꾸며내."

김변호사가 빙그레 웃었다. "소송을 하게 되면, 사람들이 다 그렇게 됩니다. 우리나라의 민사 소송은 거짓말 경연대횝니다."

"그래도 그렇지. 너무하던데."

"그래서 저쪽이 거짓말을 계속 꾸며대지 못하게 하려면, 저쪽에

압력을 넣을 수단을 가져야 합니다. 제가 처음에 상영금지 가처분 신청을 하자고 한 것도 바로 그 때문입니다."

그는 적잖이 머쓱했다. 가처분 신청을 하자는 김변호사의 얘기를 그가 끝내 마다한 것이었다.

"가처분 신청을 했으면, 영화사가 그렇게 고자세로 나올 순 없었을 겁니다. 우리가 점잖게 나가니까, 저쪽에선 답답할 것이 없다는 식으로 나오는 거죠."

"처음에 이희상이가 전화를 했을 때, 그 친구가 먼저 가처분 신청 얘기를 꺼냈어요." 씁쓰레한 웃음을 지으면서, 그가 말했다. "그 친구가 '지금 영화 상영에 가처분을 걸면, 영화사의 수입이 없어지고, 손해 배상도 받지 못한다. 가처분을 걸려면, 종영된 뒤 극장에서 영화사에 지불하는 돈에 걸어라. 그 시점은 6월이나 7월경이 좋을 것 같다. 실은 나도 그렇게 영화사가 극장에서 받을 돈에 가처분을 걸려고 준비 중이다. 원래 영화에서 나오는 이익의 반을 내가 받게 되었는데, 영화사에서 "이희상이에게 줄 돈은 없다"는 얘기를 한다는 것이 내 귀에 들어왔다. 그래서 이미 입증 서류에 대해 내용 증명을 해두었다. 그러니 그때 함께 가처분을 걸자'는 식으로 얘기를 했어요. 그래서 제가 그랬습니다, '영화 상영을 막는 가처분 신청은 처음부터 고려하지 않았다. 내가 영화 상영을 막을 법적 권한이 있다 하더라도, 시민들이 영화를 즐기는 것을 막을 도덕적 권한은 내게 분명히 없다. 내가 하려는 가처분 신청은 영화 상영을 막자는 것이 아니라 영화와 내 소설을 연관시킨 문구를 삭제해달라는 것이다. 만일 그런 삭제가 기술적으로 복잡해서 상영에 지장이 된다면, 그것도 그만두겠다.' 그랬더니, 그 친구가 한시름을 놓았다는 어조로 고맙다고 거푸 인사를 차렸어요. 그런데 나중에 법원에 낸 서류엔 나를 신의가 없는 사람으로 몰았더라구요. 사람 참……"

김변호사가 빙그레 웃었다. "소송을 하면, 다 그렇게 됩니다."

"그런 것 같습니다. 그 이희상이란 친구도 그리 나쁜 사람인 것 같지는 않습니다. 나쁘다기보다 약삭빠르다고 할까." 그는 문서 두 부를 꺼내서 김변호사와 정에게 건넸다. "이건 제가 잡지에 쓴 글인데, 지적재산권을 경제학적 시각에서 바라본 겁니다."

"아, 그렇습니까? 잘 읽어보겠습니다."

"내용을 간단히 말씀드리면, 지적재산권은 종래의 재산권과 본질적으로 다르다는 겁니다. 종래의 재산권이 다루는 재산들은 모두 물질로 구체화가 되었기 때문에, 아무리 혁신적 아이디어에서 나온 물건이라고 해도, 그것을 다른 사람들이 모방해서 제작하는 데 상당한 비용이 듭니다. 그래서 불법 복제에 대한 보호 장치가 어느 정도 있습니다. 그러나 현대의 지적재산권이 다루는 재산들은 대부분 정보의 형태를 하고, 자연히, 복제에 비용이 거의 들지 않습니다. 그래서 종래의 재산권 보호 조치를 지적재산들에 그대로 적용하면, 지적재산을 제대로 보호할 수 없다는 얘깁니다."

"아, 예." 김변호사가 고개를 끄덕였다. "글이 상당히 기네요. 현선생님께서 지적재산권에 대해서 많이 연구하셨네요."

"자료를 좀 찾아보았습니다. 후반부는 근래에 생물학에서 나온 연구 성과를 이용해서 지적재산권의 본질과 현행 저작권법에 대해서 살핀 겁니다. 요즈음엔 문화의 기본 단위를 '밈'이라 부르지 않습니까? 리처드 도킨스의 주장대로."

김변호사는 그저 고개만 끄덕였다. 도킨스의 책을 읽지 않은 듯했다.

"후반부에서 한 얘기는 이겁니다. 정작 중요한 것은 우리가 흔히 아이디어라고 부르는 '밈'이지 그것의 구체적 형태가 아니다. 그래서 저작권법이 보호하려고 애써야 할 것은 아이디어지 그것의 구체적 표현이 아니다. 그런데 저작권법은 '아이디어는 보호 대상이 아니다'라고 규정해놓았다. 따라서 그 불합리한 규정을 고쳐야 한다. 그런 얘깁니다."

"아, 예. 잘 읽어보고 재판장님께 한번 말씀을 드려보겠습니다."

"아까 말씀드린 것처럼, 이왕 소송을 시작했으니, 낡고 불합리한 저작권법을 바꿀 수 있는 판결을 얻는 것이 더 값진 것이 아닌가, 지적재산권의 모습을 보다 또렷이 드러내는 판결을 목표로 삼는 것이 옳지 않을까, 그런 생각입니다. 일반적으로, 소송을 하는 사람들은 보상을 받기 위해서 새로운 판례를 구합니다만, 저는 새로운 판례 자체를 목표로 삼고 싶습니다."

"잘 알겠습니다. 솔직히 말씀드리면, 저쪽에서 화해하자고 나왔을 때, 현선생님께서 마다하시는 것이 좀 의아했습니다. 소송을 하면 아무래도 위험이 따르기 때문에, 일단 화해에 응해서 저쪽이 제시하는 조건을 보는 것이 현실적인데…… 이제 현선생님 뜻을 잘 알겠습니다."

"문제는 재판장이 그런 주장에 호의적이냐 하는 건데……" 커피를 저으면서, 정이 생각에 잠긴 얼굴로 말했다. "김변호사, 재판장은 지금 현형이 한 얘기에 어떤 반응을 보일 것 같은가?"

"글쎄요."

"이번 소송이 지적재산권의 모습을 다듬는 판결이 나올 만한 소송이라고 은근히 재판장의 야심을 자극하는 건 어떨까?"

설탕 조각을 커피에 넣으면서, 김변호사가 입가에 웃음을 띠었다. "한번 시도해볼까요?"

웃음이 그치자, 김변호사는 정색하고서 말을 이었다, "그런데 판사들이 일이 너무 많습니다. 그래서 그런 야심을 갖기가 좀……"

"저도 그런 얘기를 들은 적이 있는데…… 얼마나 많습니까?"

"보통 일심 판사 한 사람이 다루는 사건들이 몇십 개씩 됩니다. 그 사건들의 진행 상황을 다 기억한다는 것이 신기할 정도니까요."

"그렇게 많습니까?"

"예. 그래서 판사들은 어떤 사건을 바라볼 때 그것을 빨리 떼는 방향으로 틀을 잡습니다. 그래서 현선생님께서 동의하신다면, 법원의 조정을 얻어볼까 합니다."

"법원의 조정은 확정 판결과 같은 효력이 있다고 했지?" 정이 물었다.

"예."

그는 김변호사와 정 사이에 조정에 관한 얘기가 오갔음을 깨달았다. 잠시 그의 마음이 바삐 움직였다.

"그리고 지금 대법원장께서 조정을 통해 사건들을 해결하라고 적극적으로 권장하고 있습니다. 조정을 통해서 분쟁을 해결할 수 있다면, 그 방법이 가장 좋다는 게 일반적인 원칙이거든요. 중세의 어떤 법학자가 그랬답니다. 법관은 의사와 같다. 훌륭한 의사가 먼저 식이요법이나 간단한 약물 치료를 하고, 그래도 안 되면, 수술과 같은 극단적 처방을 쓰듯이, 훌륭한 법관은 먼저 분쟁의 당사자들이 화해할 기회를 제공하고 정 안 될 경우에만 재판을 한다. 그런 얘깁니다."

"아, 예." 너무 갑작스러운 얘기라, 그는 좀 떨떠름했다.

"제 생각엔 조정을 신청하는 것도 좋은 방안이라고 생각합니다."

"이립이, 자네 생각은 어떤가?"

"김변호사님께서 그게 좋다고 판단하시면, 전 그대로 따르죠."

"알겠습니다. 조정을 한번 신청해보겠습니다." 김변호사의 얼굴이 눈에 띄게 밝아졌다.

제4장

"이렇게 낙엽 깔린 길을 걸으니, 옛날 생각이 난다." 정현욱이 잎
새 하나를 발로 가볍게 찼다. "좀 부끄러운 얘기지만, 요샌 갑자기
감상적이 되어서 눈물이 나는 일이 많아."

"나이가 들면, 남자는 여성 호르몬이 많아지고 여잔 남성 호르몬
이 많아져서 그렇다고 하던데요."

"맞아. 그래서 여자들은 나이가 들수록 점점 거세지거든. 그런데,
김변호사, 전관예우라는 것이 그렇게 위력을 발휘하나?"

"왜요?"

"이번에 속 터질 사건이 생겼어. 우리 회사가 돈을 받아도 한참
많이 받아야 될 처진데, 거꾸로 우리가 돈을 물어내야 한다는 판결
이 나왔어. 그래서 항소를 했는데, 기각되었어. 하도 억울해서 상고
하려니까, 우리 변호사가 다른 변호사를 구해보래. 그 사람도 부장
판사까지 한 사람인데, 솔직히 자신이 없대. 대법관에서 막 물러난
변호사를 구해야 가능성이 조금이라도 있다는 거라."

"전관예우가 있긴 있습니다. 하지만 그거야 어디서든 나오는 것 아니겠어요? 형님, 그런 데 너무 신경 쓰시지 마세요."

"얘기가 그렇게 간단치가 않던데. 그 얘길 듣고서, 그랬지, 우리가 무슨 돈으로 대법관에서 막 물러난 변호사를 구하겠느냐고. 그랬더니, 그게 어려우면, 대법원의 담당 서기하고 동기인 사람이 사무장으로 있는 변호사라도 찾아보라는 거라."

김변호사가 난감한 얼굴을 했다. "사정이 그러시면, 제가 말씀 드리기가 그런데요, 제 생각엔 그래도 법원의 공정성을 믿으시고서 일을 추진하시는 것이 좋을 것 같습니다."

공덕동 지하도를 건너는 사이, 화제가 끊어졌다. 유쾌한 얘기가 아닌 데다가 재판장을 만나러 가는 길이라, 모두 낯빛이 밝지 못했다.

"판사도 사람이니까, 판결이 언제나 공정하고 옳다고 할 수는 없습니다." 지하도에서 나오자, 김변호사가 말했다. "그래도 법은 논리적이라서, 판사가 아주 잘못된 판결을 내릴 여지는 보기보다 적습니다."

"그렇겠지." 정이 씁쓸하게 입맛을 다시면서 고개를 끄덕였다.

"김변호사님 얘기를 들으니까, 생각나는 게 있네요. 브라질이 군부의 통치를 받을 때, 민주화 운동에 참여한 사람들이 많이 고문을 받았잖습니까?"

"예. 그랬죠."

"군부 통치가 끝나고 인권 유린 문제가 제기되었을 때, 진상을 조사한 사람들이 깜짝 놀랐답니다. 고문한 사람들이 증거를 다 없애서 진상을 밝히기 어려우리라 생각했는데, 법원에 증거가 그대로 남아 있었다는 거죠. 사람들이 법정에서 자기들이 고문을 받았다고 진술하면, 법원은 그 진술을 그대로 기록해서 보관했더랍니다."

"아, 그랬습니까?" 김변호사가 관심을 보였다.

"헌병대 장교가 하사관들에게 고문하는 방법을 가르칠 때 시범의 대상이 된 사람이 나중에 법정에서 한 진술까지 다 있더랍니다. 그 기록만으로 브라질 군부가 피의자들을 어떻게 고문했는가 밝힐 수 있었죠. 그래서 진상을 조사하던 사람이 브라질의 인권 변호사에게 물었답니다. 어떻게 법원이 그런 기록을 다 남길 수 있느냐. 그랬더니, 그 변호사가 그랬답니다. '무슨 얘깁니까? 법에 그렇게 기록하라고 되어 있는데. 법원은 당연히 그렇게 기록해야죠.' 문제는 그런 진술을 기록하는 것으로 끝낸 거죠. 법을 형식적으로는 엄격하게 따르지만, 실질적으로 법의 뜻을 구현하는 데는 관심이 없는 상태, 그것이 바로 브라질 법원의 모습이었단 얘기죠."

"흥미로운 얘기네요."

"저는 그 얘기를 읽고서 법과 법원에 대해서 묘한 신뢰를 갖게 되었습니다. 자신이 받은 고문에 대해서 상세하게 얘기한 사람들의 진술이 공식적으로 기록되었다는 사실은, 비록 당사자들에겐 별 도움이 안 되었겠지만, 그래도 법이 아주 죽지는 않았고 법의 정신이 병든 채나마 살아 있었다는 것을 보여주잖아요?"

두 사람이 말없이 고개를 끄덕였다.

좀 썰렁한 느낌이 들었다. 그 얘기를 처음 읽었을 때 그가 느꼈던 감동 비슷한 묘한 감정이 두 사람에게 제대로 전달되지 못한 것이 분명했다. 그는 뒤늦게 덧붙였다. "그 법정이 브라질 최고 군사 법정이었답니다. 민간 법정이 아니고."

"아, 예." 김변호사는 짧게 대꾸하고서 고개를 끄덕였다.

"그러나저러나, 이 나라가 어떻게 되려고 이러는지," 정이 내뱉었다.

"왜요, 형님?"

"대한민국 대통령이 북한에 가서 한 일들이…… 한 나라의 대통령이 다른 나라도 아니고 적국에 가서 자기 차 대신 적국의 차를 타고 경호원들과 연락을 끊어 스스로 적국의 통제하에 자신을 놓아두었으니. 어떤 국회의원이 탄식했잖아, '이게 나라냐'고."

"정말 그래요. 도대체 이해가 안 돼요."

"그것만도 아냐. 시간이 맞지 않잖아? 그 '55분의 미스터리'라는 것 말야. 그 시간에 어디 가서 무슨 일을 했는지 도대체 설명이 되지 않아. 본인 해명도 없고. 대통령이 처신을 그렇게 하니, 별 얘기들이 다 나오지."

"저도 들었습니다. 입으로 옮기기 어려울 만큼 흉흉한 얘기도 있던데요."

"흉흉할 수밖에. 떳떳하면, 본인이 밝혀야 할 것 아냐?"

"답은 대강 나온 것 같던데," 그가 말을 받았다.

"그래? 누가 해명한 거야?"

"그런 얘기가 아니고. 일본과 북한이 정상회담한 걸 보니까, 답이 나오는 것 같던데. 일본 관리들이 이번 회담을 준비할 때, 우리 관리들과 상의했거든. 그리고 우리 관리들의 얘기를 듣고, 한나절짜리 회담을 골랐어. 그래서 일본 수상은 북한에서 밤을 지내지 않고 그날로 되짚어 왔어. 일본 수상이 북한을 방문하는 것은 말 그대로 역사적인 사건인데, 한나절짜리 회담이요 당일치기 방문이라니……

34

상식적으로 이해가 돼?"

"맞아."

"일본 사람들은 한국 사람들의 경험에서 배운 거야. 평양에서 밤을 지내는 것은 너무 위험하다고 판단한 거지. 심지어 일본 사람들은 점심도 따로 들었어. 아니, 자기들이 싸 가지고 간 도시락 까먹고 오는 정상회담도 있어? 북한이 잔꾀를 부릴 여지를 원천적으로 없애야 된다는 고려사항이 외교적 관행도 무시하게 만든 거라. 그것이 남북한 정상회담에 관해서 얘기하는 게 뭐냔 말야?"

"하여튼, 북한이 하는 짓들을 보면, 참으로……" 정이 감탄인지 탄식인지 모를 소리를 했다.

제5장

"오늘 재판장님께 작가의 입장을 말씀드리려고 작가께서 나오셨습니다." 원탁을 사이에 두고 재판장 맞은쪽에 앉은 김변호사가 말했다.

재판장이 내려다보던 서류에서 고개를 들어 흘긋 이립을 쳐다보았다.

김변호사 옆에 선 채로, 그는 고개 숙여 인사했다. "현이립입니다."

재판장은 말없이 그를 바라보더니 다시 서류를 내려다보았다.

재판장이 보인 뜻밖의 반응에 놀라서, 그는 재판장을 멀거니 바라보았다. 그보다 적어도 열댓 살 아래로 보이는 사내였다.

"현선생님, 앉으시죠." 김변호사가 옆에 있는 의자를 가리켰다.

그는 조심스럽게 김변호사 옆에 앉았다. 최소한의 예의도 차리지 않고 얼굴에 웃음기라고는 찾아볼 수 없는 재판장에게서 풍기는 적대감이 불쾌한 냄새처럼 그의 마음속으로 밀려 들어왔다. 재판장의 모습을 살피면서, 그는 자신이 재판장을 불쾌하게 만들 만한 짓을 하지 않았나 생각해보았다. 그럴 만한 일은 없었다. 차림은 정장이었고, 막 인사를 했으니 뜻하지 않은 실수를 했을 리도 없었다.

"……물론 법원에서 판단하실 일이지만……" 김변호사의 얘기가 그의 마음속으로 들어왔다. 재판장의 기분을 건드리지 않으려고 김변호사는 무척 조심하는 눈치였다.

그러나 재판장은 김변호사의 얘기에 반응을 보이지 않았다. 바로 옆에 앉은 피고 측 변호사에게 무엇을 물어보고 있었다. 저쪽 변호사는 젊은 여자 변호사였는데, 재판장을 대할 때 스스럼이 없었다. 두 사람은 친해 보였다. 이번 사건으로 안면을 익힌 정도는 분명히 아니었다.

'아직 서른은 안 된 것 같은데. 재판장은 마흔이 넘었을 테니, 고시 공부를 같이 한 사이는 아닐 테고……'

"……법원에서 조정을 해주시면, 저희로선 그대로 따르도록 노력하겠습니다." 김변호사의 얘기가 바쁘게 움직이는 그의 마음속으로 들어왔다.

그는 흘긋 김변호사를 돌아보았다. 김변호사가 먼저 조정을 요청한 것은 뜻밖이었다. 김변호사에게 법원의 조정을 받아들이겠다는 얘기는 했지만, 김변호사가 먼저 그 얘기를 꺼내리라곤 생각지 못했었다. 지금 답답한 것은 저쪽이지 이쪽이 아니었다. 재판장이 조정 얘기를 꺼내지도 않았는데, 먼저 법원의 조정을 받아들이겠다고 나오는 것은 전략적으로 어리석었다.

그의 마음은 다시 저쪽 변호사에게로 향했다. 그동안 지녔던 선입견과 지금 받는 인상이 부딪쳐서, 그의 마음속에서 그녀 모습이 제자리를 못 잡고 있었다. 준비서면이 워낙 논리가 서지 않고 억지가 많은 데다가, 무엇보다도, 글에 품위가 없어서, 그는 그녀에 대해서 경멸에 가까운 생각을 품었었다. 막상 만나보니, 얼굴도 고왔고 목소리도 부드러워서, 호감이 가는 여자였다.

"작가께서 나오셨으니, 재판장님께서 작가의 입장을 한번 들어보시는 것이 어떻겠습니까?" 김변호사가 말했다.

재판장이 웃음기 없는 얼굴로 다시 그를 쳐다보았다. 말도 고갯짓도 없이, 그저 그의 얼굴을 쳐다보고만 있었다.

그로선 얘기를 듣겠다는 것인지 아닌지 판단이 서지 않았다. 슬그머니 부아가 치밀어서, 그도 재판장의 얼굴을 빤히 쳐다보았다.

"그럼 현선생님께서 재판장님께 생각을 말씀드려보시죠," 어색한 분위기를 걷어내려는 듯, 김변호사가 짐짓 쾌활한 목소리를 냈다.

나오지 말았어야 할 자리에 나왔다는 생각이 스쳤다. 재판장이 원고인 그와 피고인 영화사 대표의 얘기를 직접 들어보겠다고 했다는데, 영화사 대표는 나오지 않았고, 재판장은 그에게 까닭 모를 적대감을 드러내고 있었다. 무언가 잘못 되어가고 있다는 느낌에 그도 모르게 긴 한숨이 나왔다. 그 한숨이 문득 그의 굳은 마음을 풀어주었다.

"지금 사람들은 이 영화가 제 소설과 크든 작든 관련이 있다고 생각하고 있습니다. 신문에 나온 이 영화에 대한 기사마다 제 소설을 언급했습니다. 그래서 이제 제 소설을 원작으로 삼아 영화를 만들겠다는 사람은 없을 겁니다." 입 안이 말라서 말이 잘 나오지 않았다. 나이 탓인지, 요즈음엔 조금만 긴장을 해도 입 안이 마르곤 했다. "제 처지는 까치에게 과일을 잃은 과수원 주인의 입장입니다. 까치는 배의 아주 적은 부분만을 쪼아 먹었다고 할 겁니다. 그러나 과수원 주인에게 그 배는 상품으로서의 가치가 없습니다. 지금 영화사는 상황 설정만 차용했다고 주장합니다만, 저로선……"

"하지만 상황 설정을 무료로 차용하도록 허락했다고 인정했잖습니까?" 저쪽 변호사가 말을 막았다.

예기치 못한 일이라, 그는 잠시 그녀 얼굴을 바라보았다. 지금 그는 재판장에게 생각을 밝히는 참이었다. 피고 측 변호사가 그를 신문하는 자리가 아니었다. 적어도 그는 그렇게 알고 있었다. 그는 흘긋 김변호사의 얼굴을 살폈다.

그러나 김변호사는 그의 눈길을 받지 않았다. 그를 도와줄 눈치도 보이지 않았다.

"지금 제가 인정했다고 변호사님께서 말씀하신 것은 그렇게 간단한 얘기가 아닙니다. 이희상씨와 제가 이번 일로 전화를 하면서 삼년 전에 두 사람 사이에 오간 얘기를 재구성해봤습니다. 제가 당시 일을 전혀 기억하지 못하기 때문에, 이희상씨의 얘기를 듣고 제가 그럴 듯하다고 인정한 사항들이 있습니다. 그런 사항들 가운데 하나가 제가 무료로 상황 설정을 차용하도록 허락했을 가능성이 크다는 겁니다."

"그러면 됐잖나요?" 변호사의 목소리가 문득 날카로워졌다. "무료로 쓰라고 허락한 것 아닙니까?"

그는 다시 김변호사의 얼굴을 살폈다. 김변호사가 나서서 저쪽 변호사의 주장을 반박해야 될 자리였다. 그러나 김변호사는 그렇게 할 생각이 없는 듯했다. 몸을 바로하고 앞만 바라보고 있었다.

"변호사님, 당시 상황을 재구성하면서 저와 이희상씨가 합의한 사항들이 몇 가지 있습니다. 그것들 가운데 하나는 당시 이희상씨가 자신의 신분을 명확히 밝히지 않아서 제가 그 사람을 시나리오 작가로 여겼을 가능성이 충분히 있다고 이희상씨가 인정한 것입니다. 그런데 지금 피고 쪽에선 뒤늦게 그것을 부인하려고 합니다. 저번 준비서면에 나온 것은 이희상씨가 영화 기획자라는 것을 분명히 밝혔다는 사실을 강조하는 것이 핵심 내용입니다. 합리적인 것은 저와 이희상씨가 삼 년 전 상황을 재구성하면서 합의한 사항들을 모두 사실로 인정하든지 모두 인정하지 않든지 하는 겁니다. 그렇게 선별적으로……"

"증거들 중에 어느 것이 신빙성이 있느냐 판별하는 것은 당신 일이 아니오." 재판장이 말했다.

그는 재판장을 멀거니 바라보았다. 재판장이 한 말의 내용보다도 그의 퉁명스러운 어조에 더 놀랐다. "예?"

"당신은 묻는 말에 대답하면 되는 거요. 판단은 우리가 하는 것이고."

'지금 제가 묻는 말에 대답한 것 아닙니까?'라는 얘기가 목구멍까지 나왔지만, 그는 그 얘기를 되삼켰다. '예'나 '아니오'로 대답하라는 뜻임을 짐작했기 때문이었다. 법정에서 재판하는 것을 본 적은 없었지만, 국회 청문회에서 의원들이 증인들에게 길게 설명하지 말고 '예'나 '아니오'로 대답하라고 다그치던 광경은 여러 번 본 터였다.

"알겠습니다. 지금 문제의 본질은 피고 측이 영화를 다 만들 때까지 원작자인 저에게 그 사실을 알리지 않아서, 제가 제 작품을 보호할 기회를 얻지 못했다는 사실입니다. 그 문제에 대해서 저쪽에선 두 가지 주장을 내세웁니다. 하나는 작가가 상황 설정의 차용을 허락하면서 나중에 시나리오를 검토할 권리를 명시적으로 유보하지 않았으므로 작가가 그런 권리를 포기했다는 주장입니다. 다른 하나는 영화사 기획실장 심재용씨가 제게 전화를 했을 때, 저와 제 소설을 영화로 만드는 일을 협의한 것이 아니라 '선생님 덕분에 영화를 잘 만들었습니다'라고 인사를 했다는 주장입니다."

여기 오기 전에 재판장에게 할 얘기를 생각했던 터라, 할 말을 고르는 것은 그리 어렵지 않았다. 그러나 바짝 마른 입 안에선 혀가 제대로 움직이지 않았다. 어려운 처지로 몰린 공무원들이나 정치인들이 연신 물잔을 기울이던 모습이 눈앞에 어른거렸다.

비우호적 감정이 더욱 짙어진 재판장의 얼굴을 응시하면서, 그는 말을 이었다. "작가가 명시적으로 유보하지 않았다고 시나리오를 검토할 권리를 포기했다는 주장은 이치에 맞지 않지만, 일단 법적 판단이 필요한 문제이니, 그렇다 치더라도…… 저와 영화사 직원이 처음 전화로 얘기한 것에 관해선, 그 사람이 거짓말을 한 것이 명백합니다. 도대체 앞뒤가 맞지 않습니다. 전화로 '선생님 덕분에 영화를 잘 만들었습니다'라고 인사를 했다면, 그 이전 어느 시점에 그 사람이나 영화사의 다른 사람이 제게 '영화를 찍겠습니다'라는 얘기를 했어야 자연스럽습니다. 영화를 찍는다는 얘기도 오가지 않은 처지에서, 느닷없이 '덕분에 영화를 잘 만들었다'고 인사를 한다는 것은 상식에 어긋납니다. 그러나 지금까지 나온 피고 측 준비서면들 어디에도 그 전화를 하기 전까지 영화사에서 제게 연락을 했다는 얘기는 나오지 않았습니다. 사람은 그런 식으로 느닷없는 행동을 하지 않습니다."

"그럴 수도 있지," 재판장이 말했다.

뜻밖의 대구에 그는 입을 벌렸다. 재판장이 저쪽 변호사를 돌아보며 '아무개 변호사는 어떻게 생각하시오?'라고 물으리라고 예상했던 참이었다. 그런데 지금 재판장이 가로막고 나서서 그를 반박한 것이었다.

그의 눈길을 받기 어려웠는지, 재판장이 저쪽 변호사에게로 고개를 돌렸다. "영화 자막에서 원작 표시는 뺄 수 있다고 했지?"

"네. 그건 뺄 수 있습니다," 저쪽 변호사가 냉큼 대구했다.

문득 모욕감이 속에서 치밀어 올랐다. 재판장과 저쪽 변호사 사이의 대화와 보디 랭귀지는 그들이 무척 친한 사이임을 말해주었다. 그들이 그런 사이라는 점은 그에게 반가운 일이 아니었지만 그가 불평할 만한 일도 아니었다. 그래도 재판장이 법정에서 한쪽 변호사에겐 눈길도 주지 않고 다른 쪽 변호사에겐 친밀한 몸짓을 보이면서 반말까지 하는 것은 지나친 일이었다. 그러나 그가 정작 모욕감을 느낀 것은 재판장이 그렇게 행동함으로써 그와 김변호사를 모욕했다는 사실이었다. 노예제가 공식적으로 시행되었던 남북전쟁 이전 미국 남부에서, 백인들에게 노예들은 사람이 아니었다. 그래서 백인 주인들은 흑인 노예들 앞에서 성적 행위들을 거리낌 없이 했다고 한다. 그들은 부끄러움을 느끼지 않았다. 마치 개 앞에서 사람들이 성적 행위들을 하더라도 부끄러움을 느끼지 않듯이. 지금 재판장에게 그와 김변호사는 눈에 들어오지 않는 존재들이었고, 그 앞에서 저쪽 여 변호사에게 친밀한 몸짓과 말을 해도 부끄러울 것이 없는 존재들이었다.

재판장은 저쪽 변호사에게로 몸을 기울이고서 변호사가 펴놓은 서류를 살피고 있었다. "그리고 이건……"

"재판장님," 그가 생각을 가다듬을 사이도 없이, 노기 서린 목소리가 그의 입에서 터져 나왔다.

이번엔 재판장이 놀랐다. 말을 멈추고서, 멍한 얼굴로 그를 쳐다보았다.

법정에서 재판장이 말을 하는데 다른 사람이 말을 채뜨린 적은 아마 없었을 터였다. 그 생각이 검붉은 감정들로 들끓는 그의 마음에 한 줄기 시원한 바람을 날렸다. "재판장님, 이번 소송은 본질적으로 지적재산권에 관한 겁니다. 지적재산권은 아직 충분히 확립되지 않은 권리고, 그래서 보호 장치가 아주 부족합니다. 저는 처음부터 이번 소송이 그런 보호 장치를 마련하는 계기가 되리라는 생각에서 영화사 측에서 화해하자는 제의를 마다하고 법원에 호소했습니다. 이제 법원이 제 호소를 받아들일 생각이 없는 것 같으니, 제가 물질적으로 보상을 받으리라는 기대는 거두겠습니다. 그러나 저는 지금 어떤 뜻에선 모든 작가들을 대변하는 셈입니다. 작가가 작품의 품위와 일체성을 보호할 최소한의 장치는 있어야 하지 않겠습니까? 작가가 작품의 일부분을 영화 만드는 데 쓰라고 허락하면서, 나중에 시나리오를 검토할 권리를 명시적으로 유보하지 않았으니, 영화를 다 만들 때까지 전혀 연락을 하지 않았는데도 아무 잘못이 없다는 주장이 어떻게 이치에 맞습니까? 더구나 원작료를 내지도 않고 일부를 차용한 것이니, 차용의 범위가 애초에 합의한 대로인가 아닌가 확인은 당연히 필요한 것 아니겠습니까? 그 점을 판결문에 넣어주시기 바랍니다."

"그런 건 판결문에 넣는 것이 아니오."

그는 가만히 안도의 한숨을 내쉬었다. 재판장의 목소리는 다부졌지만, 그는 느낄 수 있었다. 재판장이 그의 기세에 밀렸다는 것을. '판결문에 무엇을 넣고 안 넣고는 당신이 얘기할 게 아니오'라는 대꾸가 나오리라고 예상했던 터였다. "좋습니다. 그러면, 재판장님, 어떤 방식으로든지 영화 만드는 사람들이 작가의 권리를 존중해야 된다는 사실을 충분히 깨달을 수 있도록 해주십시오."

재판장은 이번엔 대꾸하지 않았다. 불만이 그득한 얼굴로 그와 김 변호사를 번갈아 살폈다. 무거운 침묵이 내리자, 법정이라는 기분이 들지 않을 만큼 좁고 평범한 방이 훨씬 법정다워졌다.

"그러면 전 일어서보겠습니다." 속에서 들끓는 감정을 애써 숨기지 않은 목소리로 말하고서, 그는 일어섰다.

그가 고개를 깊이 숙여 인사했어도, 재판장은 대꾸도 목례도 없었다. 그의 목례에 저쪽 변호사가 어색한 웃음을 얼굴에 올렸다.

제6장

이립이 법정 밖으로 나오자, 복도에서 기다리던 정현욱이 다가서면서 그의 낯빛을 살폈다. "그래 어떻게 됐니?"

쓸쓰레한 웃음을 지으면서, 그는 고개를 저었다. "잘 안 되었어."

"그래?" 정의 얼굴에 실망이 어렸다. "왜?"

"긴장을 했더니, 입 안이 바짝 말랐다. 여기 어디 매점이 있을 텐데…… 김변호사가 나오려면, 시간이 좀 걸릴 텐데, 거기 가서……"

정이 고개를 끄덕였다. "아래에 매점이 있더라."

복도를 걸어 나오면서, 그는 정에게 법정에서 오간 얘기들을 들려주었다.

"재판장하고 저쪽 변호사가 친분이 있다면, 아무래도 우리에게 불리하잖겠어?"

"아무래도 불리하겠지." 그는 매점 안을 둘러보았다. 술집처럼 카운터에 의자들이 놓여 있었다. "저기 카운터에 가서, 뭘 좀 마시지."

"그러지."

"결국 헛걸음을 했다. 영화사 대표는 나오지도 않았고. 난 재판장하고 언쟁을 한 셈이고."

"그것 참……" 카운터에 앉아서 음료수 캔을 따면서, 정이 씁쓸하게 입맛을 다셨다. "안 그래도, 저쪽에서 변호사를 바꿀 때, 뭔가 찜찜해지더라. 경험이 있는 남자 변호사를 갑자기 풋내기 여자 변호사로 바꾸다니. 그런 일도 더러 있겠지만, 이건 복잡한 저작권 분쟁 아니냐? 경험 많은 변호사를 찾아야 할 텐데, 일부러 풋내기 변호사로 바꾸다니. 다 그런 사정이 있었구만."

"법률회사로선 고객을 위해 최선을 다한 것이니까, 뭐……" 시원한 음료수가 마른 입 안과 목을 축이자, 그는 여유가 좀 생겼다. "내가 분개한 건 재판장의 태도야."

정이 고개를 끄덕였다. "그럼. 재판장이 그러면 안 되지."

"판사도 사람이니까, 친분이 있는 사람에게 호의적인 거야 뭐…… 그렇지만, 나하고 김변호사가 있는데, 저쪽 변호사에게 반말을 하면서 드러내놓고 친숙한 태도를 보이는 것은 달라. 판결에 불만인 사람도 그것을 받아들이도록 하려면, 재판관은 권위를 지녀야 해. 스스로 자신의 권위를 깎아내리다니."

"나이도 들만큼 든 사람이 왜 그러지?"

"모르겠어. 우리같이 평범한 사람들도 그렇게 하지 않아. 우리가 군대에 있을 때 어떻게 했니? 소위 계급장 달고서 아이들에게 얕보일 짓 하지 않으려고 얼마나 애썼니?"

정이 싱긋 웃으면서 고개를 끄덕였다. "그랬지."

"후보생 때 입영 훈련 받으면서, 우린 구대장들이 변소 가는 걸 한 번도 보지 못했잖아? 변소에 가는 모습을 보이면, 아무래도 권위가 약해진다고, 나중에 훈련이 끝났을 때 얘기했잖아? 품위를 지키려 애쓰다보니, 속이 타서, 며칠 동안 변을 보지 못했다고 마지막 회식 자리에서 우리 구대장이 실토했을 때, 가슴이 찡하더라. 윗사람 노릇이라는 것이 이런 거구나."

"그럼. 윗사람 노릇이 얼마나 힘든데."

"높은 자리에 오른 사람이라면 그 자리에 어울리는 언행을 해야지. 대통령이 언행을 시정잡배처럼 하면, 사회가 어떻게 되겠어. 재판관은 오류가 없다는 비현실적 전제 아래, 재판이 진행되는 거야. '법이 없는 법정'은 모순된 말이 아니라는 얘기까지 있잖아. 중요한 것은 재판관의 권위라는 얘기라. 그런데……" 말을 멈추고, 그는 고개를 저었다. 모욕감을 느꼈다는 얘기는 친한 친구에게도 차마 할 수 없었다. 그는 캔에 든 음료수를 마저 마셨다.

정이 휴대전화를 꺼냈다. "여보세요. 아, 김변호사. 끝났어? 여기 매점인데. 그럼 그쪽으로 갈게."

그들은 매점에서 나와 법원 건물 입구로 향했다. 늦가을 오후의 기우는 햇살이 그의 어둑한 마음에 무겁게 얹혔다.

"아, 여기들 계셨군요." 문을 열고 나오면서, 김변호사가 말했다.

"응, 김변호사. 그래 잘됐나?"

"재판장님께서 조정을 통해서 마무리하는 게 좋겠다고 하셨습니다. 그런데 저쪽 변호사가 말을 듣지 않아서 시간이 좀 걸렸습니다."

"왜 조정에 응하지 않지? 답답한 건 저쪽 아닌가?"

"저도 왜 그러는지 잘 모르겠습니다. 뭘 믿고 그러는지. 그래서 재판장님께서 안을 내놓으시고 설득을 하셨습니다."

"안? 어떤 내용인데?"

"영화사 측에서 작가에게 영화 제작에 관해 통보를 전혀 하지 않은 건 잘못이잖느냐? 그러니 그 사실을 포함한 사과문을 제시하고 그런 내용에 맞는 최소한의 금전적 보상을 하는 게 어떻겠느냐? 그런 내용입니다."

"그런데? 왜 저쪽에선 그걸 마다하지?"

"잘 모르겠습니다. 저쪽 변호사하고는 영 얘기가 안 통합니다. 참 답답합니다. 이제 막 시작해서 그런지, 영 눈치도 없고. 재판장님께서 계속 설득하시니까, 그러면 돌아가서 영화사 대표를 설득해보겠노라고 했습니다."

제7장

"자아, 수고했다." 정이 맥주잔을 내밀었다.

"수고야 자네가 했지." 이립도 잔을 들어 정의 잔에 부딪쳤다. "회사 일 놔두고 이렇게…… 정말 고맙다."

"별말을." 정이 맥주잔을 단숨에 비웠다. "어, 시원하다."

"정말 시원하다. 속이 탔었는데……" 그와 정은 공덕동 네거리에서 김변호사와 헤어져 근처 술집을 찾은 터였다.

정의 잔을 채우고서, 그는 친구의 얼굴을 흘긋 살폈다. 오래 사귄 사이였지만, 그래도 이렇게 열심히 도와주기는 쉽지 않았다.

그들은 후보생 시절 야영 훈련에서 만났다. 정은 몸집이 작았고 힘도 약했다. 그리고 비위가 유난히 약했다. 입영 첫날 저녁 식사에 생선국이 나왔었다. 꽁치 한 토막이 든 멀건 국이었는데, 배식하고 나니 다 식어서, 비린내만 진동했다. 그래서 그 국을 먹지 못하고 밥을 물에 말아서 먹는 친구들이 많았다. 그런데 밥을 물에 말자, 쌀벌레들이 허옇게 떴다. 식사 감독을 하던 구대장이 '쌀벌레는 동물성 단백질이니 남김없이 먹어라'고 훈시했다. 다른 친구들은 그래도 밥을 골라서 먹었지만, 정은 그냥 숟갈을 내려놓았다. 식사를 제대로 하지 못하니, 체력이 떨어질 수밖에 없었고, 정은 늘 훈련에서 뒤처졌다.

하루는 독도법 실기 훈련이 있었는데, 그와 정이 한 조가 되었다. 지도와 나침반에 의지해서 목표를 찾아가는 길에 밭을 가로질러 가는데, 정이 탄식처럼 말했다. "감자 하나만 삶아 먹었으면, 원이 없겠다."

방향을 잃지 않으려고 기준점으로 삼은 큰 소나무만 바라보고 가던 그는 정의 말에 멈춰 서서 둘러보았다. 감자밭이었다. 감자는 다 캤고 감자 줄기들만 어지러이 널려 있었다. 그는 정의 얼굴을 살폈다. 볼이 홀쭉해진 정의 얼굴에 간절한 무엇이 어렸다. 그는 순간적으로 마음을 정했다. 그리고 다른 조원 둘에게 동의를 구했다. "독도법 실기 해봤자, 말짱 도루묵이다. 아, 체력이 중요하지, 뻔한 거 하려고 멀리 갈 거 있냐? 우리 화전으로 내려가서, 감자나 삶아 먹자."

삶은 감자의 유혹을 이겨낼 친구는 거기 없었다. 그래서 그의 조원 넷은 화전으로 내려가서 인가를 찾았다. 그때 그는 처음 알았다, 감자가 얼마나 더디 익는가. 감자가 다 삶아졌다고 그 집 아주머니가 소쿠리에 감자를 내왔을 때는 이미 집합 시간이 지났었다. 그들은 감자를 그냥 호주머니에 넣고 훈련장을 향해 뛰었다. 그때 그는 처음 알았다, 감자가 얼마나 열을 많이 지니는가. 나중에 보니, 허벅지 바깥쪽이 벌겋게 익어 있었다.

그들이 닿았을 때, 훈련장은 '베르호얀스크'였다. 교관들과 구대장들의 눈길엔 살기가 어렸고, 동료들의 눈길엔 분노와 경멸이 어렸다. 그의 조가 돌아오자, 교관은 구대장들에게 후보생들을 인계하고 떠났다. 제 시간에 집합하지 않은 조들은 모두 셋이었다. 그 열두 명에게 부대로 돌아오는 길은 힘들었다. 구보, 토끼뜀, 오리걸음, 높은 포복, 낮은 포복. 그리고 오던 길을 되돌아가면서 구보, 토끼뜀, 오리걸음…… 십 리는 족히 되는 길에서 그렇게 벌을 받으면서도, 그는 양쪽 호주머니에 든 감자가 다치지 않도록 마음을 썼다.

자정 넘어 취침점호를 받고, 다시 삼십 분의 이동 금지 시간이 지난 뒤, 그는 슬쩍 일어나 감자가 든 바지를 입고서, 정을 막사 밖으로 불러냈다. 그가 감자는 어떻게 했느냐고 물으니까, 정은 겁이 나서 훈련장에 닿기 전에 다 버렸다고 했다. 벌을 받는 동안에 호주머니 안에서 껍질이 다 벗겨진 감자 몇 알을 찝찔한 수통 물로 목을 축이면서 냄새 맡고 다가온 동초 녀석하고 셋이 나누어 먹던 즐거움이라니!

그들은 두 해 뒤 포병학교에서 다시 만났다. 중대가 달라서, 자주 만나지는 못했었다. 이어 같은 대대에 배치되었고, 두 해를 서로 도우면서 보냈다. 그가 복무를 연장해서 뒤에 남았을 때, 일찍 자리 잡은 정은 그에게 '위문편지'를 꾸준히 보냈었다. 그러는 사이에 사십 년이 흐른 것이었다.

회상이 불러낸 웃음이 입가에 어린 그의 얼굴을 보고, 정이 말없이 눈으로 물었다.

"오늘 평생 처음 법원이란 델 와봤다."

"참, 자네는 전에 법원에 와본 적이 없다고 했지. 그래, 어떻든, 대한민국 법원이?"

"글쎄." 술을 한 모금 마시고서, 그는 생각을 가다듬었다. "내가 법원에 대해서 가진 생각은 책에서 읽고 텔레비전에서 본 것이 전부야. 그래서 한쪽엔 카프카의 『심판』에 나온 옛날 오스트리아 법정의 모습이 있고. 다른 쪽엔 영화나 텔레비전에 나온 요새 미국 법정의 모습이 있고. 우리 법정은 아무래도 미국 법정에 가깝지 않겠나, 생각했었지. 그런데 오늘 보니까, 그런 것도 아냐. 오히려 내가 『심판』 속의 법정에 선 것이 아닌가, 하는 생각까지 들더라."

정이 생각에 잠긴 낯빛으로 고개를 끄덕였다. "그건 그렇고. 그래, 그 조정안에 만족하겠니? 난 너무 쉽게 응한 것 같다. 누가 보더라도 저쪽의 과실이 명백하고, 걸린 돈도 큰데……"

"글쎄. 그만하면 뭐 받아들일 만하지. 아까 법정을 나올 땐, 정말…… 재판 완전히 망쳤구나, 하는 생각이 들었어. 그만하면 뭐……"

"그래도 난 억울하단 생각이 든다." 배추 겉절이 조각을 집어 들면서, 정이 말했다.

"처음에 김변호사가 그랬잖아? 민사 소송은 증거와 증언으로 진행되기 때문에, 우리가 불리하다고. 저쪽에서 계속 증인들을 내세워서 없던 일도 꾸며낼 거라고. 그 얘기가 맞았잖아?" 정의 잔에 맥주를 채우고서, 그는 말을 이었다, "그리고 재판이 열린 뒤로 계속 우리가 밀렸어. 먼저, 이희상이와 나 사이에 오간 얘기는 이번 소송과 본질적 관계가 없다, 피고와 원고 사이의 거래는 심재용이와 원고 사이의 전화 통화에서 나온 얘기뿐이다, 피고와 이희상이 사이의 거래는 양자가 따로 해결하라, 이게 우리의 주장인데, 이것이 받아들여지지 않았어. 우리는 먼저 거기서 실패했어."

"그래, 거기서 결정적으로 밀렸어." 정이 고개를 끄덕였다.

그는 잔을 비우고 고기 한 점을 집었다. "그러다 보니, 영화와 소설 사이의 원작-이차적 저작물 관계까지 문제가 된 거라. 우리 주장은, 저작권법에 비추어볼 필요도 없이, 계약에 의해서 그런 관계가 성립되었다는 것이거든. 저쪽에서 그것을 부인한 근거는 대법원의 판결 두 개인데, 그것들은 지적재산권을 침해했다는 혐의를 받은 당사자가 그 혐의를 부인했을 경우에 원작-이차적 저작물 관계를 확인하는 절차에서 쓰이는 기술적 기준이다. 이번 사건처럼 당사자 스스로 원작-이차적 저작물 관계를 원작자와의 합의로 설정한 경우엔 해당하지 않는다, 그게 우리 얘기지."

정이 고개를 끄덕이고 주인에게로 몸을 돌렸다. "아주머니, 여기 맥주 두 병 더 주세요."

"또 하나 우리가 내민 논거는 그 두 판례들이 원작자와 이차적 저작자 사이의 자유로운 계약을 금지하거나 제한하는 것이 아니라는 것이었어. 현실적으로, 어떤 저작물의 제작자가 원작의 후광을 얻을 목적으로 내용적으로는 별다른 관련이 없는 경우에도 큰돈을 내고 원작-이차적 저작물 관계를 맺는 사례들이 흔하지만, 그런 경우에 어떤 법률도 그런 계약에 간섭하거나 제약을 가하지 않는다, 그런 얘긴데, 아, 이게 받아들여지지 않은 거야."

"그게 왜 받아들여지지 않았지? 설득력이 있는데."

"우리가 법에 대해서 잘 모르는 아마추어들이라 그럴 수도 있고."

두 사람은 소리 내어 웃었다.

"이번에 느낀 건데, 법을 전문적으로 다루는 사람들은 무슨 일이 있으면, 먼저 '이 사건에 대해선 무슨 법을 적용해야 하나' 하고 자신에게 묻는 것 같아. 그래서 이번 사건의 내용을 파악하자마자, 김변호사 자신이 그 두 판례들을 얘기했어."

"내가 보니까, 자네하고 김변호사는 이번 사건을 보는 태도가 다르더라." 웃음을 담은 눈길로 정이 그를 바라보았다. "자네는 이번 사건을 재미있는 지적 게임으로 여기고, 김변호사는 골치 아픈 숙제로 여기고."

"전에 비슷한 얘기를 한 사람이 있었다." 문득 아릿해진 가슴으로 허름한 술집을 둘러보면서, 그는 지나가는 얘기처럼 말했다.

"누가 그런 얘기를 또 했니?"

"옛날에 어떤 여자가. 내가 사는 것을 보면, 무슨 게임을 하는 것 같아서, 어떻게 대해야 할지 모르겠노라고."

"그래서?"

"그 얘기가 마지막 얘기였어."

"그랬니?" 정이 고기를 씹으면서 한참 생각했다. 그러더니 어렵게 말을 꺼냈다. "변호사를 바꾸는 건 어떨까?"

그는 좀 놀라서 정을 바라보았다. "왜?"

"아무래도 김변호사가 일을 잘하는 것 같지가 않아서, 내가 좀⋯⋯."

"별 소릴 다 한다. 자네 덕분에 내가 어려운 소송 쉽게 하고 있고, 김변호사도 잘하는 셈이야. 지적재산권에 관한 소송은 무척 어려운데 수임료는 높지 않잖아? 그런데도, 맡아서 열심히 했잖아? 지금 변호사를 바꾸는 건 배신이야. 차라리 내가 재판에서 지지."

"자네 얘긴 알겠네만, 항소할 땐, 한번 바꿔보는 것도⋯⋯."

"지면, 항소는 해야 되겠지. 그러나 질 땐 지더라도, 변호사는 안 바꾸겠네. 솔직히 얘기하면, 더 나은 변호사를 찾을 가능성도 작아."

정이 고개를 끄덕였다. "그럴지도 모르지."

"그리고 또 하나 고려할 점은 나와 김변호사 사이에 이해가 일치하지 않는다는 사실이야. 아까 김변호사가 저쪽 변호사가 답답하다고 얘기했지? 그 얘기 참 재미있는 얘기다. 김변호사로선 이 사건이 질질 끌어서 득이 될 게 하나도 없어. 수임료는 받았고, 성공불이랬자, 얼마 되지 않고, 빨리 끝내고 다른 사건들을 맡는 게 유리해. 저쪽 변호사도 사정은 비슷할 거야. 그래서 양쪽 변호사 사이엔 조정과 같은 방식으로 사건을 빨리 끝내자는 묵시적 합의가 이루어져. 그런데 저쪽 변호사가 그런 관행을 마다하고 조정에 응하지 않으니, 김변호사로선 답답할 수밖에."

뜻밖의 얘기였는지, 정이 콧등을 긁으면서 골똘히 생각했다. "정말 그럴까?"

"오늘 김변호사는 내가 조정을 받아들이도록 하느라 애를 많이 썼어. 조정을 하면, 양쪽 변호사는 이익이 커. 사건에 들이는 시간을 줄인다는 이점만 있는 게 아냐. 조정을 하면, 양쪽 변호사는 패소의 위험을 피할 수 있어. 그리고 당사자에게 생색을 낼 수 있어, 원고 측 변호사는 원고에게 상당한 이익을 찾아주었다고, 피고 측 변호사는 피고에게 큰 손실을 작은 손실로 막았다고."

정이 고개를 갸웃했다. "변호사들이 그렇게까지 악랄할까?"

"악랄한 게 아냐. 조정은 모두에게 좋거든. 당사자들도 재판이 빨리 끝나는 게 이득이잖아? 재판관도 마찬가지야. 조정으로 끝내면, 시간이 절약되고, 패소한 쪽의 원망도 듣지 않고, 오심의 위험도 줄이고."

"변호사들 다시 봐야 되겠는데."

“조정을 통해서 모두 이익을 볼 수 있을 때, 그렇다는 얘기지. 반대로 변호사들이 조정을 막는 경우도 있거든.”

“그래?”

“미국에선 이혼을 하려고 소송을 제기하면, 부부가 다른 변호사를 선임하게 되어 있어. 내가 이혼을 안 해봐서 우리나라에선 어떤지 잘 모르겠는데, 미국에선 그렇대. 일단 다른 변호사들을 선임하면, 변호사들이 당사자를 부추겨서 무리한 조건을 내놓도록 하는 거라. 그리고 양쪽이 번갈아서 상대가 받아들이기 어려운 조건들을 제시하거든. 그래서 시간은 가고, 양쪽 감정은 상할 대로 상해서 부부가 원수가 되고, 아이들은 그렇게 원수지간이 된 부모 사이에서 고통을 받고. 재미 보는 건 수임료가 늘어나는 변호사들뿐이지.”

“그것 참. 이혼 소송에선 조정은 없나?”

“바로 그거야. 다른 사람들도 아니고 부부 아닌가? 그러니, 이혼을 하게 된 처지지만, 미운 정도 좀 들었을 거고, 아이들도 있고, 소송으로 시간 끌어서 감정 상하고 돈을 들일 까닭이 없잖아? 그런 상황에선 두 사람이 함께 변호사를 찾아가서 어떤 식으로 이혼에 따른 문제들을 해결하는 것이 좋은가 의견을 듣는 게 이치에 맞잖아? 그런데 미국변호사협횐가 하는 데서 이혼 소송을 하려는 부부는 다른 변호사를 선임해야 한다고 못을 박은 거야. 소송 당사자의 이익을 제대로 보살필 수 있다는 명분을 내걸고.”

“마누라한테 그 얘기를 미리 해줘야지. 이혼을 하더라도 쪽박 찰 짓은 하지 말자고.”

모처럼 소리 내어 터뜨린 웃음이 오늘 내내 그들의 마음에 어렸던 무거움을 많이 걷어간 듯했다. 그들은 함께 잔을 비웠다. 그리고 쟁반에 남은 고기를 마저 석쇠에 올렸다.

"난 김변호사가 전략적으로 중요한 이슈들을 놓고 왜 그렇게 소극적인가 하는 생각이 들었었어. 오늘 그 의문이 좀 풀렸어. 김변호사가 볼 때, 난 뜨내기 손님이야. 반면에, 재판장은 앞으로 또 만날 가능성이 높은 사람이거든. 게다가 재판장은 김변호사의 평판에 결정적 영향을 미칠 수 있는 자리에 있어. 재판장이 '김 아무개 그 친구 말도 안 되는 소리를 텅텅 하던데' 하는 식으로 얘기를 하면, 김변호사로선…… 영화사가 이희상이로부터 기획서를 얻은 것이 이번 사건에서 중요성을 지닌다고 재판장이 판단했다면, 김변호사가 그것을 배제하고 영화사와 원고 사이의 얘기만을 고려하는 것이 옳다는 얘기를 차마 꺼내지 못했겠지. 대법원의 판례 둘이 판정의 기준이라고 재판장이 생각하면, 그런 생각이 잘못된 것이라고 차마 지적할 수 없었고."

"듣고 보니, 정말 그런데."

"이것저것 따져보면, 김변호사에게 더 요구하는 것은 무리라는 생각이 들어. 김변호사가 심적 부담을 상당히 느끼는 모양이던데, 자네가 잘 말해줘. 부담 가질 필요 전혀 없다고."

"알았네. 고맙네."

"이 사람이. 누가 누구 보고 고맙다는 거야?" 그는 병에 남은 술을 자신의 잔에 따랐다. "오늘 술이 잘 받는다. 저녁 들기엔 좀 이르고. 내가 선배 따라서 가본 술집이 종로 쪽에 있는데, 우리 거기 가서 옛날 애기나 하자."

제8장

"현욱이한테 얘기는 들었다. 그래, 소송은 잘되어가니?" 안주로
나온 파전을 젓가락으로 찢으면서, 윤기형이 물었다.

"소송?" 이립은 싱긋 웃었다. "잘 안 되어간다."

"그래? 저쪽에서 일방적으로 잘못했다고 그랬잖아?" 윤이 정현욱
을 흘긋 살폈다.

"재판이란 게 해보니까 그렇더라." 그는 맥주잔을 집어 들었다.
"서로 우기면, 얘기가 이상하게 돌아가."

"하긴 그래." 윤이 고개를 끄덕였다. "그런데 어떻게 해서 그런
소송을 하게 됐니?"

그는 잠시 망설였다. 다른 사람들에게 재판 이야기를 하고 싶은
생각은 없었다. 그는 윤과 그리 친한 사이도 아니었다. 윤은 영문과
를 다녔는데, 야영 훈련 때 그와 같은 내무반에서 지냈다. 뒤에 그
는 정과 함께 윤을 서너 번 만났었다. 윤은 어떤 종합상사에서 줄곧
일했고, 마침내 최고경영자 자리까지 올랐다. 지금은 경영 컨설팅

회사에서 일한다고 했는데, 그를 한번 만나고 싶다는 얘기를 했다면서, 정이 불러낸 것이었다.

"얘기가 좀 길다." 그는 윤에게 잔을 권했다. "그러니까 작년 여름이었는데, 전화가 왔어. 영화사의 기획실장이라면서, 내 작품을 영화로 만들고 싶다고 하더라고. 내 작품 전체가 아니라 대체역사라는 상황 설정만 차용하겠다는 거라. 그래서 알겠다고 그랬지. 그랬더니 시나리오를 보내주겠다고 하더라고. 그리고 며칠 뒤에 뭐가 하나 왔는데, 시나리오가 아니고 한 삼 년 전에 만든 영화 개요였어. 이상한 짓을 다 한다 생각했는데, 며칠 뒤 신문에 그 영화가 곧 상영된다고 나왔어. 내 작품과 연관이 있다는 얘기까지 곁들여서."

"영화사로부턴 아무 얘기 없고?"

"응. 그날 신문을 보고, 출판사 직원이 전화로 물어왔어, 어떻게 된 일이냐고. 나도 모르겠다, 참 이상한 사람들이다, 그랬지. 그랬더니, 그 출판사 직원이 그러더라고, 제가 한번 알아봐도 되겠습니까. 그러라고 했지. 그랬더니, 며칠 뒤에 영화 시사회 초대장이 왔어. 달랑 한 장야. 그리고 다시 며칠 뒤에 영화사 직원이라는 여자가 전화를 했어. 시사회에 올 거냐고. 온다면, 무대에서 사람들에게 인사를 시켜주겠다고. 얘기가 안 통한다 싶어서, 그냥 웃으면서 사양했어. 그리고 이왕 초대장을 보내려면, 두 장은 보내야, 내 안식구랑 함께 갈 거 아니냐고 그랬더니, 작가 선생님이시니까 사모님과 함께 오셔도 됩니다, 하고 인심을 쓰더라."

두 사람이 박장대소했다.

"생각할수록 괘씸하데. 그래서 그 기획실장이란 친구에게 전화를 했지. 이럴 수가 있느냐, 당신네들이 결국 나를 속인 것 아니냐. 그랬더니, 죄송하다고 하더라고. 그리고 그날 저녁에 영화 기획자란 친구가 전화를 했어. 삼 년 전에 나한테서 내 작품에서 상황 설정을 차용해도 좋다는 허락을 받았다는 거야. 난 기억이 없다고 했지. 그리고 삼 년 전에 그렇게 했다면, 당연히 진행 상황을 나한테 통보해 줘야 하는 것 아니냐, 그랬지. 그 친구는 죄송하다고 하더라고. 여러 얘기가 오갔는데, 그 친구가 이런 얘기를 했어. 자기가 도덕적으로는 잘못이 있지만, 법적으로는 잘못이 없다. 그 얘기에 내가 폭발한 거야. 그날 그 친구가 사과하면서, 선생님, 젊은 후배 하나 도와주시는 셈 치고 저와 약주나 하시면서 화를 좀 푸십시오, 했으면, 웃고 지나갈 사안이라. 상황 설정을 빌린 게 뭐 대단하다고."

"배우지 못한 자들이구만."

"처음엔 나도 그렇게 생각했지. 그런데 차츰 사정을 알게 되니까, 아주 나쁜 사람들은 아닌 것 같더라고. 영화사라는 데가 일반 기업들하고는 다른 것 같아. 사람들이 모여서 영화를 만들고 이내 흩어지는 곳이라, 일하는 게 거친 모양이야. 눈치를 보니, 기획실장이란 친구가 일을 마무리하다가 원작 문제가 마음에 걸렸던 것 같아. 원작자 동의서가 없는 거라. 그래서 나한테 전화를 했고, 내가 원작료를 내라고 할까 봐, 영화를 이제 막 찍으려는 것처럼 얘기한 거라. 이미 영화는 다 찍어놓고 개봉관 계약까지 마친 상태에서. 그러니 저쪽도 당황했을 수밖에. 삼 년 전에 다 끝난 줄로 알았던 일이 뒤늦게 터졌으니."

윤이 고개를 끄덕였다. "그렇게 됐구만."

"그러고서 출판사 직원이 영화사에 찾아가서 기획실장이란 친구에게 대책을 요구했어. 기획실장이 물었겠다, 어떻게 하면 되겠소.

출판사 직원이야 책 파는 것만 생각하니까, 영화에 '원작: 현이립의 『묻혀진 말을 찾아서』'라는 문구를 넣어주쇼, 라고 했겠다. 기획실장은, 이미 크레딧에 그 문구가 들어갔습니다, 라고 했겠다. 출판사 직원은, 너무 작아서 안 보이니 자막으로 큼지막하게 표시해주쇼, 라고 했겠다. 결국 영화 맨 뒤에 '원작: 현이립의 『묻혀진 말을 찾아서』'란 구절이 두 번 들어갔어."

윤이 껄껄 웃었다. "재미있다."

"듣기엔 재밌겠지만, 당사자가 되어 그런 일을 겪으니까, 웃을 마음도 안 나더라."

이번엔 윤이 정의 어깨를 치면서 웃었다.

"그리고서 나는 소장에서 그 문구를 빼달라고 했겠다. 시시한 영화하고 내 작품이 연결되는 게 불쾌하다고."

"이렇게 재미있는 코미디는 오래간만에 본다," 손수건을 꺼내서 눈을 훔치면서, 윤이 말했다.

"그래서 내 생각엔, 저쪽에서도 황당한 일을 다 겪는다고 생각했을 거야."

"저쪽만이 아니라, 우리 쪽 변호사도 이립이를 이해하느라 애를 좀 먹는다," 정이 말했다. "이번 소송을 맡고 나서, 나한테 '형님, 이런 의뢰인은 처음 봅니다' 소리 여러 번 했다."

"변호사가?"

"우리 변호사는 내 친구 동생인데, 원래 이번 사건을 맡으려 하지 않았거든. 이립이의 주장을 떠받칠 증거나 증인이 전혀 없었거든. 그런데 저쪽에서 변호사를 만나 상의했더니, 그 변호사가 그랬대, 뭐 이런 걸로 재판까지 하느냐, 양쪽이 만나 화해하면 되지. 그래서 화해하자고 저쪽에서 제의했고, 김변호사는 웬 떡이냐 싶었지. 그런데, 이립이가 부득부득 우겨서 소장을 냈어."

"그랬냐?"

"난 이립이의 생각을 충분히 이해해. 학교 다닐 때 칸트를 읽으면서, '법적 정의가 사라진다면, 이 지구에 사람들이 남아 있을 가치가 없어질 것이다'라는 구절을 읽고서 감동했는데, 이번 사건에서 이립이가 생각하는 것을 옆에서 바라보니까, 그 구절이 생각나더라. 그러나 변호사로선……" 정이 고개를 저었다.

"무슨 스토린지 알겠다. 그런데, 이립아, 요즘 소설이 너무 재미가 없더라." 윤이 화제를 돌렸다. "우리가 젊을 때 읽은 소설들은 참 재미가 있었는데. 얻은 것도 많고."

"그런 얘길 많이 듣는다. 솔직히 얘기하면, 나도 길이 보이지 않는다."

"그러냐? 자넨 성공한 소설가잖아?" 눈에 웃음을 담고서, 윤이 그에게 잔을 내밀었다. "난 꿈을 못 이룬 문학 청년이고."

"그 문젠 보기보다 복잡하다." 목을 축이고서, 그는 얘기를 이었다. "우리가 그때 읽은 것들은 대부분 고전들이었잖아? 세월을 견딘 작품들이니, 당연히 재밌고 유익하지. 지금 나오는 소설 작품들 가운데 다음 세대에 읽혀질 것들은 한 해에 한두 편을 넘기 어렵겠지. 하지만 자네 얘기는 그 점을 감안한 거겠지?"

"그래. 그런 점을 감안하더라도, 요새 소설은 재미가 너무 없어."

"근본적 문제는 우리나라의 소설 시장이 제대로 자라나지 못했다는 사정이겠지. 시장이 있어야, 작품이 나오지."

"소설이 영화에 밀려난다는 사실도 있잖아?" 정이 말했다.

"물론. 문학 하는 사람들이 영화의 위협을 심각하게 느끼기 시작한 지는 한 이십 년 될 거야. 처음엔 영화보다는 텔레비전 드라마를 더 크게 경계했었지. 요샌 만화에다 게임까지 가세해서, 소설은 더욱 위축됐지."

"맞아."

"이립아, 소설이 그렇게 일방적으로 밀릴 수밖에 없냐? 대책은 정말로 없는 거냐?" 잔을 꽉 잡은 채, 윤이 정색을 했다.

"영상 매체의 경쟁력은 근본적으로 사람이 주로 시각을 통해서 정보를 얻는다는 사실에서 나오거든. 오각 중에서 사람은 유난히 시각에 많이 의존해. 그러니 영상 매체가 유리할 수밖에. 그것만이 아냐." 그도 모르게 한숨이 나왔다. "더 본질적인 문제는 문자가 추상적이라는 사실야. 그래서 추상적 개념들을 통해서 묘사한 상황을 독자들이 책에서 얻어서 그것을 뇌 속에서 현실의 모습으로 바꾸어 상상해야 되는데, 그런 변환이 무척 어렵고 큰 비용이 들어. 그리고 소설 속의 묘사는 아주 간략할 수밖에 없으니, 나머지는 모두 독자들이 스스로 채워넣어야 하거든. 그걸 좋아하는 사람들도 물론 적지 않지만, 대부분의 사람들은 편한 걸 좋아하니, 일단 영화나 텔레비전 드라마보다는 소비자들이 아주 적게 마련이지."

"맞는 얘기야." 윤이 동의하고서, 그의 잔을 채웠다. "소설 한 권 읽는 게 어찌나 힘든지. 침침해진 눈으로 안경을 썼다 벗었다 하면서 여러 날 두고 읽는 게 참 힘들어. 드라마나 영화는 두 시간 동안 할 짓 다 하면서 편히 보는데, 누가 소설을 읽겠어."

"거기다가 영화나 드라마엔 소리까지 있잖아? 사람이 시각 다음으로 많이 의존하는 감각이 청각이거든. 거기서 다시 밀리는 거라."

"듣고 보니, 그렇다." 정이 동의했다. "영화에서 배경 음악이나 음향 효과가 한몫 단단히 하지."

"같은 말이라도 소설에서 글로 읽는 것하고 영화에서 배우들이 하는 말을 듣는 것하고는 질적 차이가 있어. 억양과 같은 것이 의사 표시에서 얼마나 중요해? 게다가 몸짓도 있어. 사람이 다른 사람에게 의사를 표시할 때, 몸짓, 손짓에다 표정까지 큰 역할을 하잖아?"

"그 얘기 들으니, 정말 그렇다. 보디 랭귀지가 얼마나 중요해?" 윤이 동의하고서 술을 더 시켰다.

"바로 그거야. 보디 랭귀지라는 말의 랭귀지가 바로 문제의 핵심야. 사람의 언어에는 여러 종류가 있는데, 우리가 언어라고 하는 것은 실은 스피치 랭귀지고 그것이 나오기 훨씬 이전에 손을 쓰는 핸드 랭귀지가 있었다, 그런 학설까지 있어."

"그래? 흥미로운 얘긴데," 정이 말하자 윤도 고개를 끄덕였다.

"그런 학설을 떠받치는 근거들 가운데 가장 중요한 것은 뇌의 구조인데, 그 얘긴 복잡해서 옮길 수가 없다. 그리고 인류의 화석을 보면, 사람이 스피치 랭귀지를 발명한 것은 아주 최근이라는 것이 드러난대. 진식이가 나왔으면, 잘 설명할 수 있을 텐데."

김진식은 그들의 학훈단 동기로 생물학과를 나왔다. 정이 연락을 했는데, 저녁에 정년퇴임하는 선배 교수의 환송회에 참석해야 해서 나올 수 없다고 했었다.

"그래, 진식이가 나왔으면⋯⋯" 정이 말했다. "다음엔 날짜를 미리 잡아서, 한번 모이자."

"좋지." 윤이 힘주어 고개를 끄덕였다. "진식이랑 얘기하면, 정말 재미있고 유익해. 요즈음 진식이는 무얼 깨달은 사람 같아. 생물학을 전공한 친구가 사회 문제에 대해서 통찰을 내놓거든."

"실은 생물학이 사회 문제에 대해서 통찰을 얻는데 아주 좋은 학문이다." 웃음을 지으면서, 그가 말했다. "사람이 생물이니까."

"맞아. 저번에 만나서 세상 걱정을 하다가, 내가 그랬어. 우리나라가 좌경화가 심해져서, 큰일이다. 그랬더니, 진식이가 재미있는 얘길 하나 하더라. 고도로 조직된 사회를 이루어 살아가는 동물들 중에 가장 성공적인 것이 개미하고 사람이라네. 개미하고 사람."

"어딜 가나 개미가 들끓잖아? 요새 우리 집에선 개미와의 전쟁이 한창이다. 전에는 바퀴벌레가 성가셨는데, 요샌 개미들이 설쳐." 정이 받았다.

"개미하고 바퀴벌레하고 경쟁하면, 개미가 이긴다고 하더라. 하여튼, 진식이 얘기로는, 개미가 세상에서 가장 성공적인 사회적 동물이라네. 이 지구에 있는 개미들을 다 합친 무게가 사람들 무게보다 더 나가면 더 나갔지 밑돌지는 않는다는 얘기라."

"아, 그 정도로 개미가……" 정이 감탄했다. "하긴 그놈들 하는 짓을 보면, 그럴 만도 해."

"그런데 흥미로운 사실은 개미 사회가 가장 중앙집권적이고 사람 사회가 가장 분권적이라는 거야. 개미 사회에선 생식 기능까지 중앙집권화되어서, 여왕개미만 자식을 낳거든."

"벌도 그렇잖아?" 정이 물었다. "여왕벌만 새끼를 낳잖아?"

"벌은 좀 다른 모양이야." 윤이 고개를 저었다. "일벌들도 생식 기능을 아주 상실한 것은 아닌 모양이야. 그래서 반항적인 놈들은 새끼를 낳는대."

"그래?"

"응. 하지만 개미 사회에선 일개미들이 처음부터 생식 기능을 구비하지 못한 거지. 반면에, 사람은 개인들이 모두 자신의 판단에 따라 행동하거든. 극도로 분권화된 거지. 그래서 이것이 진식이의 결론이야. 개미는 극도의 중앙집권화를 통해서 효율을 극대화했다. 사람은 극도의 분권화를 통해서 효율을 극대화했다. 따라서 사회를 중앙집권적으로 만들려는 시도는 개미 사회의 원리를 인간 사회에 적용하려는 것이다. 당연히 그것은 인간 사회에 해롭다. 인간 사회는 개인들에게 현실적으로 가능한 한도까지 자유와 책임을 부여해야 한다. 이게 진식이 주장이야."

그의 마음에 구름으로 떠 있던 예감이 문득 시원한 빗줄기로 그의 마음을 적셨다. 지금 윤이 한 얘기는 그에겐 무척 흥미롭고 중요했다. 그것은 그의 자유주의 이념을 떠받치는 또 하나의 과학적 근거가 될 수 있었다.

"그럴 듯한 얘긴데. 그래서 최근의 좌경화가 본질적 문제를 안고 있다, 진식이는 그런 생각인가?" 정이 물었다.

"그런 얘기지." 윤이 고개를 끄덕이고 잔을 비웠다. 정이 윤의 잔을 채웠다.

"그런데 우리가 무슨 얘길 하다가, 개미 얘길 하게 된 거지?" 윤이 그를 바라보았다.

"아, 랭귀지 얘기. 핸드 랭귀지가 중요하다는 얘길……"

"맞다. 자네 얘기를 계속하지. 재미있는 얘기던데."

"핸드 랭귀지에 관해서 내가 자신 있게 얘기할 수 있는 것은 사람들이 얘기를 할 때 손을 끊임없이 쓰면서 자기가 한 말을 보충한다는 사실야. 봐라, 지금 나도 그렇게 하잖아?"

웃음이 사그라지자, 그는 말을 이었다. "텔레비전 토론 같은 데서 사람들이 얘기하는 걸 봐. 손짓이 얼마나 중요한가 새삼 깨닫게 되거든. 전화로 얘기할 때도 모두 손짓을 하잖아? 상대에게 보일 필요가 없는 경우에도, 그러는 거야. 심지어 날 때부터 보지 못하는 사람까지도 말할 때는 손짓을 한다는 거라."

"그러냐?" 윤이 고개를 끄덕였다.

"어쨌든, 사람들의 대화에서 핸드 랭귀지의 역할이 큰 것은 분명한데, 아쉽게도, 소설에선 핸드 랭귀지나 보디 랭귀지를 묘사하기가 실질적으로 불가능해. 그 점에서도 소설은 영상 매체를 이용하는 예술에 밀리지."

"그러면 대책이 없단 얘기냐?" 윤이 심각한 어조로 물었다. "소설이 그냥 사라지게 할 순 없잖아? 소설이 얼마나 위대한 예술 형식인데."

그는 윤에게 호감이 갔다. 성공한 경영자의 번듯한 외모 아래 아직도 문학에 대한 첫사랑을 그대로 지닌 모습이 그의 가슴에 물결을 일으켰다.

"경쟁에서 밀리면, 비교 우위가 있는 요소가 무엇인가 살펴야 되겠지. 영상 매체가 우세한 요소들을 갖고 영화나 드라마와 경쟁하려는 것은 대책이 될 수 없어. 내 생각엔 소설이 우위를 지닌 분야가 딱 하나 있어." 그는 자기 머리를 가리켰다. "사람의 마음을 영상 매체가 보여줄 수는 없어. 마음에서 일어나는 생각들과 감정들을 섬세하게 보여줄 수 있는 예술 장르는 소설뿐이야. 만일 소설이 살아남는 길이 있다면, 바로 그거야. 하지만, 솔직히 얘기하면, 나도 소설의 장래에 대해 낙관적이진 않다."

생각에 잠긴 얼굴로 윤이 고개를 끄덕였다. "이렇게 만났으니, 프로한테 시 쓰는 것에 관해서 조언 좀 들어보자. 이립아, 시 쓰는 노하우 하나만 알려다고."

"글쎄." 그는 고개를 갸웃했다. "시는 자연스럽게 써지니까, 따로 노하우라고 할 만한 것이 있을까?"

"그래도 프로에겐 뭐가 있을 거 아니냐?"

난감한 마음으로 그는 입맛을 다셨다. 그냥 피하기엔, 윤이 너무 진지했다. "글쎄. 뭐가 있을까? 남의 눈길을 의식하지 않는 것?"

"남의 눈길을 의식하지 않는 것?"

"응. 그게 참 애매한 얘긴데…… 시를 쓰는 건, 물론 다른 글도 다 마찬가지지만, 독자가 있으리라는 것을 상정한 작업인데…… 막상 쓸 때는 독자의 반응을 너무 의식하지 않아야, 좋은 시가 나온다, 그런 얘기지."

고개를 끄덕이면서, 윤이 그의 얘기를 곰곰 생각했다. "자네 얘기를 알 것도 같고 모를 것도 같고."

"실은 나도 잘 모르겠다." 웃음이 그치자, 그는 덧붙였다. "남의 눈길을 의식하면, 포즈가 나오게 돼. 포즈가 나오면, 그 시는 좋은 시가 될 수 없어. 사람의 감각은 예민해서, 시에 들어 있는 포즈는 이내 알아봐."

"그렇겠지."

"남의 눈길을 의식하지 않는 것이 워낙 어렵기 때문에, 위대한 시인들도 남의 눈길을 의식하고 포즈를 잡은 시들을 쓰곤 해. 그래서 별 도움이 되지 않을 얘기다만, 남의 눈길을 의식하지 말고 자네 얘기를 하려고 애쓰는 것이 그래도……"

제9장

밤 한 시가 넘어서, 이립은 서대전역에 내렸다. 술자리가 길어져서, 겨우 막차를 탄 것이었다. 택시 승강장엔 사람들이 한데 엉켜 있었다.

그 판에 끼어들 마음이 나지 않아서, 그는 참담한 마음으로 그들을 바라보았다. 많지도 않았다. 한 스무 명 될까. 그 작은 무리가 그 작은 일에서도 질서를 지키지 못하는 것이었다. 한 줄로 서서 기다리라고, 쇠말뚝을 박은 승강장까지 만들어놓았는데도.

택시 한 대가 다가오자, 다시 사람들이 몰려들었다. 꼭 먹이를 덮은 벌레들 같았다. 마침내 한 중년 사내가 올라타더니 서둘러 문을 닫았다. 운이 좋았는지 힘이 셌는지 모르지만, 어쨌든 경쟁에서 승리한 사람을 태우고, 택시는 사람들을 헤치기 시작했다. 그러는 사이에 택시에 매달렸던 여인 하나가 쓰러졌다.

속에서 무엇이 치밀었다. 그는 앞으로 나가서 사람들에게 외쳤다. "자아, 여러분, 정신 차립시다. 우리 저기 승강장에 한 줄로 섭시다.

이렇게 다툰다고 우리가 더 빨리 집에 가는 건 아니잖습니까? 자아, 거기 나이 많이 드신 분부터 승강장으로 들어가서 서십시오."

그가 가리키자, 점잖게 생긴 노인이 겸연쩍은 얼굴로 승강장으로 들어섰다. 다른 사람들이 멈칫멈칫 뒤를 따랐다. 그러나 몸집이 다부진 중년 사내 하나가 그대로 서서 다음 차는 자기 차례라는 몸짓을 보였다.

"거기, 신사 양반," 그는 그 사내를 불렀다.

그 사내는 못 들은 척 자기 자리를 지켰다.

"보쇼," 그도 모르게 목소리에 힘이 들어갔다.

그제야 그 사내가 흘긋 돌아보았다. 눈길이 곱지 않았다.

"거기 혼자 서 있지 마시고, 저기 승강장으로 들어가서 기다리시죠."

"당신이 뭔데, 이래라저래라 하는 거요?" 사내의 목소리에 불만이 그득했다. 마흔 줄의 사내였는데, 가죽 점퍼 차림에 가방을 들고 있었다.

피식 웃음이 나왔다. 육십 평생에 가장 많이 들은 말 가운데 하나가 "당신이 뭔데"였다. 그는 부드럽지만 힘이 실린 목소리를 냈다. "댁과 함께 사회를 이루어 사는 이웃 사람이오. 지금 댁의 모습을 아이들이 보면 무어라 하겠소? 내가 맨 뒤에 설 테니까, 댁은 내 앞에 서시오."

사내가 대꾸하지 못하고 머뭇거렸다.

"거 줄 섭시다," 승강장에 줄을 선 사람들 가운데 누가 소리를 질렀다.

그러자 그 사내도 마지못해 승강장으로 들어가서 맨 뒤에 섰다.

'겨우 수습했구나.' 속으로 한숨을 내쉬고서, 그는 그 사내의 뒤쪽으로 다가갔다.

그때 역 쪽에서 젊은 여인 하나가 종종걸음으로 다가오더니 승강장 뒤쪽, 택시가 오는 쪽으로 갔다. 마침 택시 한 대가 들어왔다. 그러자 그 여인이 손을 들었고, 택시는 거기 멈춰 그녀를 싣고 떠났다.

제10장

숙였던 몸을 바로하고서, 이립은 쓴 글을 처음부터 읽어보았다.

헌법에 관한 논의는 당연히 법에 대한 성찰에 바탕을 두어야 한다. 법에 대한 성찰은 물론 방대한 일이다. 다행히, 헌법에 관한 논의를 겨냥했을 때, 법에 관한 성찰은 상당히 또렷한 특질에 초점이 맞추어질 수 있다. 법이 본질적으로 연역적 추리로 이루어진다는 사정이 바로 그것이다.

이것은 물론 아주 강한 진술이어서, 여러 면들에서 한정되어야 한다. 실제로 법엔 연역적 추리만으로 접근할 수 없는 부분들이 많다는 점을 지적하는 것은 어려운 일이 아니다. 그러나 연역적 추리가 '법적 추리'의 핵심적 부분이며, 자연히, 법의 본질적 특질이라는 점만은 분명하다.

연역적 추리가 법의 본질적 특질이라는 사정은 다양한 형태로 법의 모습을 다듬어냈다. 한 사회의 법은 일관성이 있어야 하고 그것의 부분들이 서로 부딪쳐서는 안 된다는 것은 보편적으로 받아들여진 원칙이다. 그런 일관성은 '선례구속의 원칙'에서 뚜렷이 드러나듯, 시간적으로도 지켜져야 한다. 하위 법들은 상위 법들로부터 연역적 추리를 통해서 도출되고 재판은 법에 바탕을 둔 연역적 추리를 핵심으로 삼는다는 사실에서 드러나듯, 법은 연역적 추리를 통해서 자신을 구체화하고 자신의 영역을 넓혀나간다. 아울러, 헌법재판소의 위헌심사와 같은 활동에서 드러나듯, 법은 연역적 추리를 통해서 자신의 일체성을 점검하고 유지한다.

만일 연역적 추리가 제거된다면, 법은 가장 본질적 특질을 잃은 것이다. 연역적 추리는 법과 공통점을 지닌 다른 것들과, 예컨대 관례, 사회적 규칙, 교훈, 금기, 행동 규범, 관습, 습속, 유행, 용례, 관행, 절차, 습관 따위와, 법을 변별하는 궁극적 기준이 된다. 그리고 바로 이 점 때문에 입법이 그런 다른 것들보다 뒤에 나왔다. 연역적 추리는 사고의 질서에서 보다 높은 계층에 속한다. 그리고 연역적 추리를 통한 일체성의 점검과 유지 없이는, 법은 건강을 유지할 수 없다.

자연히, 한 사회의 법은 그러한 연역적 추리에 충분할 만큼 완전해야 한다. 법은 자신의 체계 안에서 모든 문제들을 연역적으로 풀 수 있을 만큼 완전해야 하며 자신의 밖에 있는 다른 체계의 도움을 받을 필요가 없어야 한다.

위에서 살핀 것처럼, 한 사회의 법은 일관성과 완전성을 지녀야 한다. 법의 본질과 성격에 관한 서로 다른 이론들의 존재와는 관계없이, 이것은 모두 선뜻 동의할 수 있는 법의 특질이다. 따라서 우리는 법이 본질적으로 '연역적 체계'라고 말할 수 있다.

일관성과 완전성을 가장 잘 갖추어서, 연역적 체계의 모범으로 꼽히는 것은 수학이다. 따라서 법의 본질을 밝히는 일에선, 가장 순수하고 이상적인 연역적 체계인 수학의 모습을 살펴서 먼저 연역적 체계의 특질들을 드러내는 것이 전략적으로 그럴 듯하다.

가장 널리 알려지고 연역적 추리가 두드러진 수학 체계는 에우클레이데스 기하학이다. 현대 용어들을 쓰면, 그것은 원시 용어들, 정의된 용어들, 공리들 그리고 그것들에서 연역적 추리를 통해서 도출된 정리들로 이루어진 체계다.

"에우클레이데스는 체계적인 연역적 형태로 기하학을 조직하고자 했으니, 그렇게 함으로써 그는 그의 증명들의 엄격함을 늘리고 또한 새로운 법칙들의 증명을 보다 수월하게 할 수 있었기 때문이다. 그러나 이것이 그의 동기의 전부였다고 하기는 어렵고, 분명히 그것은 현대에서 기하학의 공리화를 시도한 사람들의 동기의 전부는 아니다. 왜냐하면 에우클레이데스와 그들은 목표가 그저 기하학의 특정 법칙들이 맞다는 것을 모든 합리적 의심의 여지가 없을 정도로 증명하는 것이었을 경우에 요구되는 것을 넘어선 정교함을 도입하기 때문이다. 또한 공리들과 정리들의 연역적 조직은 또 하나의 목적을, 즉 기하학의 법칙들을 우아하고 명쾌한 방식으로 제시해서 그것들 사이의 흥미로운 논리적 연결들을 예시한다는 목적에도 이바지한다. 수학적 사고의 전형적 특질인 이 추가적 목적은 때로 에우클레이데스로 하여금 그의 독자들이 당연하다고 생각하는 것들을 증명하려고 애쓰게 만드는 것이다." (스티븐 바커, 『수학 철학』)

위의 인용문에서 거듭 강조된 것처럼, 연역적 체계의 중심적 특질은 '논리적 연결성'이다. 그것을 잘 드러내기 위해서 수학 체계의 공리화가 시도되었던 것이다. 연역적 체계의 모든 부분들은 논리적으로 서로 연결되었으며, 어느 한 부분의 타당성의 부족은, 그 부분이 아무리 사소한 정리일지라도, 체계 전체의 타당성에 대한 회의로 이어진다.

한 사회의 법은 본질적으로 공리화된 연역적 체계다. 그것의 핵심적 부분인 헌법은 이상적으로는 원시 용어들, 정의된 용어들, 그리고 공리들로 이루어진다고 할 수 있다. 그리고 주변적 부분들인 법률들과 다른 하위법들은 그런 원시 용어들, 정의된 용어들, 그리고 공리들에서 연역적 추리를 통해 도출된 정리들로 이루어진다.

시사 월간지에 실릴 원고였다. 그는 천천히 고개를 끄덕였다. 연역적 추리 체계라는 점에서 법과 수학이 본질적으로 비슷하다는 생각은 새롭다고 할 수 있었다. 그것은 법의 구조에 관한 켈젠의 견해를 끝까지 밀고 나간 것이었다. 아직 생각이 제대로 다듬어진 것은 아니어서, 지금까지 쓴 글은 부분적인 초고에 지나지 않았지만, 오래 깊이 생각하면, 괜찮은 글이 나올 것도 같았다.

"문제는……" 나직이 뇌이고서, 그는 씁쓰레하게 입맛을 다셨다. 자신의 얘기가 맞다고 확신할 수가 없다는 것이 마음에 걸렸다. 참고한 책들이 모두 오래 되어서, 지금 정설이 무엇인지 알 수 없었다. 그가 가진 법철학 책들과 수학철학 책들은 모두 1970년대 초엽에 나온 것들이었다. 그러니 30여 년 전의 학설들에 의지하고 글을 쓰는 셈이었다. 학문의 발전이 점점 가속되는 현대에서, 30년은 긴 세월이었다.

그러나 그로선 새 책들을 구하기가 무척 힘들었다. 도움이 될 만한 책들은 모두 외국에서 나왔다. 그러나 그로선 외국 서적들을 구하기가 무척 어려웠다. 공공 도서관들은 책들이 너무 빈약했고, 대학 도서관들은 이용하기가 번거로웠다. 지금 그가 의지하는 책들은 모두 연구소 다닐 때 구한 것들이었다. 한번 연구소에서 나오자, 외국 책들을 구하는 일이 그리도 힘들었다. 처음엔 연구소 동료들에게 부탁해서 구하기도 했지만, 나온 지 여러 해가 되니, 연구소에도 아는 이들이 적어졌다.

그것이 주변부 지식인의 비애였다. 과학이 무지의 군대와 싸우는 전선에서 너무 멀리 떨어진 터라, 과학의 영역에 새로 편입된 땅에 대한 지식은 이곳에 더디 닿았다. 그나마 정확한 지식 대신 풍문만 들려오는 경우도 흔했다.

사정이 그러하니, 주변부 지식인이 첨단 연구에 참여하기는 힘들었다. 지식의 전선이 어디에 형성되었고, 지식의 군대가 무슨 목표들을 공격하는지, 그 목표들을 얻기 위해서 무슨 전술을 쓰는지 제대로 알 길이 없었다. 연구실과 실험실에서 수행되는 연구들과 실험들이 논문들로 세상에 알려지기까지는 여러 해가 걸렸다. 그러한 시차는 주변부 지식인이 적절한 연구 주제를 고르는 일을 아주 어렵게 만들었다. 지식의 전선은 아무렇게나 형성되는 것이 아니었다. 하나의 과학적 발견은 다음에 밝혀야 할 과제들을 보여주고, 그러한 과제들을 수행하면, 다시 새로운 과제들이 나왔다. 같은 발견들이 거의 비슷한 시기에 서로 독립적으로 나오는 일이 점점 흔해지는 것은 그런 사정 때문이었다. 주변부에선 재발견과 재발명의 위험도 물론 컸다. 남들이 이미 알아내거나 발명한 것을 뒤늦게 따라 하는 일은 자신의 재능을 헛되이 쓰고서 웃음거리가 되는 일이었다.

주변부 지식인의 그런 비애는 자연과학과 기술 분야에서 가장 컸다. 발전이 워낙 빠른 분야니, 주변부에선 연구할 주제의 선정부터 힘들었고, 연구에 여러 사람들의 협력이 필요한데, 이곳에서 그런 협력자들을 만나기는 어려웠다. 연구 설비들의 부족까지 겹쳤다. 그래서 주변부의 불리를 극복하고 좋은 연구 성과를 내는 사람들이 드물 수밖에 없었다.

연구소에서 일하는 동안, 그는 외국에서 공부한 과학자들이 연구에 어려움을 겪는 모습을 자주 보았다. 한번은 재능이 뛰어난 젊은 과학자와 술을 많이 마신 적이 있었다. 미국의 이름난 민간 연구소에서 일한 적이 있었고, 그런 경력을 살려서, 여러 연구 사업들을 활발하게 하는 연구원이었다. 그러나 그가 보기엔, 그런 연구 사업들로는 학문적 업적을 남길 것 같지 않았다. 서로 속을 터놓는 술자리가 된 김에, 그는 물어보았다. 왜 지적 가치가 보다 높은 연구를 하지 않느냐고, 학문적 업적을 겨냥한 보다 야심찬 연구를 할 때가 되지 않았느냐고. 그의 물음을 받자, 그 과학자는 한참 술잔을 내려다보더니 신음처럼 대꾸했다. 과학자로서 대성하고 싶었다면, 왜 미국에서 돌아왔겠느냐고, 한국 땅에서 정말로 뜻있는 연구를 하는 것이 얼마나 어려운 줄 현실장님은 잘 아시지 않느냐고.

예술에선 사정이 훨씬 나았다. 예술에선 중심부와 주변부의 차이가 그리 뚜렷하지 않았고, 문화적 풍토의 제약이 그리 크지 않아서, 개인적 재능의 힘만으로도 높은 수준에 이를 수 있었다. 온갖 문제들을 안은 주변부가 오히려 예술가에게 좋은 환경이 될 수도 있다는 주장까지 있었다.

그러나 문학에선 사정이 달랐다. 주변부 문인들에겐 중심부의 인도-유럽어족 언어들과 다른 언어를 쓴다는 사정이 있었다. 언어를 매체로 하는 문학에서 중심부의 사람들이 모르는 언어를 모국어로 가졌다는 사정은 실질적으로 넘을 수 없는 장벽이었다. 그래서 너른 바다로 나가지 못하고 좁은 호수에 갇히는 것이 이곳 문인들의 운명이었다.

늘 그랬고 앞으로도 그럴 터였다. 조선은 이전엔 줄곧 한문문명권의 중심부인 중국 대륙의 변두리였다. 동아시아의 국제어였던 한문 덕분에, 주변부의 격리는 상당히 누그러졌었지만, 주변부 지식인들이 만나는 장벽을 조선 지식인들이 넘기는 무척 어려웠다. 그래서 그는 옛적 조선 지식인들에게 늘 동정과 공감을 품었다. 중국에서 흘러온 문화를 어렵사리 받아들여서 자신들의 정신적 자양으로 삼았던 그들은 그에겐 육신적으로만이 아니라 정신적으로도 선조들이었다.

그는 송에 사절로 파견되었던 고려 지식인들에게 마음이 끌렸다. 중국 대륙에 진출했던 조선 지식인들 가운데 가장 널리 알려진 이들은 당에 유학했던 사람들이었다. 원측, 의상, 최치원. 그러나 그들은 본질적으로 문명의 중심부에 스스로 들어가서 그 일부가 된 사람들이었다. 반면에, 송에 파견된 고려 사절들은 한문문명권의 중심부에서 흘러온 빈약한 지식을 자양으로 삼아 어엿한 지식인들로 자라났다.

그들 가운데 특히 선연한 모습으로 선 이는 박인량이었다. 박인량은 고려가 송에 파견한 사절의 한 사람으로 바다를 건넜다. 그리고 송의 수도 변경에서 중심부의 관리들과 마주해서 어려운 외교 업무를 수행했다.

그는 박인량의 눈에 비친 11세기 변경의 모습이 어떠했을지 정확하게 상상할 수 있었다. 1970년대 초엽에 그는 런던으로 출장을 갔다. 일을 마무리하고서, 그가 먼저 찾은 곳은 런던에서 가장 크다는 서점이었다. 너른 서점에 진열된 책들을 보는 순간, 그는 열락에 가까운 포만감을 느꼈다. 느긋한 웃음이 얼굴에 배어 나왔다. '하아, 이 많은 책들이……'

당시 한국에선 외국 책들을 구하기가 무척 어려웠다. 광화문 근처 외서 전문 서점들엔 교과서들만 있었다. 다른 책들은 팔리지 않으니, 당연한 일이었다. 거기 진열된 소설들도 시집들도 고전들이었고, 새로 나온 작품들은 드물었다. 외환 통제가 철저했던 때라, 돈이 있어도 책을 구할 길이 없었다. 해외 출장을 나가는 선배에게 부탁해서 책 한 권을 구하면, 보배를 얻은 것 같았다. 당시 한국의 지식인들이 서양의 새 지식들을 얻었던 곳은, 주요 외국 대사관들의 도서관들을 빼놓으면, 미군부대에서 흘러나온 책들과 잡지들을 파는 헌책방들이 고작이었다.

그나마 검열이 심해서 한국의 정세에 관한 지식은 밖에서 들어오기 어려웠다. 외국 시사 잡지들의 한국 관련 기사들은 으레 검은 잉크로 지워진 채 나오곤 했다. 그래도 시장의 법칙은 어김없이 작용해서, 명동의 헌책방 골목에 나가면, 그렇게 지워진 기사들만 오려서 파는 곳이 있었다. 그 기사들을 사본 사람들이 '믿을 만한 풍문'들의 근원이 되었다.

그래서 그는 박인량이 어떤 마음으로 그 번성했던 도회를 둘러보았을지 잘 알 수 있었다. 당시 송은 세계에서 문화가 가장 발전된

나라였고, 박인량에게 변경은 세계의 중심지였다. 그 번화한 거리들을 둘러보면서, 이어진 서점들에 들르면서, 박인량은 천 년 뒤 그가 런던에서 느꼈던 열락에 가까운 포만감을 느꼈을 터였다.

그는 박인량이 문명의 중심지에서 무슨 대접을 받았는지도 어렵지 않게 상상할 수 있었다. 그 많은 책들을 훑어보다가, 그는 자신이 가진 돈이 제약조건이라는 사실을 떠올렸다. 그리고 선뜻 결정했다, 있는 돈을 모두 과학소설을 사는 데 쓰기로. 과학소설 코너엔 그가 구하지 못했던 고전들이 꽂혀 있었다. 미군부대에서 흘러나온 페이퍼백들만 만졌던 그에게 그 하드커버들은 화려한 보석들 같았다. 그는 대가들의 작품들을 눈에 띄는 대로 뽑았다. 클라크, 하인라인, 라이버, 올디스, 블리쉬…… 그리고 그 책들을 계산대로 날랐다.

그가 두번째 책들을 계산대에 내려놓자, 점원이 책들을 살폈다. 그리고 웃음 띤 얼굴로 그에게 말했다, "좋은 책들을 고르셨습니다."

갑작스러운 얘기에 말이 잘 나오지 않아서, 그는 그저 웃음으로 대꾸했다.

"모두 과학소설 고전들이네요. 과학소설 팬이세요?" 마흔가량 된 여자였는데, 머리를 뒤로 단정하게 묶어서, 깔끔하다는 느낌을 주었다.

"예. 나는 한국에서 왔는데, 그곳에선 과학소설을 구하기가 쉽지 않습니다."

"아, 그러세요?" 그녀는 고개를 내밀어 다시 책 제목들을 훑어보았다. 그러고는 아래쪽에 있는 책을 손가락으로 가리켰다. "블리쉬를 좋아하세요?"

"이 세상에 블리쉬를 좋아하지 않는 과학소설 독자가 있을까요? 실은, 나는 그를 숭배합니다." 그는 좀 과장된 몸짓을 했다, 모처럼 멋진 표현을 했다는 흐뭇함이 가슴을 채우는 것을 느끼면서.

그녀도 따라서 밝은 웃음을 지으면서 고개를 끄덕였다. "나도 그래요."

그가 다시 서가로 향하자, 그녀가 따라왔다. 그리고 그가 책을 뽑자, 그녀가 받아 들었다. 그녀의 두 팔에 쌓인 책들이 많아지자, 그녀는 그것들을 카운터로 날랐다.

그의 마음이 환해졌다. 바로 그 자리에서 그녀는 그를 동료 지식인으로 인식한 것이었다. 1970년대 초엽만 하더라도, 서양 사회의 인종차별은 뚜렷했었다. 런던의 공항에서, 호텔에서, 음식점에서, 거리에서, 그는 인종의 벽에 부딪혔다. 그때마다 묵직한 무엇에 머리를 가볍게 맞은 듯한 충격을 받았다. 백인들이 다른 인종들을 낮추본다는 사실을 몰랐던 것은 물론 아니었다. 그때까지 그가 상대한 백인들이 적었던 것도 아니었다. 그러나 그가 회사 일로 거래처 사람들을 만나면, 인종이란 특질은 두드러진 요소가 될 수 없었다. 서로 상대를 잘 알았고, 꽤 깊이 사귀게 되었고, 무엇보다도, 당면한 거래를 성사시켜야 한다는 필요가 다른 고려 사항들이 들어올 틈을 남기지 않았다. 그러나 서양 대도회의 거리에서 옷깃을 스치는 사람들 사이에선 살빛이 가장 두드러진 특질이었다. 그리고 그는 먼 동양의 제대로 알려지지 않은 나라에서 찾아온, 생김새가 이상하고, 살빛이 누렇고, 차림이 촌스럽고, 말을 더듬는 사내에 지나지 않았다. 게다가 앞선 사회의 문물은 끊임없이 그를 압박했고, 그는 자신이 뒤진 사회의 시민임을 되새겨야 했다.

버티기 어려운 무게로 그를 눌렀던 경험은 어떤 클럽을 찾았던 일이었다. 그를 대접한 상대 회사의 변호사는 그를 자신의 클럽으로 안내했다. 벽에 미국 부통령 휴버트 험프리의 사진이 걸려 있었다. 그 변호사는 험프리가 명예 회원이라고 설명하고서 험프리가 그곳을 찾았을 때 있었던 일화를 길게 소개했다. 그 얘기를 그는 흘려들었다. 그러나 그 변호사가 아늑한 자리를 가리키면서 "미스터 현, 저곳을 보세요. 저곳이 새커리가 좋아했던 자리입니다. 저기서『허영의 시장』을 썼습니다"라고 얘기했을 때, 그는 어쩔 수 없이 중심부의 묵직한 전통 앞에 초라한 마음으로 선 주변부 문학청년이었다.

그랬던 터라, 그에게 그 서점에서의 일은 마음이 환해지는 사건이었다. 그에게서 책들을 받아 들었던 순간, 그 여인은 그를 동료 지식인으로 받아들인 것이었다. 그 순간 두 사람 사이의 관계에서 다른 것들은, 인종도 국적도 신분도 나이도, 뜻이 없었다. 오직 자신들이 지식인들이라는 사실만이 뜻을 지녔었다. 비록 그녀가 서점의 종업원이었고, 그래서 런던을 대표하는 지식인과는 거리가 한참 멀었지만, 그래도 그는 그녀를 통해서 런던의 '지식인들의 브라더후드'에 받아들여진 셈이었다.

박인량도 똑같은 대접을 받았을 터였다. 처음에 그는 바다 건너 변두리 나라에서 온, 차림이 이상하고 말도 통하지 않는 사절에 지나지 않았다. 비록 외교적 고려 때문에 그를 잘 대접했겠지만, 자신들을 세계 중심부의 지식인들로 여긴 송의 관리들은 그에게 느긋한 우월감을 품었을 것이고, 어쩌다 무심코 그런 우월감을 드러내면, 요란한 겸손으로 그것을 가리려 했을 것이다. 그러나 그들이 그와 필담을 하면서, 그들의 생각은 빠르게 달라졌으리라. 본질적으로 학자들이었던 그들은 그의 글에서 변두리의 척박한 풍토에서 중심부 문명을 받아들여 원숙한 경지에 이른 지식인의 은은한 모습을 보았을 것이다. 그리고 변두리에서 온 사람치곤 글을 잘한다는 생각으로 얼굴에 띠었던 웃음기를 문득 지우고, 정색하고서 그를 동료 지식인으로 받아들였을 것이다. 하긴 당시에 「오자서묘(伍子胥廟)」를 읽고서, 문득 자세를 가다듬지 않은 송의 관리가 있었을까?

그러나 중심부 지식인들에 의해 동료 지식인으로 받아들여진 주변부 지식인들은 많지 않았다. 조선 지식인들은 좁은 땅에서 태어나서 얕고 메마른 땅에서 키 작은 나무들로 자라났고, 운이 좋으면, 작지만 단 열매 몇 개를 맺을 수 있었다. 그리고 그런 조건은 지금도 이곳 지식인들에게 그대로 작용하고 있었다.

그는 일어나 거실로 나왔다. 거실 창밖으로 멀리 금산 쪽 산들이 보였다. 겹쳐서 솟은 암청색 겨울 산들이 아련한 무엇을 가슴에서 불러냈다.

그뒤로 그는 서양의 대도시들을 여러 번 찾았고 어엿한 지식인들과도 사귀었다. 그러나 처음 런던의 책방에 들렀던 때의 그 마법적 시공은 다시 잡지 못했다.

제11장

"2동 1205호. 하나 둘 공 다섯."

"예, 알겠습니다." 송기문이 말했다. "곧 올라가겠습니다."

"그려. 기다릴게." 이립이 수화기를 놓고 돌아서는데, 다시 전화기 종이 울렸다. "여보세요?"

"이립인가? 나 현욱일세."

"아, 현욱이. 잘 있었나?"

"그래. 별일 없지?"

"응. 자네도?"

"응. 저어기, 김변호사가 전화를 했어."

"아, 그래?"

"저쪽 변호사가 조정을 거부했대. 정식 재판을 받겠다고."

"그래?" 가슴이 철렁했다. 저쪽이 아주 유리한 조정도 거부했다면, 재판에서 승소할 자신이 있다는 얘기였다. 저쪽 여 변호사에게 살갑게 대하던 재판장의 모습이 떠올랐다.

"좋은 소식은 아니지?"

그는 마음을 가다듬었다. "그런 셈이지. 저쪽에서 자신이 있는 모양인데……"

"김변호사는 저쪽 변호사가 상식에 맞지 않게 고집을 부린다고 하던데."

"글쎄. 변호사야 자기 의뢰인 이익을 생각하니까, 뭐 이길 자신이 있으면, 그렇게 하는 게 옳지. 그게 상식이지." 그는 클클 웃었다.

"하긴 그렇다." 그의 웃음에 마음이 좀 놓였는지, 정의 목소리가 한결 밝아졌다. "그리고 김변호사가 그러던데, 다음 주에 이희상이 증언을 듣기로 했대."

"아, 그래?"

"응. 그리고 김변호사가 또 그 얘길 하던데."

"무슨 얘기?"

"출판사 직원의 증언 말야. 그 사람의 증언이 아무래도 필요할 것 같다는 거야. 민사 소송은 증인의 증언으로 판가름이 나는 것이니까, 좀 어렵더라도, 자네가 적극적으로 나서서 그 출판사 직원이 증언을 하도록 해달라는 얘긴데. 어떠니, 가능하겠니?"

한 순간 그의 마음속에서 여러 감정들이 뒤섞였다. 이희상의 증언에 바로 대응하는 것이 전략적으로 불리하다는 것이 그의 생각이었고, 그래서 그는 출판사 직원을 증인으로 내세워 이희상의 증언을 반박하는 것을 탐탁지 않게 여겨온 터였다. 정도 그의 생각을 잘 알기 때문에 얘기를 조심스럽게 꺼낸 것이었다. 그래도 지금은 김변호사의 고집이 오히려 고마웠다. 재판이 불리하게 돌아가는 것을 변호사가 왜 모르겠는가? 그래도 할 수 있는 일은 다 하겠다는 변호사의 태도가 그에겐 고맙고 든든했다. "그러지. 바로 출판사에 전화해볼게."

소송 얘기가 끝나자, 정은 윤기형과 다시 만나서 한 얘기들을 전했다. 그리고 김진식과 함께 넷이 일간 한번 모이자고 했다.

수화기를 내려놓고, 제법 푸짐해진 눈발을 내다보았다. 이길 가망이 거의 없는 소송을 계속하는 일은 지겨울 터였지만, 그래도 열심히 해보려는 변호사가 있다는 것은 든든했다. 돈이 오가는 거래를 통해서 맺어진 관계였지만, 그래도 김변호사는 그런 관계를 넘어선 무엇을 이 일에 보태고 있었다. 이제는 그렇게 사소한 것들도 소중하게 여겨야 할 나이였다. '돈으로 산 우정을 옆에 거느리고 위엄있게 내려가는 편이 아예 아무도 없는 것보다는 나은 것'이었다. 두 손을 옆구리에 대고 가슴을 편 채, 그는 말없이 눈에 덮이는 산들을 먼 눈길로 쓰다듬었다.

제12장

"눈까지 오는데, 이렇게 찾아와줘서……" 아직 물기가 남은 최진
화의 머리를 살피면서, 이립은 뒤늦게 인사를 차렸다.

"실장님 찾아 뵌다 뵌다 하면서…… 실장님, 죄송해요." 최가 환
하게 웃었다.

"실장님께선 어떻게 지내세요?" 송기문이 물었다. 송은 물리학을
전공한 연구원이었는데, 몇 해 전에 대전 근교의 대학으로 옮겼다.
송은 그와 함께 일했던 최와 결혼했고, 그런 인연으로 그들 부부는
연구소에서 나온 뒤에도 가끔 그를 찾았다.

"나야 뭐 글 쓰는 게 일이니까," 면도를 하지 않아서 까슬까슬한
턱을 문지르면서, 그는 어정쩡한 대꾸를 내놓았다.

"실장님, 건강이 좋아지신 것 같은데요," 그의 안색을 살피면서,
최가 말했다. "저번에 뵈었을 때보다 안색이 훨씬 좋으시네요."

"그래? 얼굴은 미세스 송이 좋다. 젊어진 것 같네."

"젊어지긴요, 저도 곧 5학년이 되는데요."

"아냐, 정말 젊어졌어. 내가 아직 시력은 괜찮아." 웃음이 잦아들자, 그는 바로 옆에 앉은 김병길에게로 몸을 돌렸다. "김박사도 여전하네."

"그럭저럭 지냅니다." 김이 사람 좋은 웃음을 흘렸다.

"김실장이 요새 일복이 터졌습니다," 송이 말했다. "작년에 정부에서 큰 프로젝트를 따서, 올해부턴 경기가 좋습니다. 덕분에 저도 거기 끼어서……"

"그래? 그거 좋은 소식이네. 김박사, 축하합니다."

"감사합니다. 송교수가 도와줘서 그럭저럭 해나가고 있습니다."

그의 아내가 과일 접시를 가져왔다. "뭐 내놓을 것이 없어서……"

"아닙니다. 저희가 사모님께 폐를 끼치는데요," 최가 말했다.

"별말씀을. 뭐 마땅한 과일도 없고……" 그의 아내가 권하는 몸짓을 했다.

"자, 듭시다." 사람들에게 권하는 손짓을 하고서, 그는 박주성을 보았다. "박교수님, 좀 드시죠."

"예, 감사합니다." 박이 포크를 집어 들었다. 박은 송과 같은 대학에 있다는 젊은이인데, 국문학을 가르친다고 했다. 송의 고등학교 후배라서 송과 친한 사이인데, 송 내외가 이립을 만나러 간다는 얘기를 듣고서, 따라온 것이었다.

"지훈이가 지금 고2지?"

"네."

"그럼 이제부터 한 해 동안 미세스 송이 혼신의 힘을……"

"네. 정말로 걱정이 돼요. '고3 부모'란 말이 실감 나요."

"지훈이는 성적이 좋다면서."

"그래도 요새는 다 잘하니까, 맘을 놓을 수가 없어요."

"그렇겠지." 그는 박에게로 고개를 돌렸다. "박교수님께선 무슨 과목들을 가르치시나요?"

박이 설명했다. 한동안 대학에 관한 얘기가 이어졌다.

"저어, 선생님께서 『역사 지평』에 쓰신 글 잘 읽었습니다." 잠시 얘기가 끊기자, 박이 화제를 돌렸다.

"아, 그거? 읽으셨어요?"

"예. 조선조 지식인들 가운데 '개념적 돌파'를 이룬 사람이 하나도 없다는 말씀을 읽고서, 충격을 받았습니다. 저도 우리나라 역사에 대해선 알 만큼 안다고 생각했었는데, 선생님 글을 읽고선, 제 생각이 밑동부터 흔들리는 느낌을 받았습니다."

"우리 역사학계의 정설과는 다른 얘기니까, 처음 대하면, 그럴 겁니다."

"무슨 글을 쓰셨는데?" 송이 물었다.

"저어기, '조선조 역사를 바라보는 시각'이라고. 조선조 역사를 어떻게 바라볼 것이냐, 하는 주제로 쓰셨어요." 박이 설명하고서 그를 바라보았다. "선생님께선 허균이 개념적 돌파에 가장 가까이 갔다고 평하셨는데, 저도 실은 전부터 허균이 가장 혁명적 생각을 품었었다고 생각했거든요."

그는 고개를 끄덕였다.

"개념적 돌파라는 개념이 어떤 것인가요?" 송이 물었다.

"뭐라고 해야 되나, 과학철학에서 얘기하는 패러다임 쉬프트하고 비슷한 건데…… 개념적 돌파는 개인적 차원에서 이루어지고, 패러다임 쉬프트는 집단적 차원에서 이루어진다고 할까?"

"아, 예." 송이 고개를 끄덕였다.

"개념적 돌파가 일어난 뒤에야 패러다임이 바뀔 수 있으니까, 두 개념 사이의 관계가 깊지. 개념적 돌파는 과학소설에서 많이 쓰이는 개념인데, 과학소설은 개념적 돌파를 품을 수밖에 없다, 그런 얘기도 할 수 있겠지. 과학적 지식에 관한 이야기들은 정설이나 상식에서 벗어난 이야기들일 수밖에 없지 않겠어?"

생각에 잠긴 얼굴로 송이 고개를 끄덕였다.

"예를 들면, 이런 게 있어," 송 내외를 보면서, 그는 설명했다. "먼 별로 가는 여행은 아주 오래 걸리니까, 보통 방식으론 힘들거든. 그래서 나온 것이 '세대 우주선'이라. 엄청나게 큰 우주선을 만들어서, 몇천 몇만 되는 사람들이 여러 세대에 걸쳐 여행을 해서 먼 별에 닿는다는 얘기라. 몇십 세대, 몇백 세대에 걸쳐 여행을 하다 보면, 그 우주선 안의 사회가 위기를 맞게 마련이지. 의견이 갈릴 수도 있고. 싸울 수도 있고. 아니면 예측 못할 사회적 현상으로 지구를 떠날 때 지녔던 지식이 후대에 제대로 전수되지 않을 수도 있고. 어쨌든, 우주선 안의 사회가 처음의 질서를 많이 잃고, 그 과정에서 지녔던 지식을 대부분 잃을 수 있겠지. 그 사이에도 우주선은 그대로 항해하고. 우주선이야 스스로 문제들을 해결하도록 프로그램되었을 테니까. 마침내 사람들은 자신들이 우주선을 타고 먼 별로 가고 있다는 사실까지 잊게 되었어. 그래서 우주선 안이 우주의 전부라고 생각하게 되었지. 그러다가 어떤 호기심이 많은 소년이 사람들이 가보지 않은 곳들을 탐험하게 되지. 우주선 안에서 사람들이 살아가는 구역이 있고, 우주선의 항해와 유지에 필요한 구역이 따로 있을 텐데, 오랫동안 사람들은 자기들이 사는 구역 밖으로는 나가보지 않았거든. 그렇게 밖으로 나가는 것을 막는 무슨 금기가 생겼겠지. 어쨌든, 탐험에 나선 소년은 금지 구역으로 들어가고, 마침내 자신의 세상이 우주선이란 것을 알게 되지. 그게 바로 개념적 돌파라."

"아, 예, 알겠습니다." 송이 말했다. "재미있는 개념인데요."

"전 실장님 얘기가 더 재밌네요," 최가 말했다. "실장님, 그런 얘기 하나 더 해주세요."

한순간 그녀 얼굴에 스물 몇 해 전 처음 그의 부서에서 일하기 시작했던 젊은 여인의 모습이 어렸다. 가슴에 인 아련한 느낌을 지그시 누르고, 그는 짐짓 밝은 목소리를 냈다. "작가는 옛날얘기를 그냥 하는 법이 없는데."

"안 그래도, 오늘 저희가 실장님 밖에서 대접하려고…… 실장님, 오늘 시간 내주실 수 있죠? 사모님도요."

"이거 얘기가 이상해진다. 나야 괜찮은데, 안식구는 오늘은 좀 어려울걸. 처제가 오기로 했는데…… 어쨌든, 미세스 송이 신청했으니, 얘길 하나 더 하지. 과일 좀 들어요. 아까 한 이야기는 하인라인의 작품이고. 이번 이야기는 필립 디크의 작품인데. 어떤 사람이 동료들로부터 차별 대우를 받아. 모두 자기를 무슨 인조인간처럼 대하는 거라. 그래서 불만이 가득했는데, 어느 날 드디어 알게 되지, 자기가 실제로 인조인간이라는 것을. 그것도 뱃속에 폭탄을 품은. 이런 플롯을 가진 에스에프 영화들이 많이 나와서, 이제 이런 개념적 돌파는 익숙하잖아? 그러니까 세상의 구조나 자신의 정체에 대해 새로운 사실을 알게 되면, 개념적 돌파가 나온다, 그런 얘기지."

"알겠습니다." 송이 고개를 끄덕였다.

"따지고 보면, 우리의 지적 성장은 개념적 돌파의 연속이라고 할 수 있어. 어린애가 자라나면서, 세상에 대한 생각이 계속 바뀌잖아? 그렇게 생각이 바뀌는 게 모두 개념적 돌파의 성격을 띠거든."

"실장님 말씀을 듣고 나니, 갑자기 제가 개념적 돌파를 이룬 느낌이 드는데요." 송의 얘기에 웃음판이 되었다.

그의 아내가 차를 내왔다. 잠시 가벼운 얘기들이 오갔다.

"실장님, 잡지에 쓰셨다는 글 말입니다. 그 글에 대해서 좀 자세히 말씀해주세요." 차를 한 모금 마시고서, 김이 얘기를 되돌렸다.

"그거? 긴 얘긴데, 간단하게 말하면, 조선조 사회에선 사회 체제에 관해서 개념적 돌파를 이룬 지식인이 없었다. 그런 얘기야. 이단적이랄까, 반항적이랄까, 그런 모습을 보인 지식인들이 더러 있었지만, 황진이라든가 임제라든가 허균이라든가, 내가 보기엔 그들도 개념적 돌파를 이루지는 못했거든."

"그렇습니까?"

"고려조와 조선조 사회는 엄격한 계급사회였잖아? 맨 위에 지배 계급인 사족이 있고, 그 아래에 중인, 양민, 천민이 있고, 맨 밑에 노비라고 불린 노예 계급이 있었잖아? 계급사회야 어디서나 나오는 건데, 문제는 노예 계급에 있거든. 우리 전통사회는 아주 철저한 노예제도를 운영했어. 먼저, 노예의 수가 아주 많았어. 지배 계급은 전적으로 노예 노동에 의존했고, 심지어 통치 기구들까지 노예에 의존했어. 그리고 노예들은 신분이 세습되었어. 게다가 기생이라는 성적 노예제도를 공식적으로 운영했잖아? 기생으로 태어나면, 평생 지배 계급의 성적 노예 노릇을 해야 했고, 자식들까지 그런 운명에 맡겨야 했어. 내가 알기로는 우리 사회보다 더 철저하게 노예제도를 운영한 사회는 없었어. 노예사회로 악명이 난 남북전쟁 이전의 미국 남부 사회도 조선조 사회보다는 노예사회의 특질이 훨씬 덜했어. 거기엔 적어도 성적 노예제도는 없었거든. 그리고 거기선 행정 관청들이 노예들에게 의존하진 않았어. 그러나 조선조에선 관청마다 관노들이 실질적 업무를 맡았어. 관노들 없이는 꼼짝할 수 없었지. 그래서 관노를 속량하는 게 아주 힘들었어. 관노를 하나 속량하려면, 먼저 노비 하나를 구해서 대신 관노를 만들어야 했어."

"실장님 말씀을 듣고 보니, 정말⋯⋯" 김이 고개를 저었다. "우리 사회가 그렇게 철저한 노예사회였다는 건 저는 지금까지 몰랐습니다."

"지금 내가 얘기한 것들은 모두 다 아는 사실들이야. 우리가 그 사실들을 보고도 그냥 지나치는 거야. 우리 역사 교과서들은 모두 지배 계급들의 얘기들로 가득 채워졌어. 그들이 한 일들, 그들이 본 세상 모습들. 그들의 관점에서야 노예제도는 당연한 것으로 보였지. 그리고 우리는 그 관점을 그대로 물려받았어. 반면에, 노예들의 삶은 역사에서 완전히 사라졌지. 기록이 되지 않았거든."

"그렇죠. 노예들은 자신들의 얘기를 남길 기회가 없었죠," 송이 동의했다.

"그런 상황에서 사회를 제대로 보려면, 계급체제를 뚫고 나와야 되거든. 그래야 계급체제를 떠받치는 이념들이 비로소 모습을 드러내지. 그런 개념적 돌파에 성공한 사람이 없었어. 지식은 지배 계급이 독점하고 계급체제를 정당화하는 이념들만 세상에 통용되었거든. 노예들조차 자신들의 처지가 당연하다고 여긴 거지. 황진이가 대표적이야. 황진이는 상당히 파격적인 인물로 알려졌지. 그러나 성적 노예제도 자체에 대해선 아무런 말도 하지 않았어. 황진이의 시들은 거의 다 풍류를 아는 양반들과의 연애에 관한 것들이야. 그 시들을 대하면, 난 울적해져. 그 시들이 워낙 좋은 시들이라, 더욱 울적해지지."

차로 목을 축이고서, 그는 말을 이었다. "내 생각엔 개념적 돌파에 가장 가까이 간 사람은 허균인데, 허균도 계급체제라는 문제를 제대로 살피진 못했어. 『홍길동전』에서 다루어진 문제는 적서차별인데, 그것은 본질적으로 지배 계급인 사족이 맞은 문제야. 그리고 적서차별이라는 것도 뿌리는 노예제도 아냐? 주인은 여자 노예를 마음대로 건드릴 수 있었던 풍토에서 그 문제가 나왔거든. 그런데도 허균은 노예제도의 철폐라는 생각까지는 이르지 못했어. 실질적으로 체제에 안주한 거야. 그나마 홍길동은 율도국으로 가잖아? 현실 속의 조선 사회에서 무엇을, 작든 크든, 무엇을 하는 걸 포기하고 존재하지 않는 세상으로 도피한 거야."

"선생님, 그러면 『춘향전』은 어떻게 보십니까?" 박이 물었다. "『춘향전』은 계급사회에 대한 도전을 주제로 삼았잖습니까?"

"『춘향전』에 그런 면이 있죠. 퇴적 기생이 사족의 부인으로 신분이 높아지는 것은 분명히 계급사회의 질서에 대한 도전이죠. 그래도 제 생각엔 『춘향전』은 당시 조선조 사회의 지배적 이념에 충실했던 것으로 보입니다. 큰 대가를 치르면서도 정절을 지키면 궁극적으로는 보답을 받는다, 이것이 『춘향전』의 전언이거든요. 여자가 정절을 지키는 것, 특히 사족의 여자가 정절을 지키는 것, 그것이 당시 지배적 이념이 무엇보다도 강조한 것이잖습니까?"

박이 고개를 끄덕였다.

"『춘향전』에서 주목할 것은 남주인공이 사족이고 여주인공이 노예라는 점입니다. 그것은 우연이 아닙니다. 남주인공이 노예고 여주인공이 사족인 소설은 조선조 사회에선 나올 수 없었습니다. 노예사회에선 특이한 성적 관행이 나옵니다. 남자 주인들이 여자 노예들에게 성적으로 쉽게 접근할 수 있기 때문이죠. 조선조 사회에선 기생이라는 제도가 그런 접근을 아예 공식화하고 일상화했습니다. 그런 사회는 지배 계급 남자들의 성적 방종에 대해선 아주 너그럽지만 지배 계급 여자들의 성적 순결에 대해선 아주 엄격합니다. 정치적 요인과 생물적 요인이 함께 작용하기 때문이죠. 그래서 노복이 주인아씨를 넘보는 것은 죽음을 뜻합니다. 미국 남부 사회에선 이십 세기 중엽까지도 흑인 사내가 지나가는 백인 여자에게 휘파람을 불었다고 린치를 당해서 죽는 일이 벌어졌습니다. 미국 남부에선 '유사 기사도'가 성했죠? 남부 백인 여성들에 대한 남부 백인 남성들의 과장된 존중과 같은 것 말입니다. 그런 유사 기사도적 이념은 노예제도와 깊은 관련이 있다고 합니다. 우리 사회에선 아직도 남자들의 성적 방종에 대해서 너그러운데, 그런 풍속의 뿌리도 전통적 노예제도죠."

사람들이 고개를 끄덕였다.

사과 한 쪽을 집어 들면서, 그는 말을 이었다. "개념적 돌파에 실패한 것은 조선조 지식인들만이 아닙니다. 우리 자신들도 지금 조선의 노예제도에 관해서 개념적 돌파를 해야 돼요."

"그렇습니까?" 말뜻을 못 알아들은 얼굴로 송이 물었다.

"고려조와 조선조 내내 신분제도는 엄격하게 유지되었거든. 천년 넘게 유지된 셈이지. 그것이 무너진 것은 일본이 조선을 실질적으로 지배하기 시작한 뒤였어. 양반의 특권을 없애고 노비들을 해방한 것은 조선 역사에서 가장 중요한 사건들 가운데 하나야. 그러나 그것을 이룬 세력이 일본이니, 역사를 쓰는 사람들이 그것을 그렇게 평가할 수 없었지. 일본이 조선에서 한 짓들은 모두 악독하고 모두 조선 사람들에게 해로웠다. 이것이 근대 조선 역사를 쓰는 조선 사람들이 기본 원칙으로 삼았던 것이잖아? 그래서 조선조의 노예제도를 객관적으로 평가하고 그 해독을 밝힐 기회가 없어진 거지. 일본이 들어오기 전의 조선조 사회는 미화되어야만 했지. 조선조 사회에 무슨 결점이 있었다면, 바로 그 사실에 의해 일본의 조선 통치가 그만큼 정당화된다고 생각한 거지."

"아, 그런가요?" 비로소 말뜻을 알아들은 송이 고개를 끄덕였다.

"그래서 지금 우리는 우리 자신에 대해서 제대로 알지 못해. 우리 사회는 이십 세기 전반에 서양 문명을 받아들여 근본적으로 바뀌었는데, 그 일이 조선총독부의 주도로 이루어졌거든. 그러나 조선총독부가 한 일들에 대해서 우리가 아는 것은 거의 없어. 그저 일본 본토의 일본인들을 위해서 조선 사람들을 수탈했다, 모든 사서들이 그 얘기만 되풀이하거든. 우리들을 다듬어낸 요소들이 무엇인지 우리는 제대로 알지 못해."

사람들이 무겁게 고개를 끄덕였다.

박이 조심스럽게 말했다. "선생님 말씀을 듣고 보니, 노예제도에 대해서 보다 깊은 연구가 필요한 것 같습니다. 선생님께선 앞으로 그런 연구를 하실 생각이신가요?"

그는 싱긋 웃었다. "아뇨. 제 본업은 문학이라서. 어쨌든, 저는 우리 전통사회의 모습을 설명하는 일에서 노예제도는 핵심이라고 생각합니다. 노예제도가 기본 구도로 자리 잡은 뒤로, 조선 사회는 한번도 떨치지 못했습니다. 그런 부진과 정체에 노예제도가 직접적으로나 간접적으로 관계가 있는 것은 분명하거든요. 노예사회는 변화를 두려워하죠. 그리고 사회의 결이 아주 거칠어요. 노예들을 부리려면, 사람은 육체적으로나 이념적으로나 무자비해져야 합니다. 그래서 노예제도가 오래 존속한 사회는 어쩔 수 없이 야만적 특질들을 지니게 되죠. 개항 바로 뒤에 우리나라에 온 외국인들이 이구동성으로 개탄한 것이 잔혹한 형벌이었습니다. 용의자가 고문을 당하는 것은 약과고, 증인도 일단 관아에 불려 가면 먼저 잔혹한 고문을 받은 뒤에 신문이 시작되었다고 하거든요."

"예. 저도 그 얘기 읽었습니다." 박이 며칠 전에 읽은 책의 내용을 설명했다.

"실장님께선 '개념적 돌파'를 한 조선의 지식인이 없다고 하셨는데, 정약용은 어떤가요?" 김이 물었다.

"정약용?"

"예."

"다산이라." 그는 잠시 생각을 가다듬었다. "다산은 요새 말로 하면 '테크노크래트'였지. 테크노크래트는 본질적으로 '문제 해결자'지 '문제 제기자'는 아냐. 그들은 주어진 문제들을 푸는 데 마음을 쏟기 때문에, 개념적 돌파에 필요한 근본적 물음을 던질 여유를 갖기 어려워. 다산은 인품과 학식이 뛰어났지. 그래도 체제 안에서 생각하고 행동한 관료였기 때문에, 체제를 제대로 살필 수 없었어."

"그랬습니까?" 김이 고개를 갸웃했다. "그래도 제가 보기엔, 아주 혁신적인 대책들이 있던데요."

"물론. 그러나 그 혁신적 대책들이 조선조 사회의 기본적 이념과 질서를 본질적으로 바꾸려는 것들은 아니었잖아?"

"알겠습니다." 말은 그렇게 했어도, 김은 그의 얘기를 받아들이지 않는 낯빛이었다.

"김박사, 다산의 생각이 잘 드러난 저작이 『목민심서』 아닌가?"

"예." 김이 고개를 끄덕였다.

"그 제목이 다산의 세계관을 잘 드러내거든. 자신의 존재를 '목민관'으로 규정한 거야. 목민이 무어야? 가축을 치는 사람이 가축을 돌보듯이, 관리들은 백성들을 돌본다는 거 아냐? 다산은 자신을 지배 계급의 일원으로 규정하고 피지배 계급인 중인들, 평민들, 노비들을 잘 돌보겠다고 다짐한 거야."

"그래도 『목민심서』를 읽으면, 다산 선생께서 백성들을 위해서 마음을 쓰신 것이……"

그는 전에 김을 데리고 일했던 이병수 박사가 김에 대해서 한 얘기가 떠올랐다. 이박사 얘기대로, 김은 고집이 은근히 셌다.

"다산이 백성들을 잘 보살피지 않았다는 얘기가 아니고. 나는 다만 다산이 계급을 근본 질서로 삼은 조선조 체제를 그대로 받아들였고, 그 체제에 대해서 근본적 물음을 던지지 않았다는 점을 지적하는 거야. 목민이란 말의 '목(牧)'자는 분명히 가축을 키우고 돌본다는 뜻이야. 다산은 평생 그런 관점에서 세상을 살피고 행동했어. 김박사는 다산이 백성들을 극진히 대했다는 것을 강조하는데, 맞는 얘기야. 가축을 키우는 사람들이 바로 그래. 내가 어렸을 때, 어른이 새벽에 일어나면, 먼저 소한테 뜨거운 여물죽을 쑤어주고 자기가 밥을 먹었어. 주인은 찬밥을 먹어도, 소한텐 꼭 여물죽을 쑤어 먹였어. 소를 키우는 사람들은 모두 그렇게 자기 소를 극진히 보살폈어. 그렇다고 주인이 소를 자신과 대등한 존재로 여긴 것은 아니잖아?"

김이 씨익 웃으면서 과일을 집어 들었다. "그건 그렇습니다. 저도 어릴 때 소를 키워봤습니다."

"실은 다산은 조선조의 계급체제를 적극적으로 옹호한 사람야. 다산이 가장 큰 병폐로 지목한 것은 지방 관아의 향리들이었어. 수령은 임기가 짧고 향리들은 붙박이들이라, 문제가 생긴다는 얘기지. 수령이 잘하려 해도 향리들이 그를 꼬드기고 속여서 일을 그르친다, 나중에 잘못이 드러나면 수령이 모든 책임을 뒤집어쓴다, 그래서 수령은 억울하다, 향리의 폐해를 다스리는 것이 사회 개혁의 근본이다, 이런 얘기를 했거든. 바로 거기서 다산의 한계가 드러나는 거라. 그에겐 계급사회의 이념과 질서는 자연스러운 것이었어. 그래서 수령인 자신은 당연히 백성들을 다스리고, 향리들은 그의 지시를 받아서 충실히 공무를 집행하고, 평민들은 열심히 일해서 지배 계급을 부양하고, 노비들은 노비들답게 시키는 대로 하고. 기생들은 공무에 시달린 수령을 위해서 육신으로 봉사하고. 때로 재주가 있는 기생이 나오면, 양반들의 술자리에서 시를 지어 그들을 즐겁게 하고. 그들에게서 '해어화'라는 칭찬을 들으면, 기생에겐 큰 영광이고. 그 기생에게서 나온 아이들은 당연히 기생이 되어 그 직분을 이어받고. 그게 다산에겐 하늘이 만든 질서였어. 그런 인식을 지닌 사람은 훌륭한 테크노크래트는 될 수 있지. 그러나 개념적 돌파를 이루는 지식인이 될 수 있을까?"

"알겠습니다." 김이 고개를 끄덕였다.

"내가 다산에게서 정말로 아쉬운 점은 다산이 개념적 돌파를 이룰 수 있는 환경에 있었다는 사실야. 다산은 서양의 지식이 조선에 흘러왔을 때 살았거든. 무엇보다도, 기독교에 대해서 잘 알았어. 기독교의 핵심적 특질은 사람들이 신 앞에서 평등하다는 이념이야. 기독교가 그렇게 빠르게 세계적 종교로 자라난 비밀이 바로 그 이념이잖아? 그 이념은 당시 조선의 기독교 지식인들이 계급제도에 의문을 품고 개념적 돌파에 나설 수 있는 단서를 제공했어. 나아가서 중국이 인류 문명의 중심지라는 고정관념에 의문을 품을 수 있는 단서도 제공했지. 그런 단서들을 지녔다는 점에서 다산은 임제나 허균보다 훨씬 유리한 처지에 있었거든. 그러나 다산은 끝내 전통적 준거틀에서 한 걸음도 벗어나지 못했어.”

그의 아내가 다가와서 탁자 위를 살폈다. “뭐 필요한 것 없어요? 과일 더 내올까요?”

“아네요, 사모님. 여기 앉으세요.” 최가 말했다.

“이거면 충분합니다.“ 송이 덧붙였다.

“저기, 연미가 전화했어요.”

“연미가?”

“네. 지금 금강유원지를 출발했대요.”

“그래?” 그는 사람들에게 설명했다. “우리 처제가 부산 사는데, 지금 올라오고 있다고. ……어쨌든, 다산은 서양에서 나온 지식을 상당히 얻었지만, 개념적 돌파엔 실패했어요. 다산의 실패를 더욱 아쉽게 만드는 것은 그가 중요한 서양 의학 지식을 알았다는 사실예요. 다산은 『마과회통』이라는 책을 지었는데, 그 책은 ‘마진’에 관한 의학 서적이었거든요. 마진은 홍역을 가리키는데, 당시 홍역은 조선에서 가장 무서운 전염병이었어요. 그 『마과회통』에서 다산은 ‘종두법’을 소개했는데, 그게 바로 서양 의학 지식이라. 인도에 나온 영국 의사가 지은 책이 중국어로 번역되었고, 바로 그 중국어 책을 다산이 읽었단 얘기죠."

"아, 그랬습니까?" 박의 어조가 탄식 비슷했다.

"예. 그래서 다산은 서양 문명에 대한 단서들을 종교와 과학 양쪽에서 가졌던 셈이죠. 만일 그가 그 단서들을 추구했다면, 당시 동양 문명에 관해서 중요한 개념적 돌파를 이룰 수 있었겠죠."

"선생님, 조선조 지식인들이 그렇게 체제에 갇힌 이유가 무엇인가요?" 박이 물었다.

"글쎄요. 여러 가지 이유가 있겠죠. 가장 중요한 이유는 제 생각엔 아무래도 노예제도인 것 같습니다. 우리 전통적 사회처럼 철저하게 노예제도를 운영하면, 그 사회의 풍토는 어쩔 수 없이 척박하게 되고 사람들의 성품은 거칠어질 수밖에 없어요. 특히 노예 정신이 문제가 되죠. 한번 생각해보세요, 노예의 정신이 어떠했을까. 어떤 사람이 노예로서 살아남으려면, 정신적으로 노예라는 신분에 적응해야 합니다. 우리는 그런 적응이 실제로 무엇이었는지 상상할 수 없어요. 자신은 완전한 인간이 못 되고, 다른 사람의 재산이며, 자신의 자식들도 주인의 재산이 될 것이라는 사실을 받아들여야 하는데, 그런 정신적 적응이 불러오는 정신 상태는 어떤 것일까요? 직업이 소설가라서 다른 사람들의 처지에서 세상을 바라보는 일에 익숙한 저도 좀처럼 상상이 안 돼요. 분명한 것은 그것이 사회에 건전한 영향을 미쳤을 리는 없다는 거죠. 사회에 노예들이 많으면, 노예 정신이 사회에 배어들지 않겠어요?"

박이 무겁게 고개를 끄덕였다.

"제가 어려서부터 마음에 걸린 것이 '모난 돌이 정 맞는다'는 속담이었어요. 모난 짓을 많이 했거든요."

웃음이 터졌다.

"그래서 서양에도 그런 속담이 있나 마음에 두고 살폈는데, 아직까지 그런 속담을 만난 적이 없어요. 그 속담에 노예제도를 엄격하게 운영한 사회의 풍토가 반영된 것 같거든요. 그런 속담이 지혜로 통하는 사회가 잘되기를 기대할 수 있을까요?"

"조선조 지식인이 노예제도가 근본적 문제라는 인식을 지닐 가능성은 전혀 없었나요?" 박이 안타까운 어조로 물었다. "세종대왕 때는 조선 사회가 아주 흥했잖습니까?"

"세종 치세에 조선조가 흥한 건 분명한데, 그것은 고려조 말기에 허물어졌던 사회체제가 복구되면서 나온 효과가 아니었을까요? 엄격한 계급사회가 안은 본질적 문제들과 한계들을 세종대왕이 극복한 것은 아니었거든요. 어떤 사회체제에서든 뛰어난 지도자가 잘 다스리면, 그 사회는 흥합니다. 문제는 베이스라인이 낮다는 거죠. 노예제도를 기본적 질서로 삼은 사회는 아무리 흥해도, 자유민주주의 사회처럼 꾸준히 발전해서 높은 단계에 이르지 못하거든요. 조선조 사회는 본질적으로 고려조 사회의 연장이었어요. 이성계의 역성혁명은 고려조의 이념이나 체제를 바꾼 것이 아니라 그것들을 추스르고 강화했거든요. 그래서 태조, 태종, 세종, 문종, 세조와 같은 뛰어난 임금들이 나와서 조선의 국력을 크게 높였죠. 그러나 베이스라인은 어쩔 수 없이 낮았어요. 노예제도를 운영하는 사회의 한계는 그대로 지녔고, 조선조의 체제를 규정한 『경국대전』이 나온 성종 이후 조선조 사회는 줄곧 정체하거나 쇠퇴했어요."

"알겠습니다." 박이 고개를 끄덕이고 입맛을 쓸쓸하게 다셨다.

"그래도 지금 세종대왕 같은 지도자가 나왔으면, 난 더 바랄 것이 없는데." 송이 말했다.

웃음판이 되었다. 그런 사이에 얘기가 자연스럽게 선거 결과로 옮아갔다. 그는 화제가 딱딱한 주제에서 일상적 일로 옮아간 것이 다행스러웠다. 행정수도를 충청도 지역으로 옮기겠다는 노무현 후보의 공약이 결정적 승인이었다고 송이 말하자, 김이 선뜻 동의했다.

"오늘 처음 밝히는 건데, 실장님, 저는 그 사람 안 찍었어요." 최가 말했다.

"그래?" 가벼운 웃음을 얼굴에 띠고서, 그는 그녀를 바라보았다. 그녀는 곱게 늙고 있었다. 흐뭇함이 그의 가슴에 따습게 번졌다. "둘레선 다……"

"사람들이 왜 그런지 모르겠어요." 그녀의 목소리에 단단한 심이 들어 있었다.

그는 부드럽게 말했다, "미세스 송, 사람들은 역사를 생각하는 것이 아니라 당장 생계를 꾸리는 일에 마음을 써."

"그래도, 실장님, 대통령 선거는 역사적 중요성이 있는 일이잖아요?"

"물론. 그렇게 좁게 살피면서, 당장 이익이 되는 길을 좇으면서, 사람들은 역사의 방향을 바꾸거든. 늘 그랬어. 앞으로도 그럴 거고. 현명하든 어리석든, 이번에 우리 대한민국 시민들은 역사적 결정을 한 거야." 그는 가벼운 한숨을 내쉬었다. "그 결정이 무슨 뜻을 지녔는지는 나중에 알게 되겠지."

"행정수도가 정말 내려오기는 오는 겁니까?" 김이 물었다. "수도 이전이 잘 안 될 것이라고 보는 사람이 다수라고 하잖습니까?"

"글쎄. 수도를 옮기는 일이 어렵고, 지금 할 일도 아니긴 한데……

그런데 정치적으로는 이리로 옮겨올 가능성이 보기보다 높아."

"그렇습니까?"

"수도가 충청도로 옮겨오면, 혜택은 일단 충청도 사람들이 집중적으로 보잖아? 반면에, 손해는 온 국민들에게 골고루 돌아가. 그러니 수도 이전에서 이익을 볼 충청도 사람들은 똘똘 뭉쳐서 일을 추진할 것이고, 손해를 볼 사람들은 미지근하게 반대할 것이고. 정치 집단들의 입장에서 보면, 수도 이전을 반대하면, 충청도 표는 거의 다 잃는단 얘기가 되지."

"행정수도가 이리로 내려오면, 실장님도 덕을 보실 것 아닙니까?" 소파에 등을 기대고 집 안을 둘러보면서, 송이 느긋한 어조로 물었다.

송이 이곳 출신이며 부친이 상당한 땅을 가진 분이라는 것이 생각났다. "그렇지도 않아. 집세만 오르겠지. 이 집이 셋집이거든."

"아, 그러세요?" 송이 윗몸을 일으켰다. "어떻게 아직까지 셋집에 사세요? 실장님께선 책을 많이 내셨잖아요?"

"어쩌다 보니, 그렇게 됐어."

"베스트셀러를 쓰시면, 되잖습니까? 실장님께선 조금만 쉽게 쓰시면 될 것 같은데요?"

"얘기가 그렇게 간단치가 않아. 능력이 있는 작가가 조금 수준을 낮추어 대중이 쉽게 읽을 수 있는 작품을 쓰면, 베스트셀러가 될 거라고 생각하지만, 실상은 달라. 대중적 작품을 쓰는 데는 나름의 재능과 노력이 필요해. 난 베스트셀러가 될 만한 대중적 작품은 못 써."

"못 쓰시는 게 아니라, 안 쓰시겠죠?"

"그렇지도 않아. 베스트셀러는 아무나 쓰나."

웃음판이 되면서, 한순간 어색했던 분위기가 좀 가셨다.

"가난한 것에 대해 변명을 하자면, 이래. 지금 문예지가 주는 원고료가 장당 칠천 원가량 돼. 그 원고료를 받고도 글을 쓰려면, 가난해야 돼. 여유가 있으면, 그 원고료를 받으면서, 글을 쓸 기분이 나겠어?"

"원래 실장님은 물욕이 없으셔서…… 실장님, 그 원고료도 마다하지 마시고, 열심히 쓰세요." 최가 진지하게 말했다.

"고맙소, 미세스 송. 그 얘길 들으니까, 옛날 일이 생각나네. 내가 연구소를 나올 땐데, 소장님 앞에 사표를 내밀었더니, 소장님께서 물끄러미 내려다보시더니, '이번엔 못 붙잡을 것 같구먼' 하시데."

"그러면 선생님께선 사표를 여러 번 내셨단 얘기네요?" 웃음 띤 얼굴로 박이 말했다.

"그런 셈이죠. 제가 고집이 좀 세서, 소장님 속을 많이 썩어드렸죠. 소장님께선 그러시더니 '물욕이 없는 사람이니, 돈은 모아놓은 게 없을 테고' 하시면서 한숨을 쉬시데. 가슴이 꽉 막히더구만. '아, 이 어른께서 그래도 날 살피고 계셨구나.' 그런 생각이 들면서, 옛 말씀이 생각나더라고. '신하를 아는 데는 임금만 한 사람이 없다.' 누구 말씀이더라, 그런 말씀이 있죠?" 그는 박에게 물었다.

"예. 한비자 말씀이던가요?" 박이 자신 없게 말했다.

"직원의 됨됨이를 아는 데는 역시 최고경영자가……"

"그럼 실장님, 작가는 누가 제일 잘 알까요?" 최가 물었다.

"작가? 글쎄. 출판사 사장?"

제13장

"이렇게 좋은 곳이 다 있었나?" 소리 내어 감탄하면서, 이립은 식당 안을 둘러보았다. "연구소에서 나온 뒤엔, 시내에 나올 일이 적으니……"

"김실장이 여기 단골입니다." 송기문이 말했다.

"그래?"

"프로젝트에 참여한 외국 기술자들 대접하느라고 몇 번 왔습니다." 김병길이 설명했다.

"정말 좋네. 미세스 송, 세상이 많이 바뀌었지? 우리가 회식할 때는 기껏해야……"

"그래도 전 우리 실 회식하던 '숯골집'이 좋았어요." 최진화가 말했다. "지금은 없어졌지만."

종업원들이 음식을 차리는 동안, 연구소 얘기가 이어졌다. 자연스럽게 그에 관한 일화들이 화제가 되었다. 그는 다른 사람들의 기억에 남은 자신의 모습을 흥미롭게 살폈다.

"실장님, 연구소 시절이 그립지 않으세요?" 최가 물었다.

"그립지. 많이 그립지." 이젠 중년의 그늘이 덮이기 시작한 그녀 얼굴을 부드러운 눈길로 쓰다듬으면서, 그는 탄식했다.

"실장님께선 연구소를 위해서 큰일들을 많이 하셨는데……" 최가 무언지 아쉽다는 낯빛을 지었다.

"실장님께선 소신대로 일하셨으니까, 뭐……" 송이 받았다.

"내 입장에선 소신이었지만, 상대방 입장에선 고집이었지." 웃음이 사그라지자, 그는 말을 이었다. "뚱딴지라고 있지? 돼지감자라고 하는 것 말야."

"예." 김이 이내 받았다. "먹으면, 맛이 좀 아리고, 이상하죠?"

"맞아. 이 뚱딴지란 놈은, 한번 밭에 퍼지면, 캐도 캐도 나오는 거라. 다 캐서 없앴다 싶은데, 이듬해엔 보리밭 한쪽에 쭉 올라오는 거라. 딱 뚱딴지라."

다시 웃음판이 되면서, 분위기가 완연히 가벼워졌다. 허리띠를 늦추고, 그는 맥주로 목을 축였다.

"내가 뚱딴지같은 얘기를 꺼내서 회의 분위기 썰렁하게 만드는 데 특별한 재능이 있었지. 나름으로 이론적 뼈대를 갖춘 얘기라, 반박하기도 그렇고, 그렇다고 받아들이자니, 모두 괴롭고."

"실장님 말씀이야 다 이치에 맞았죠." 최가 두둔했다.

"미세스 송, 생각나나 모르겠다, 내가 늘 하던 '전화기 원리'란 얘기?"

"아, 그거요? 무슨 사업을 하려면, 먼저 전화기 한 대로 시작해야 한다고…… 그것 말씀이세요?"

"맞아. 앞뒤 재지 않고 그런 뚱딴지같은 얘길 해서, 분위기 썰렁하게 만들곤 했지."

"전 그 얘기 처음 듣는데요," 김이 말했다.

"무슨 얘기냐 하면 우리 연구소가 막 여기다 실험실을 짓기 시작했을 때였는데. '세계은행'의 과학 고문이란 사람이 대덕 단지를 둘러보고 싶다고 했어. 그래서 내가 그 사람을 안내했는데. 얘기를 하다가, 내가 데니스 가보의 견해를 인용했어. 가보의 『미래를 발명하기』란 책을 읽고 감심했었거든." 그는 박주성을 쳐다보고 설명했다, "가보는 홀로그래피로 노벨 물리학상을 받았습니다."

"아, 예."

"그랬더니, 그 사람이 반색하면서, 가보가 하바드에 있을 때, 자기가 가보와 같이 연구했다는 거예요. 그래서 갑자기 친해졌어요. 단지를 둘러보고 서울에 돌아와서 저녁을 먹는데, 그 사람이 진지하게 말합디다. 연구소를 세울 때, 건물부터 짓는 것은 좋지 않다고. 그때 모 연구소가 건물을 으리으리하게 지었거든요. 실험실도 아니고 본관을. 그 사람이 외국 연구소들의 경험을 얘기해주었어요. '세계은행'에서 일했으니, 개발도상국들의 경험에 대해서 잘 알 수밖에. 그리고 그 사람이 식견이 정말로 높았어요. 요새야 세계적 석학들이 우리나라를 자주 찾아오지만, 그때만 해도…… 그래서 열심히 듣고 열심히 물었죠. 그 사람 얘기는 이랬어요. 남미의 연구소는 먼저 거창한 실험실을 지었대요. 비슷한 분야의 유럽 연구소는 전화기 한 대로 출발했대요. 작은 사무실에 전화기를 놓고서, 기업들이 필요한 자료들과 정보들을 제공하는 일로 시작한 거죠. 그렇게 하다 보니, 기업들의 신뢰를 얻었고 기업들이 정말 필요로 하는 기술이 무엇인지 알 수 있게 되었죠. 그래서 그 기술을 외국에서 들여와서 기업들에 배포하고, 그러다 경제성이 있는 기술이 눈에 뜨이면, 그것을 개발하고. 그런 식으로 커서 성공했다는 얘기였어요. 반면에, 남미의 연구소는 하드웨어에 엄청난 투자를 해놓고 일거리가 부족해서 정부의 지원으로 연명한다는 거였어요."

사람들이 그의 얘기를 새길 틈을 준 다음, 그는 말을 이었다. "그래서 하나 배웠죠. 그리고 어디 가나 그 '전화기 원리'를 소개했어요. 그러니 사람들이 좋아했겠어요? 한번 생각해보세요. 연구실장들한테, 하드웨어 좋아하지 마라, 전화기 한 대로 할 일들이 얼마나 많으냐, 기업들을 찾아가서 필요한 정보가 무엇인지 알아봐라, 출장비는 내가 댄다, 이런 얘기를 했으니. 다른 사람도 아니고 해외에서 자금 끌어대고 실험 장비 사다 주는 사람이 그런 얘기를 했으니."

"그런 말씀을 하시고도, 무사하셨나요?" 박이 조심스럽게 물었다.

"이치에 어긋나는 얘긴 아니었으니까, 뭐……" 그는 클클 웃으면서 고기를 집었다. "실은 거기서 한 걸음 더 나아갔습니다. 연구실에서 무슨 연구 사업들을 할 것인가 자세하게 계획서를 만들어달라고 요구했죠. 연구 사업의 명칭과 수익까지 추산해달라고 했습니다. 그러면 사업들에 필요한 장비를 마련해주고 전문가들을 불러서 도와주고 해외 파견 훈련까지 제공하겠다고 했죠."

"연구실장들이 그대로 했습니까?" 송이 물었다.

"그대로 해? 아우성을 쳤지. 칠 수밖에. 그런 생각은 해본 적이 없었거든. 연구실장들은 해외에서 학위를 받고서 그대로 돌아온 사람들이 대부분이었는데, 실 운영 계획을 내달라면, 자기가 외국에서 배울 때 쓰던 장비 목록을 그냥 내놓는 경우가 흔했어. 그런 장비들을 큰돈 들여서 마련한 뒤에 우리나라에 그 사람이 개발한 기술을 쓸 기업이 없으면, 어떻게 되는 거야? 그래서 먼저 업계를 돌아보고, 무슨 연구 사업이 가능성이 있나 판단을 해보란 얘기였지. 싸우고, 달래고, 설득하고, 그러면서 우리 연구소 장기 연구 사업 계획서를 처음 만들어냈어."

"저도 한 번 실장님한테 자료 재촉을 받은 적이 있습니다. 몰아세우시는데, 정신이 하나도 없었습니다." 송이 고개를 흔들었다.

"그런 적이 있었나? 어쨌든, 뚱딴지같은 짓을 많이 했는데, 다른 편으로는, 연구소 사람들이 그렇게 하드웨어를 좋아하는 것을 탓하기도 어려워. 돈을 대준 정부에서 나중에 돈을 어디다 썼냐 하고 물을 때, 번듯한 건물이나 실험 장비가 있으면, 저절로 답변이 되는데, 연구원들 머릿속에 지식으로 들어 있습니다, 하면, 감사 나온 사람들이 잘했다고 고개를 끄덕이겠어? 한 번도 쓰지 않아서, 속으론 녹이 슬었을망정, 크고 비싼 실험 장비가 연구실에 있으면, 무사한 거라." 그는 박을 보면서 물었다. "박선생님, 연구소 사정이 좀 이해가 가십니까?"

"예, 이해가 잘됩니다." 박이 냉큼 받자 웃음이 터졌다.

"그리고 더 중요한 것은 큰 건물이나 장비를 갖춰야, 연구소가 정치적으로 안정이 돼요. 그냥 사람들이 연구만 하면, 언제 어느 바람에 연구소가 날려갈지 몰라요. 걸핏하면, '연구소 통폐합'을 통해서 효율을 높인다고 하니까, 일단 삽질을 해서 연구소 팻말을 꽂아놓는 게 생존의 조건입니다. 덩치가 커지고 설비도 많아지면, 없애려 들지 않거든요. 사람들은 한번 투자를 하면, 투자한 것이 아까워서, 손해를 보면서도 손을 털지 못하고 계속 투자를 해요. 소위 '콩코드 팰러시'죠. 사람의 본성은 '콩코드 팰러시'를 저지르게 되어 있어요.

그래서 일단 삽질을 하면, 예산 따는 데서도 유리하죠. 이래저래 모두 필사적으로 삽질을 하려고 하죠. 연구소장에서 말단 연구원에 이르기까지."

"선생님," 박이 조심스럽게 말했다. "선생님께서 연구소에 근무하셨던 경험이 소설 쓰시는 데 도움이 됐나요?"

"하," 송이 감탄했다. "박교수 직업의식이 철저하네."

빙그레 웃으면서, 그는 잠시 생각했다. "연구소에서 일한 경험이 소설 쓰는 데 뭐 특별히 도움이 된 것 같진 않고, 지식인으로선 좋은 경험이었어요. 과학 지식이 어떻게 우리 사회에 들어오고 퍼지고 쓰이는가 살필 수 있었거든요."

"아, 예." 박이 고개를 끄덕였다.

"우리나라와 서양 사이엔 지식의 격차가 크니까, 우리는 끊임없이 지식을 받아들이죠. 제가 연구소에서 한 일은 지식이 쉽게 들어오도록 하는 것이었습니다."

"우리 연구소 해외 관계 일은 모두 우리 실에서 했어요. 기자재를 들여오든, 기술을 들여오든, 사람들 해외 연수를 보내든," 최가 자랑스럽게 설명했다.

박이 고개를 끄덕였다.

"실장님께서 보시기엔 저희 연구원들은 어땠습니까?" 송이 물었다.

"다들 잘했지, 뭐. 그런 여건에서 그만하면 잘한 거지. 굳이 흠을 잡자면, 우리 연구원들은 야심이 적었어. 너무 자잘한 문제들을 다루는 것 같았어."

"실장님 연구소 나오실 때 세미나에서 그 말씀 하셨죠?" 김이 말했다.

"맞아. 그때 송교수는 유학 갔었지?"

"예. 제가 미국 있을 때였습니다. 실장님께서 사표 내셨다고 지훈이 엄마가 전화했었습니다."

"무슨 얘기냐 하면, 이왕이면 중요한 주제를 안고 씨름을 해라, 그런 얘기야. 아직까진 '과학적 발견의 논리'가 발견되지 않았거든. '이렇게 하면, 과학적 발견을 할 수 있다'는 처방이 나오지 않은 거야. 그래서 발견이나 발명은 중요성에 비례해서 난이도가 높아지는 게 아니거든. 별것 아닌 발견도 아주 어려울 수가 있고, 아주 중요한 발견도 쉽게 나올 수 있다는 얘기라. 그래서 이왕이면 세상 사람들이 찬탄할 만한 발견을 꿈꾸어라, 그런 얘기를 했지."

"저도 실장님 말씀 듣고서, 뭐 중요한 주제가 없나, 하고 한참 찾았습니다. 아무리 둘러봐도, 눈에 들어오는 게 없던데요." 김이 말했다.

웃음판이 되었다. 고기 쟁반이 나와서, 잠시 얘기가 멈췄다.

"좋은 말씀이신데요," 박이 진지하게 말했다. "그 말씀은 소설에도 적용될 것 같은데요. 이왕이면 중요한 주제를 골라라."

다시 웃음이 터졌다.

"좋은 얘기네요." 그가 선뜻 동의했다. "요즈음 우리 소설 작품들이 너무 사소한 주제들을 다룬다는 얘기가 자주 나오잖아요? 실은 그 얘기는 개인적 차원에서만 중요한 게 아닙니다. 사회적 차원에서도 중요한 얘기거든요. 우리 과학계에서 가장 많이 들리는 얘기가 '세계에서 두번째'죠. 세계에서 두번째로 무엇을 발견했다거나 무슨 기술을 개발했다거나. 저번에 기술 개발에 관한 세미나에 나가서, 그 얘길 했어요, 제발 '세계에서 두번째로 뭘 했다'는 기사가 나오지

열 원칙'이라고 나와 있던데요."

그는 고개를 끄덕였다. "그 이론이 근년의 연구 성과를 집약한 것 같습니다. 니덤의 연구에서 상당히 앞으로 나아간 것 같습니다."

"무슨 이론인데?" 송이 물었다.

"유럽 문명만이 과학혁명을 이룬 까닭은 유럽 문명이 과학혁명을 이루기 좋은 사회적 환경을 만든 덕분이다, 그런 얘깁니다." 잠시 생각을 가다듬은 다음, 박이 설명하기 시작했다. "사회적 환경에서 과학의 발전에 결정적이었던 요소는 창의적 노력이 제대로 나올 수 있는 여건의 존재 여부였다. 그런 여건에서 결정적 요소는 사회적 통합의 정도였다. 중국은 통합이 지나쳐서, 사회가 개인들을 압도했다. 다른 쪽엔, 사회가 너무 잘게 나뉘어져서 발전이 나올 수 없는 경우들이 있었다. 오직 유럽만이 적절하게 나뉘어져서 사회의 역량을 집결하면서도 개인들이 창조적 활동을 할 수 있었다. 그런 얘깁니다."

"너무 일방적인 얘기 아닌가? 유럽이 성공했으니, 유럽만이……" 송이 좀 불만스럽게 말했다.

"형님, 제 얘기가 아니고 학자들 얘기가 그렇습니다." 박의 대꾸와 표정이 재미있어서, 웃음판이 되었다.

"송교수, 이렇게 보면 어떨까? 역사는 근본적으로 대조 실험을 할 수 없으니, 그런 식으로 설명할 수밖엔 없다고. 게다가 과학혁명은 단 한 번 일어나는 현상이거든. 과학혁명을 이룬 문명이 갑자기 우세해져서, 다른 문명들을 단숨에 정복하니까, 과학혁명은 지구에서 두 번 일어날 수 없어. 자연히, '화이 낫 케스천'은 정답이 나올 수 없어. 두고두고 역사가들이 씨름할 문제지."

"그러면 다른 것은 어떤가요? '화이 케스쳔'이라고 하셨나요?" 박이 물었다.

"예. 그건 '왜 일본만 유럽 문명을 잘 받아들여서 선진화에 성공했느냐'라는 물음이죠. 유럽 문명이 세계로 퍼진 지 벌써 여러 세기가 지났는데, 오직 일본만이 그것을 제대로 받아들여서 선진국의 반열에 올랐어요. 이 물음은 아직도 중요합니다. '화이 낫 케스쳔'은 이미 지나간 역사적 사실에 관한 것이라, 학문적으로는 흥미롭지만, 실질적으로는 우리에게 큰 뜻이 없어요. 그러나 일본의 성공적 근대화는 두 가지 이유에서 우리에게 중요합니다. 하나는 성공적 근대화를 통해서 일본이 한문문명권의 패권국가가 되었고, 그 과정에서 우리나라가 일본의 식민지가 되었기 때문이죠. 또 하나는 일본의 성공에 대한 연구는 우리가 선진국으로 진입하는 데 도움이 되기 때문이죠."

잠시 생각하더니, 박이 조심스럽게 물었다. "그러면 선생님께선 일본이 서양 문명을 성공적으로 받아들여서 강국이 된 뒤 우리나라는 일본의 지배를 받을 수밖에 없었다, 그렇게 보시나요?"

"한문문명권에서 일본만이 서양 문명을 성공적으로 받아들였고 다른 나라들은 수용에서 뒤졌으니, 일본이 동아시아의 패권국가가 되는 것은 필연적이었다고 할 수 있겠죠. 아주 우세한 문명이 밀려오면, 우세한 문명을 누가 먼저 성공적으로 받아들이느냐 하는 것이 결정적 중요성을 지니게 되죠. 이전 조건들은 상대적으로 작은 뜻을 지니게 되고요."

박이 고개를 끄덕였다.

"그러니까 우리 역사를 살피는 데는 그 두 물음이 결정적으로 중요하죠. 과학혁명이 중국이 아니라 유럽에서 먼저 일어났다는 사실과 과학혁명을 통해서 갑자기 발전한 서양 문명을 일본이 먼저 성공적으로 받아들였다는 사실. 그 두 사실에서 십구 세기 중반 이후 동아시아 역사의 틀이 결정된 겁니다."

"알겠습니다."

"두 문명이 만났을 때, 결정적 조건은 '지식의 물매'입니다. 물이 높은 곳에서 낮은 곳으로 흐르듯, 지식도 높은 곳에서 낮은 곳으로 흐르죠. 유럽 문명의 지식 수준이 한문 문명의 지식 수준보다 월등히 높아서, 두 문명 사이의 지식의 물매가 무척 쌌어요. 자연히, 유럽 문명의 지식이 동아시아로 들어오는 모습은 아주 격렬했죠. 그 지식을 받아들이는 방식을 놓고 중국에서도 일본에서도 우리나라에서도 격렬한 내부 투쟁이 있었고, 뒤엔 나라들 사이의 싸움이 있었죠. 지식의 물매가 그렇게 싼 곳에선 지식의 수용이 평온할 수가 없어요. 비유를 들자면, 우세한 문명의 지식이 열세한 문명으로 들어오는 과정은 태풍과 같아요."

고기 한 점을 들고 나서, 그는 말을 이었다, "지구엔 '열의 물매'가 있어요. 열대는 열이 높고 한대엔 열이 적잖아요? 가만, 내가 송 교수 앞에서 이런 얘기를 하면, 뭐가 되나? 공자 앞에서 문자 쓴다는 얘기가 되나?"

웃음이 잦아들자, 그는 말을 이었다, "어쨌든, 그런 열의 물매는 아주 싸서, 열이 열대에서 한대로 흐를 때는 아주 격렬할 수밖에 없어요. 그래서 흔히 태풍의 모습을 하죠. 태풍에 휩쓸린 사람들에겐 재앙이지만, 태풍이 없으면, 지구는 살기가 힘든 곳이 되죠. 지식의 이동도 같아요. 앞선 문명의 지식이 유입되면, 뒤진 문명 안에선 갖가지 폭력적 현상들이 나옵니다. 일본에선 막부군과 토막군이 피비린내 나는 싸움을 벌였고, 중국과 조선에선 서양 지식에 대한 반동인 태평천국과 동학이 나와서 내전이 일어났죠. 그리고 서양 지식을 먼저 받아들인 일본이 조선과 중국을 침략했죠. 근대 동양의 역사는 서양 문명의 높은 지식을 받아들이는 과정으로 보아야, 비로소 제 모습이 보이죠. 실은 얘기는 거기서 끝나지 않아요. 이십 세기 후반에도 이어져요. 중국의 국공내전하고 우리 6·25도 내내 그런 과정으로 볼 수 있죠."

"실장님처럼 보시면, 일본에 대해서 너무 관대한 것 아닌가요?" 김이 물었다.

"얘기가 그렇게 되나? 내가 지금 하는 얘기하고 일본의 행위들에 대한 법적, 도덕적 평가하고는 그리 큰 관련은 없는 것 같은데? 이렇게 얘기하면, 어떨까? 일본이 조선을 강제로 점령하고 통치를 한 것은 무엇으로도 정당화될 수 없다, 그 점을 전제로 삼고서 서양 문물이 일본이라는 도관을 통해서 조선에 들어온 사실을 살피자, 그래야 조선의 근대 역사가 제대로 눈에 들어온다, 그렇게 얘기해야 되나? 우리가 일본의 통치를 받았다는 사실에만 눈길을 주면, 전통 문명이 외래 문명과 만났다는 근본적 구도가 눈에 잘 들어오지 않거든."

"알겠습니다." 김이 고개를 끄덕였다.

"그러면, 실장님, 서양 지식의 유입은 언제 끝나나요?" 송이 물었다.

"글쎄." 그는 잠시 생각했다. "그 과정은 이제 대체로 끝난 것 같은데. 이제 지구는 하나의 문명으로 통합되었잖아? 유럽 문명에서 나온 이념들과 원칙들을 기본으로 삼은 문명으로."

"그렇지만 아직 우리나라는 서양으로부터 지식을 수입하잖습니까?" 송이 다시 물었다.

"그건 문명 안에서의 교류라고 보아야 하지 않을까? 중심부와 주변부 사이의 지식의 교류로. 박선생님께선 어떻게 생각하십니까?"

"저도 선생님과 생각이 같습니다."

술잔을 비우고서, 그는 생각을 가다듬었다. "정확한 얘기를 하자면, 열세한 문명이 우세한 문명으로 통합되는 시점을 판단하는 기준이 있어야 되겠지. 언뜻 떠오른 생각인데, 열세한 문명의 구성원들이 우세한 문명의 이념과 방법론으로 자신들의 정체성을 규정하는 것이 그런 기준이 될 수 있겠는데. 지금 우리 사회에서 압도적인 이념은 민족주의지. 실제로 우리는 자신들의 정체성을 민족주의에 의거해서 규정하거든. 그런데 그 민족주의가 바로 유럽 문명이 낳은 거라. 그러니 유럽 문명의 지식들이 유입되는 과정은 대체로 끝났다고 봐도 되겠지."

"민족주의를 서양 문명의 산물로 보는 것은 좀……" 박이 고개를 갸웃했다.

"지금 우리 사회에 퍼진 민족주의는 그렇습니다. 간단한 사실 하나만 들어보죠. 현대 유럽의 민족주의는 민족어를 민족의 핵심적 요소로 보았습니다. 그렇죠?"

모두 고개를 끄덕였다.

"우리 선조들은 자신들의 민족어를 그렇게 높이 여기지 않았습니다. 그들은 동양의 국제어인 한문을 자신들의 진정한 언어로 여겼습니다. '진서'라고 불렀죠. 뒤늦게 만들어지긴 했지만 자신들의 민족어에 걸맞은 '정음'은 '언문'이라고 천시했습니다. 그래서 지배 계급은 아예 배우지도 않았죠. 이런 사정은 일본이나 월남에서도 같았어요. 모두 한문을 '참된 글'이라 불렀습니다. 그래서 우리 선조들은 모두 코스모폴리탄이었습니다. 적어도 언어에 관한 한. 우리 선조들은 개항할 때까지 '언문'을 공식적 용도나 학문적 용도에 쓰지 않았어요. 서양의 민족주의가 들어온 뒤에, 그 이념을 따라, '언문'이 '한글'이라는 이름을 지니고 공식적 문자가 되었죠."

박이 고개를 끄덕였다. "알겠습니다."

"아까 '지식의 물매'를 얘기하면서, 물은 높은 곳에서 낮은 곳으로 흐른다는 비유를 들었죠? 그런데 지식은 물과 좀 다릅니다. 물은 합쳐서 하나가 되지만, 지식은 합쳐서 하나가 되는 것이 아닙니다. 지식이 자리 잡은 곳은 사람들의 뇌인데, 뇌는 한정된 공간입니다. 그래서 어떤 지식이 뇌에 자리 잡으려면, 그것은 비슷한 지식을 밀어내야 되거든요. 그래서 우세한 문명의 지식은 열세한 문명의 지식을 밀어내고 자리 잡아요. 지금 우리 뇌엔 서양 문명이 낳은 지식이 자리 잡았어요. 전통적 지식들을 모조리 밀어내고. 우리가 전통적 지식이라고 아는 것들도 거의 모두 일본 사람들에 의해 변용된 서양 지식입니다. 이제 우리는, 싫든 좋든, 인정하든 외면하든, 서양 문명의 후예입니다."

박이 고개를 갸웃했다.

"그 점을 확인하려면, 이런 상상을 한번 해보세요," 그는 박에게 말했다. "이천 년 전 먼 서양에서 살았던 아리스토텔레스하고 단 이백 년 전에 바로 이 땅에서 살았던 정약용, 그 두 사람 가운데 누가 우리와 얘기가 잘 통할까요?"

제14장

"장기적으로 보았을 때, 소설의 앞날이 그리 어둡지 않다, 그런 말씀이시네요." 잔을 든 채, 박주성이 조심스럽게 물었다.

"장기적이란 말이 나오면, 나는 으레 '장기적으로는 우린 모두 죽는다'는 얘기를 인용하는데……" 싱긋 웃고서, 이립은 잔을 비웠다. 박이 맥주병을 집어 그의 잔을 채웠다.

"미래에 관해서 쓸 때, '장기적'이라는 말은 참 모호해요. 세상이 하도 빠르게 바뀌고, 바뀌는 속도가 가속되니까, 십 년 앞을 내다보기도 힘들어요. 지난 십 년 동안에 세상의 모습이 근본적으로 바뀌는 것을 우리는 기술에서만 두 번 경험했잖아요. 인터넷과 휴대폰으로. 아무도 그런 혁명적 변화들을 예측하지 못했어요. 그런 상황에서 '장기적'이란 말이 무슨 뜻을 지닐 수 있을지……" 그는 고개를 저었다. "미래에 관한 예측에서 제가 쓰는 주먹구구들 가운데 하나가 '다섯 세대'입니다."

"다섯 세대요?"

"예. 현대 사회에서 나오는 장기적 추세들은 시작에서 정착까지 다섯 세대면 충분하다, 그런 얘깁니다. 우리가 잘 아는 걸로 예를 들면, 한글 전용이 있어요. 조선조가 망할 때까지, 공식 언어는 한문이었죠. 개항하자, 조선의 정체성에 대한 자각이 일고 서양 민족주의의 영향이 커지면서, 한글에 대한 관심이 갑자기 높아졌어요. 그래서 국한문 병용이 시작되었고 독립신문처럼 아예 한글만 쓰는 매체가 나왔고. 그 추세가 깊어져서, 이제는 한문은 말할 것도 없고 한자도 전혀 모르는 세대가 나왔어요. 우리 아이들 한자 실력을 보면, 어이가 없잖아요?"

"정말 그렇습니다. 요새 학생들 한자 실력은 정말……" 박이 고개를 저었다.

"그 아이들은 그래도 전혀 불편을 느끼지 않아요. 한자에 바탕을 둔 조어를 할 줄 모르니까, 품위 없는 말들을 만들어내죠. 그러고도 태연해요. 바로 그 점에 주목해야 됩니다. 진정한 글은 한문이라고 믿은 세대에서 한자를 몰라도 전혀 불편을 느끼지 않는 세대까지, 대략 백이십 년이니, 다섯 세대 정도 걸렸죠?"

"정말 그런데요."

"그래서 장기적으로는, 즉 다섯 세대 뒤에는, 소설은 '박물관 예술'이 될 것 같아요. 소수의 애호가들이 즐기고 연구하지만, 대중들은 별다른 관심을 보이지 않는 예술 형식, 그래서 활력을 지니기에 필요한 최소한의 시장을 확보하지 못한 예술 형식, 그런 것이 될 것 같다는 얘기죠."

"'박물관 예술'이라고 하셨는데, 혹시 그 개념은 선생님께서 전에 민족어들이 곧 '박물관 언어'가 된다고 예측하신 것하고…… 그런 뜻에서 박물관이란 말을 쓰신 건가요?"

박이 구하기가 쉽지 않은 그의 책을 읽은 것이 반가워서, 그는 고개를 크게 끄덕였다. "맞습니다. 지금 우리 사회에서 판소리가 차지하는 자리를 미래 사회에선 소설이 차지하지 않을까, 그게 제 생각입니다."

박이 들고 있던 잔을 비웠다. 잔을 채우고서, 그는 카운터의 안주인에게 손짓을 했다. 그들이 들어올 때는 한적하던 술집이 이제는 빈자리가 없었다. 저녁을 들고서, 다른 사람들은 돌아갔고, 그와 박만 이리로 온 것이었다.

"마른 오징어 같은 거 있나요?" 그가 다가온 안주인에게 물었다.

"한치포가 있는데요."

"그럼 그거 주세요." 과일을 집어 들면서, 그는 말을 이었다. "제가 정말로 마음을 쓰는 것은 문학의 앞날이 아니라 예술의 궁극적 운명입니다."

"아, 그러세요?" 박의 눈에 호기심이 어렸다.

"문학을 업으로 삼겠다고 마음을 먹었을 때, 이런 물음을 만났어요. 인류가 아주 원숙해져서 거의 신처럼 되었을 때, 그때에도 인류는 예술을 필요로 할까? 아서 클라크가 그런 물음을 던졌어요. 그 물음이 내 마음 한구석에 박혀서, 늘 서걱거렸는데, 이제 한 삼십 년 지나니까, 답이 보인다고 할까……"

"아, 그러세요? 선생님 생각은 어떠세요?"

"원숙한 인류는 아마도 예술을 유치한 것으로 여길 것이다, 그것이 클라크의 생각이었던 것 같았는데, 지금 생각해보면, 클라크는 예술과 과학을 너무 대립적으로 본 것 같아요. 과학이 발전하면, 예술의 중요성이 필연적으로 줄어든다, 그렇게 생각했던 것 같아요. 저는 보다 낙관적입니다. 인류는 늘 예술을 필요로 할 것이다, 애초에 인류가 나오도록 했고 먼 미래에 인류를 원숙한 존재로 만들어줄 힘은 자연선택인데, 자연선택은 인류가 보다 나은 예술을 추구하도록 만들 것이다, 그런 얘깁니다.”

“아, 예.” 박이 잠시 생각하더니, 미안한 웃음을 띠었다. “선생님 말씀을 전 잘 알아듣지 못하겠습니다.”

그는 천천히 고개를 끄덕였다. “제 설명이 너무 추상적이죠? 그러면 이렇게 얘기해보죠. 사람의 지적 활동은 전통적으로 예술, 종교, 과학, 이렇게 셋으로 분류되었죠?”

“예.”

“이 세 가지 지적 활동들은 모두 혼란스러운 현상에 질서를 부여하려는 노력인데, 거기서 나온 질서가 상당히 달라요. 예술은 사람을 이 세상의 중심에 놓습니다. 종교는 세상의 중심이 신이라고 설명하지만, 사람도 신 가까이에 놓습니다. 그러나 과학은 사람이 아주 사소한 존재임을 보여줍니다. 아주 드물고 흥미롭지만, 그래도 우주에 비기면 아주 사소한 존재임을 보여주죠. 그러나 사람에겐 자신이 가장 소중하고 중요한 존재죠. 그래서 우주의 중심에 사람을 놓은 이야기들은 그렇게 하지 않은 이야기들보다 훨씬 재미있고 만족스럽습니다. 그런 뜻에서 예술은 아주 인간적입니다. 실제로 사람들은 예술이 종교나 과학보다 훨씬 인간적이라고 여기잖아요?”

박이 고개를 끄덕였다. “이제 선생님 말씀을 좀 알아듣겠습니다.”

“이건 예술가들에겐 아주 흥미로운 얘긴데, 좀 추상적이고 깁니다. 나중에 기회가 닿으면, 우리 한번 진지하게 얘기해봅시다.”

"예. 선생님, 시간이 나시면, 제게 전화 좀 주십시오. 제가 조용한 곳으로 모시겠습니다. 저희 학교에도 선생님 애독자들이 많습니다."

"그러죠." 그는 안주 접시에서 한치포 조각을 집었다.

"선생님, 실은 제가 요즈음 소설 쓰는 것에 대해서 자신을 잃었습니다." 탁자를 내려다보면서, 박이 어렵게 얘기를 꺼냈다. "노력이 아주 부족한 것도 아닌데, 글이 잘 쓰이지 않습니다. 제 재능이 부족해서 그런 것도 같고."

그는 어설픈 웃음을 띤 박의 얼굴을 살폈다. 그는 박에게 호감이 갔다. 이 각박한 세상에서 문학을 업으로 삼은 젊은이를 만나는 것은 늘 반가웠다. 그리고 편한 마음으로 얘기할 수 있었다. 연구소에서 친하게 지냈던 사람들과 만나면, 이제 그가 연구소를 나온 지 여러 해가 되어서, 할 얘기가 많지 않았다. 그러나 초면인 박과는 얘기가 자연스럽게 이어졌다.

"재능이 부족한 것 같다고 하셨는데, 이 세상의 모든 예술가들은 자신의 재능에 대해서 늘 불안해합니다. 박선생님만 그런 게 아닙니다."

"선생님께서도 자신의 재능이 부족하다는 생각이 드실 때가 있습니까?"

"물론이죠. 키츠의 자작 비명을 생각해보세요. '여기 누웠노라, 그의 이름이 물로 씌어진 사람이.' 키츠는 위대한 시인이었고 의지가 굳은 사람이었어요. 그런 사람도 자신의 삶을 돌아볼 때는 그런 비명이 떠오른 거예요. 그래서 난 사람들에게 늘 강조해요; 사람의 궁극적 재능은 자신을 믿는 재능이라고. 지적 업적을 남기려면, 정설이나 관행을 벗어난 무엇을 해야 할 것 아닙니까? 그런 무엇을 하면, 둘레 사람들이 당연히 이해하지 못하고 비웃죠. 가치가 있는 일이라는 것을 깨달으면, 이내 시기하고 방해합니다. 그런 몰이해와 시기를 견디면서, 내가 이러다 인생을 허비하는 것은 아닌가, 하는 회의를 누르고, 힘든 일을 해내려면, 자신의 재능과 판단에 대한 믿음이 필수적이잖겠습니까?"

"예, 그렇습니다."

"이 세상에서 창조적 업적을 남긴 사람들은 모두 '자신의 논리를 따라 절벽 너머로 걸어나간 사람들'입니다. 예외가 없습니다. 코페르니쿠스도, 다윈도, 제임스 조이스도 다 그렇게 절벽 너머로 걸어 갔습니다. 조이스는 우리하고 동업자니까, 그 사람 얘기를 하나 해보죠. 조이스가 『더블리너스』를 썼을 때, 그것을 조판하던 인쇄업자가 원고를 보고서, 미풍양속을 해치는 작품이라고 해서, 원고를 태워버렸습니다."

"세상에. 그런 일도 다 있었나요?"

"예. 그래서 조이스는 아일랜드에 절망하고서, 유럽 대륙으로 떠났어요. 그리고 평생 망명 생활을 했어요. 『율리시스』는 트리에스트하고 취리히에서 씌어졌어요. 출판도 어렵사리 파리에서 했고. 자신의 논리를 따라 절벽 너머로 걸어 나갈 땐, 누구나 추락을 예상하고 눈을 감죠. 그런데 그 논리가 옳으면, 허공인 줄로 알았던 절벽 너머에 신대륙이 있어요. 조지 오웰이 『율리시스』에 대해서 이렇게 말했어요, '조이스는 사람들의 코앞에 있는 아메리카를 발견했다.' 추락할지 신대륙을 발견할지, 걸어 나가봐야 알죠."

"그랬습니까?" 잠시 생각에 잠겼던 박이 조심스럽게 물었다, "선생님께선 어떤 작품을 쓰고 싶으세요? 물론 창조적인 작품을 쓰고 싶으시겠지만……"

그는 싱긋 웃었다. "그렇죠. 뻔하거나 남이 닦아놓은 길을 따라간 작품을 원하는 작가는 없겠죠. 말을 바꾸면, 이렇게 말할 수 있겠죠. 사람들이 없다는 것을 느끼지 못한 작품. 작품이 나온 뒤에야, 사람들이 비로소, '아, 이런 작품이 있을 수도 있구나' 하고 찬탄하는 작품. 정말로 창조적인 작품은 사람들이 없다는 것도 느끼지 못한 작품이죠."

박이 고개를 끄덕였다.

"박선생님도 한번 그런 작품을 찾아보세요."

"선생님 말씀을 들으니, 마음이……" 박이 말을 찾지 못하고 입맛만 다셨다. "오늘 정말 좋은 말씀 많이 들었습니다. 제 둘레에 소설을 쓰는 선배가 드물어서, 물어볼 사람도 없고, 참 답답했었는데, 오늘 선생님을 뵙고 이렇게 좋은 말씀도 듣고……"

박에게 해줄 만한 얘기를 찾아, 그의 마음이 바삐 움직였다. 국문학을 전공했으니, 글쓰기에 관한 지식들이라면 실은 박이 그보다 더 많이 알 터였다. 그래도 박이 글을 쓸 때 도움이 될 만한 '실전적' 지식을 하나쯤 들려주고 싶었다.

"아마 조지 오웰의 얘기였을 겁니다, 도스토예프스키의 작중 인물들은 사람들이 아니라 타락한 천사들이라고 한 건."

"타락한 천사들요?"

"예. 실제로 도스토예프스키의 인물들은 성격이 비교적 단순하고 아주 간략하게 묘사되었잖아요?"

생각에 잠긴 얼굴로 박이 고개를 끄덕였다. "말씀 듣고 보니, 정말 그런 것 같은데요."

"그런 타락한 천사들을 독자들은 좋아합니다."

"그런가요?"

"자신들이 평범하게 살다가 그저 죽을 존재들이 아니고 언젠가는 천사가 된다는 것은 누구에게나 매력적인 생각이죠. 신의 은총을 입어서든 자신의 노력으로든, 극적 신분 상승을 이룰 수 있다는 생각은."

눈썹을 모은 채, 잠시 생각하더니, 박이 싱긋 웃었다. "재미있는 얘긴데요."

"그렇게 타락한 천사들을 내세운 작품은 거의 필연적으로 우화의 특질을 지니게 되죠. 도스토예프스키의 작품들을 보면, 모두 우화의 특질을 띠고 있어요. 사람들은 우화를 좋아하죠."

"그런가요?"

"『난장이가 쏘아올린 작은 공』이 대표적이죠. 난장이는 문학적으로나 상업적으로나 크게 성공했잖아요?"

"예."

"난장이에 나오는 인물들을 찬찬히 살펴보세요. 그들은 사람들이 아녜요. 모두 타락한 천사들이죠. 그래서 성격이나 심리적 갈등과 같은 것들은 거의 나오지 않죠. 어떤 사람에 대해서 물었을 때, '천사표'라는 대꾸가 나오면, 더 묻지 않죠? 타락한 천사들은 성격이나 심리 같은 것이 필요하지 않아요. 천사면 족하죠. 실제로 난장이의 분위기는 도스토예프스키 작품들과 아주 비슷하잖아요?"

"정말 그런데요."

"한번 그 점에 대해서 생각해보세요. 혹시 도움이 될지도……" 그는 시계를 보았다.

"선생님, 너무 늦은 것 같습니다." 박이 미안한 얼굴을 했다. "제가……"

"아뇨. 이왕 글쓰는 얘기가 나왔으니, 제가 요새 깨달은 것 하나를 알려드릴게요."

"고맙습니다." 잔을 잡은 채, 박이 윗몸을 내밀었다.

"젊은 작가들의 작품들엔 불행에 대한 얘기가 많이 나와요. 그래서 그런 작품들을 읽으면, 행복해지는 것이 삶의 목표처럼 느껴져요. 그러나 사람은 행복해지도록 만들어진 게 아닙니다. 살아남도록 만들어졌어요. 자연선택은 개체가 행복한가 불행한가 상관하지 않아요. 오직 살아남는 것에만 마음을 쓰거든요. 실은 행복과 불행을 느끼는 감정이란 것도 개체의 생존에 도움이 되기 위해 생겼어요. 위대한 작품들은 생존에 관해서 얘기하죠. 여린 목숨을 가진 개체들이 이 냉혹한 우주에서 어떻게 살아남는가, 그것을 얘기하죠. 박선생님한테 얼마나 도움이 되는 얘긴지는 잘 모르겠지만, 한번 그 점에 대해서 생각해보세요."

제 15 장

비탈길을 다 올라오자, 이립은 차도에서 인도로 올라섰다. 차들이 다져놓은 비탈길은 발이 눈에 빠지지 않았지만 미끄러워서 힘이 들었다. 눈이 많이 내리면, 택시들은 그의 아파트로 가는 비탈길 아래쪽에 손님들을 내려놓았다.

숨을 돌리면서, 그는 둘러보았다. 늦은 시간인데다, 바로 옆이 다세대주택을 짓는 곳이라서, 불빛이 드물었다. 차들도 다니지 않아서, 호젓하기까지 했다. 뻣뻣한 목에 손을 대고서, 그는 고개를 들었다. 모처럼 별들이 초롱초롱한 하늘이 눈을 가득 채웠다. 문득 가슴이 막막해졌다. 이렇게 속이 드러난 하늘을 우러르면, 우주의 광막함에 가슴이 막막해지곤 했다.

며칠 전에 잡지에서 읽은 글이 생각났다. 우주가 그냥 팽창하는 것이 아니라 점점 가속한다는 얘기였다. 막막한 가슴이 더욱 막막해졌다. 이 우주는 되돌아올 수 없는 길을 가고 있었다.

아인슈타인이 팽창하는 우주의 가능성을 제시하고 허블이 우주가 실제로 팽창한다는 것을 밝히기 전에, 사람들은 우주가 본질적으로 같은 상태로 영원히 남으리라고 여겼다. 다른 가능성은 생각할 수도 없었다. 그러나 천문학적 증거들이 너무 확실했으므로, 우주가 팽창한다는 사실은 곧 받아들여졌고, 우주의 역사를 깔끔하게 설명한 '대폭발 이론'이 나왔다. 그러나 '대폭발 이론'은 우주의 항상성을 믿는, 아니 믿고자 하는, 사람들의 마음에 너무 어긋났다. 그래서 '안정 상태 우주론'이 나왔다. 우주가 팽창하면, 그 빈자리에 끊임없이 물질이 생겨서, 실제로는 우주의 모습이 안정적이라는 이론이었다. 이 이론은 사람들의 마음에 훨씬 맞았고, 자연히, 사람들의 심정적 지지를 받았다. 그러나 '대폭발'을 지지하는 증거들이 속속 발견되어서, '안정 상태 우주론'은 설 자리가 없게 되었다. 그러자 사람들은 '대폭발'로 인한 팽창이 언젠가는 멈추고 대신 '대수축'이 시작되며, 그러한 순환이 끝없이 이어지리라는 '진동 우주론'을 생각해냈다. 부정할 수 없는 '대폭발'을 진동의 한 단계로 받아들여서, 우주의 항상성을 지켜보려는 시도였다. 사람들은 자신들이 아는 우주의 모습이 언제까지나 남아 있기를 그렇게도 열망한 것이었다.

이제 우주엔 항상성이 없음이 밝혀졌다. 만일 요 몇 해 동안 천문학자들이 밝혀낸 것이 맞다면, 우주의 팽창은 끝없이 가속될 터였다. 그런 팽창에서 나올 우주는 너무 어둡고 춥고 쓸쓸할 터였다. 그것을 느낄 사람이야 오래전에 사라졌겠지만.

그는 아직 이 발견을 마음속에 제대로 받아들이지 못하고 있었다. 이 우주가 영원히 늘어나서 그저 춥고 컴컴한 공간으로 된다는 것은 쉽게 받아들이기 어려웠다.

따지고 보면, 그것은 그에게 실질적 문제가 될 수 없었다. 기껏해야 백 년을 사는 존재가 수백억 년 뒤의 우주의 모습을 걱정하는 것은 합리적이지 않았다. 그래도 우주의 그런 모습은 그의 마음을 문득 어둡고 춥게 만들었다.

나오는 한숨을 되삼키고서, 그는 익숙한 별자리들을 찾았다. 지식을 얻는 것을 평생의 업으로 삼았고, 덕분에 '무서운 진실'들을 알았고, 그것들을 모두 받아들였다. 자신의 몸도 마음도 자신의 것이 아니라는 사실을, 몸은 유전자들이 주인이고 마음은 '밈'들이 주인이라는 사실을 받아들였다. 아마도 인류가 태양계 밖으로 나갈 수는 없으리라는 것을 받아들였고, 태양의 수명이 다해 적색 거성이 되면, 지구의 생명은 없어지리라는 것도 받아들였다. 그전에 인류가 없어지리라는 것도, 인류가 아예 멸종하거나 전혀 다른 종으로 진화하리라는 것도 받아들였다. 훨씬 낮은 수준에서, 자신의 모국어가 몇 세대 뒤엔 사라지리라는 것과 그래서 자신이 그리도 힘들게 다듬어낸 작품들은 독자들이 없으리라는 것도 받아들였다. 모두 받아들였고 모두 용서했다. 지식은 이해를 낳았고, 이해는 용서를 불렀다.

그런데 우주의 팽창이 영원히 가속되리라는 실질적으로 아무런 뜻을 지닐 수 없는 사실 하나를 선뜻 받아들이지 못하고 이렇게 막막한 가슴으로 하늘을 우러르는 것이었다.

"이런 지식들 뒤에, 무슨 용서를?"

그 구절을 대하면, 그는 늘 마음이 어지러웠다. 분명히 엘리어트는 지식에 대한 회의적 관점에서 그렇게 썼다. 뒤의 구절들이 달리 해석할 여지를 없앴다. 자신의 작품들에 '이런 지식들 뒤에' 3부작이라는 이름을 붙인 제임스 블리쉬의 얘기를 빌리면, "세속적 지식에 대한 욕망은, 그것을 얻어서 쓰는 것은 그만두고라도, 마음의 오용이 아닐까, 그리고 어쩌면 심지어 적극적 악은 아닐까"라는 뜻이었다.

그러나 그 구절을 처음 읽었을 때, 그는 '용서'를 신의 은총이 아니라 화자 자신의 행위로 읽었다. 기독교인이 아닌 터라, '용서'를 엘리어트나 블리쉬처럼 이해하는 것이 익숙지 않았다. 자신이 잘못 읽었다는 것이 밝혀진 뒤에도, 그는 자신처럼 해석할 길은 없을까 생각해보곤 했다.

따지고 보면, 용서하는 것은 신이 아니었다. 사람들은 용서하는 것이 신의 일이라고 말했다. 하이네가 죽음을 맞아 개종했던 일을 뉘우치면서, "나는 신이 용서하리라 믿는다. 용서하는 것이 그의 일이니까"라고 말했듯이. 그러나 모든 신들은 용서받을 자격이 있는 사람들만을 용서했다. 다른 신을 믿거나, 종교적 믿음이 아예 없거나, 계율을 어기고도 속죄하지 않는 사람들을 용서한 신은 아직 없었다.

오직 지식인들만이 용서에 조건을 달지 않았다. 그들은 신들이 외면한 존재들도, 도저히 구원받을 수 없는 존재들도, 심지어 구원과는 관계가 없는 것들까지도, 용서했다. 그랬다, 지식은 필연적으로 이해를 낳았고, 이해는 자연스럽게 용서를 불렀다. 물론 그들의 지식은 불완전했고, 그들의 이해는 멀리 미치지 못했고, 그들의 가슴은 모두 용서하기엔 너무 작았다. 그러나 그들은 열망할 수 있었다, 모두 알기를, 모두 이해하기를, 모두 용서하기를. 그런 용서 뒤에 남는 것이 아무것도 없다면, 그것까지도 용서할 수 있기를.

아마도 용서 뒤에 나오는 것은 연민일 터였다. 모든 존재하는 것들에 대한. 모든 존재하지 못한 것들에 대한.

녹은 눈으로 척척한 발을 몇 번 땅에 대고 구르면서, 그는 어둑한 둘레를 살폈다. 지방 도시 변두리 허름한 골목의 풍경이, 그 안에 고단한 몸을 뉘고 어둑한 꿈을 꾸는 사람들에 대한 연민이, 그의 가슴을 조용히 적셨다. 아마도 그는 곧 받아들일 터였다, 새로운 우주론을. 그리고 용서할 터였다, 그렇게 상식에 어긋나는 운명을 지닌 우주를.

다시 고개 들어 하늘을 살폈다. 그리고 빛나는 별들 너머 어둑한 공간으로 마음의 눈길을 던졌다.

"깨어진 원자들로
몸서리치는 곰자리의 궤도 너머
휘돌려진 드 베일아쉬, 프레스카, 캠벨 부인."

제 2 부

정의

제1장

　그저께 내린 눈이 밝은 햇살에 녹아서, 산길은 질펀했다. 목숨이 있는 것들은, 푸른 침엽수들도 잎새 없는 활엽수들도 길섶 마른 풀줄기들까지도, 생기를 되찾았다. 대전시 경계 안쪽에 있었지만, 월평공원은 아직 자연스러운 모습을 많이 지녔다. 시가 반대쪽 비탈엔 사람 손길이 덜 닿은 숲이 남아 있었고, 갑천가엔 거의 원시적인 습지까지 있었다.

　작은 봉우리에 올라서자, 이립은 숨을 돌렸다. 늘 아내와 함께 산에 다니다 혼자 나오니, 보조를 맞추기 어려웠다. 모르는 새 걸음이 빨라져서, 숨이 찼다. 오래 산 내외는 혼자 나서면 산책길에서도 걸음이 흔들린다는 생각에, 그의 입가에 야릇한 웃음이 어렸다. 그의 아내는 막내딸과 함께 어머니 제사를 준비하고 있었다.

　좀 비판적인 눈길로 그는 아래쪽을 내려다보았다. 공원 바로 옆까지 집들이 다닥다닥 들어서 있었다. 재작년까지 자신이 그곳에 들어섰던 소나무 숲으로 산책을 다녔다는 사실이 낯설게 다가왔다. 그랬다, 경제 발전처럼 세상을 바꾸는 것은 없었다.

그 집들 위로 학교 건물이 보였다. 몇 해 전에 그의 막내딸이 다닌 여자고등학교였다. 지난번 수학능력시험을 잘 치르지 못한 여고생이 미안하다는 말을 유언으로 남기고 높은 아파트에서 뛰어내린 일이 떠올라서, 그는 진저리를 쳤다. 그런 끔찍한 일이 해마다 되풀이되었다. 더 물러날 곳이 없어서 몸을 던지는 아이의 모습이 눈에 떠오르면서, 그는 다시 진저리를 쳤다.

경쟁이 원래 잔인하다곤 하지만, 이 땅의 대학 입시처럼 잔인한 경우는 드물었다. 나오려던 한숨이 속에서 멎었다. 대신 뜨거운 무엇이 치밀었다. 그렇게 잔인한 경쟁이 불가피한 것이 아니며, 그 끔찍한 희생이 헛된 것이라는 생각에 탄식이 분노로 바뀌었다.

경쟁은 생존의 조건이었다. 어떤 생명체도 다른 생명체들과 경쟁하지 않고 살 수는 없었다. 실은 생명 현상 자체가 경쟁을 통한 자연선택에서 나온 것이었다. 그래도 생존과 직접 관련이 없는 작은 경쟁에서 밀린 개체가 스스로 목숨을 끊어야 할 만큼 치열한 경쟁은 자연엔 없었다. 사람만이 그런 끔찍함을 만들어낼 수 있었다.

바로 옆, 이끼가 파릇하게 낀 참나무 밑동에 눈길이 머물렀다. 그의 입가에 웃음기가 어렸다. 참나무와 이끼는 보여주고 있었다, 다양하고 복잡한 생태계가 어떻게 생겨날 수 있었는가. 참나무와 이끼는 자리를 다투지 않았다. 참나무는 자신이 차지한 공간보다 훨씬 너른 공간을 이끼에게 제공하고 있었다. 참나무는 물론 이끼만이 아니라 다른 종들에게도 너른 서식 환경을 마련해주고 있었다. 그리고 이끼처럼 혜택을 입은 개체들은 궁극적으로 참나무에게, 꼭 그 참나무가 아니라면 다른 참나무에게, 나름으로 보답할 터였다.

자연에서 종들과 개체들은 자신에게 맞는 환경적 틈새를 찾았다. 그리고 대부분의 자원들은, 햇볕이나 물이나 공기처럼, 개체들이 직접적으로 경쟁하지 않아도 될 만큼 충분했다. 경쟁이 치열한 자원들은 좋은 배우자와 그것을 얻는 데 직접적으로 도움이 되는 집단에서의 지위와 같은 것들이었다. 한 개체나 종에게 대부분의 개체들과 종들은 직접적으로 경쟁적이지 않았다. 덕분에 생태계는 그리 다양할 수 있었다.

불행하게도, 사람은 다양한 틈새들을 없애는 데 재능이 있어서, 일상적 경쟁을 흔히 살벌한 싸움으로 만들었다. 정부가 나서면, 그런 경향은 한결 심해져서 경쟁이 극대화되었다. 수학능력시험이 그랬다. 그것은 교육 시장의 다양한 틈새들을 모두 없애고 단 하나의 마당만 남겨놓은 제도였다. 그 마당에선 모든 수험생들이 다른 모든 수험생들과 경쟁하게 되어, 경쟁이 극대화되었다. 도대체 천문학을 배우려는 학생과 기계공학을 배우려는 학생이 경쟁하고 철학자가 되려는 학생이 작가가 되기를 꿈꾸는 학생과 경쟁할 까닭이 어디 있는가?

인류 사회에서 생태계에 가장 가까운 부분은 시장이었다. 시장은 다양한 틈새들을 마련했다. 그래서 시장이 생기면, 경쟁이 누그러졌다. 그에겐 교육 문제를 푸는 길은 간명했다. 교육의 소비자들인 학생들과 생산자들인 학교들로 이루어진 시장에 교육을 맡기고 시장이 제대로 하지 못하는 부분만을 정부가 나중에 떠맡는 것이었다. 생각해보면, 그것이 자유민주주의를 이념으로 삼고 자본주의를 체제로 삼은 한국 사회가 당연히 할 일이었다. 모든 일들에서 먼저 시민들이, 즉 시장이, 하고 싶은 일들을 하고, 그런 시민들의 활동에서 문제가 나오면, 그때 비로소 정부가 개입한다는 것이 이 사회의 기본 원리였다. 그러나 어느 사이엔가 사회의 많은 부분들에서 그 원리가 제대로 지켜지지 않게 되었다.

게다가 지금 교육 제도는 본질적으로 정의롭지 못했다. 정부는 줄곧 입학시험을 통해서 재능이 있는 학생들에게 교육을 배급했다. 재능에 따른 차별이 최소한의 정당성을 지니려면, 재능이 작은 사람들을 우대해야 했다. 그러나 지금 제도는 재능이 작은 사람들이 좋은 교육을 받지 못하도록 막고 있었다. 그런 제도가 어떻게 정의로울 수 있겠는가?

가슴이 답답해서, 그는 가슴을 펴고 숨을 깊이 쉬었다. 이 사회에서 자유주의자로 살아남으려면, 울화를 잘 다스리는 것이 무엇보다도 중요했다. 세상이 자신의 생각과 다른 길로 가는 것에 너무 속을 썩이면, 냉소주의에 빠질 수밖에 없었다. 그것이 척박한 주변부 사회에서 자유주의자가 만나는 가장 큰 위험이었다. 냉소주의자가 되는 순간, 지식인은 해독제가 없는 독을 마시는 것이었다.

어쨌든, 그는 시장에 대한 믿음이 컸다. 시장이 사람들의 판단들을 가리키는 약어이므로, 그 말은 실제로는 다른 사람들에 대한 믿음이 크다는 것을 뜻했다. 그는 자신이 그렇게 다른 사람들에 대한 믿음을 지녔다는 사실이 늘 자랑스러웠다. 정부의 개입과 규제를 외치는 사람들은 실은 다른 사람들을 믿지 못하는 것이었다. 다른 사람들의 판단들과 행위들에 대해 믿음을 지니는 것은 어렵고 개인들의 판단들과 행위들이 조화를 이루어 사회적 질서가 나타나는 과정을 이해하는 것은 더욱 어려웠으므로, 이 세상엔 자유주의자들이 드물 수밖에 없었다.

그런 믿음이 지금 그가 쓰기 시작한 책의 정신이었다. 이번 대통령 선거를 치르면서, 그는 자본주의가 심각한 위기를 맞았음을 절실하게 느꼈다. 이 사회의 다수는 자본주의에 대해 반감을 품었고, 그런 반감의 밑엔 자본주의가 정의롭지 못하다는 인식이 있었다. 대통령 선거 결과가 나온 뒤, 그는 무거운 마음으로 밤늦도록 방 안을 서성였다. 그리고 시장경제가 본질적으로 정의롭고 깨끗하다는 점을 밝히는 글을 쓰기로 마음먹었다.

　그는 다시 걷기 시작했다. 눈 덮인 겨울 산의 모습과 시원한 공기가 몸과 마음을 어루만졌다. 문득 피곤함이 몸 아래쪽에 쌓이는 느낌이 들었다. 눈에 즐거운 설경과 가슴 시원한 공기는 오히려 그가 몸도 마음도 지쳤음을 도드라지게 했다. 이해하기 어렵고 인기 없는 이념과 체제를 오래 변호하는 일은 누구라도 지치는 일이었다.

　걸음을 멈추고, 갑천 너머 먼 마을을 바라보았다. 그 언저리에서 '망이·망소이의 난'이 일어났었다. 조선 땅에서 하층 계급이 압제적인 중앙 권력에 맞서 일어선 적은 그 민란이 마지막이었다. 이미 그때 중앙 정부의 권력은 너무 커졌던 것이다. 뜻 모를 한숨이 나왔다. 그는 나직한 목소리로 뇌었다, 어떻게 해석해야 할지 아직도 자신이 없는 시구를.

　　"그리고 소년들이여, 무엇에서보다 사람을 사랑하는 일에서 절제하라,
　　사람을 사랑하는 일은 약은 하인이지만, 견딜 수 없는 주인이니.
　　그것은 가장 고귀한 정신들을 붙잡는 덫이어서, 사람들은 말하지,
　　신이 이 세상을 걸었을 적에 그를 붙잡은 덫이었다고."

제2장

이립이 아파트 단지 옆문을 들어서는데, 계집애의 자지러지는 소리가 났다. 겁에 질린 소리에 그의 가슴이 오그라들었다. 딸들을 키운 터라, 계집애의 비명은 아직도 그로부터 격심한 반응을 불러냈다. 소리가 난 곳은 7동 쪽이었다. 그는 집과 반대 방향인 그쪽으로 걸음을 빨리했다.

6동 가까이 갔을 때, 다시 자지러지는 소리가 났다. 그는 뛰기 시작했다. 그가 6동 모퉁이를 도는데, 다시 소리가 났다. 살펴보니, 저만큼 어린이 놀이터에 열 살쯤 된 계집애가 철봉 기둥을 안고서 몸을 옴츠리고 있었다. 그 옆에 테리어 한 마리가 그 아이를 노려보고 있었다. 저만큼 개 주인으로 보이는 중년 여인이 천천히 다가오면서 뭐라고 말하고 있었다. 아마도 개를 부르는 모양이었다.

주인을 흘긋 돌아보더니, 개가 다시 아이에게 달려들었다. 겁에 질린 아이는 피하지도 못하고 철봉 기둥을 껴안은 채 자지러지는 소리를 냈다. 개는 다시 물러나서 아이를 노려보고 있었다. 아이가 그렇게 겁에 질려서 기둥을 껴안아도, 개 주인은 여전히 개 이름만 불러대고 있었다.

속에서 뜨거운 무엇이 울컥 솟으면서, 눈앞에 붉은 기운이 어렸다. 어린이 놀이터를 향해 달리기 시작한 그의 입에서 짐승 소리가 나왔다.

다시 아이에게 달려들던 개가 그를 보고 멈칫했다. 그는 달려가던 걸음으로 개를 걷어찼다.

녀석은 보기보다 날렵했다. 가볍게 그의 발길을 피하더니, 멀리도 아니고 몇 걸음 뒤로 물러나서 사납게 짖어댔다.

하도 화가 치밀어서, 눈에 들어오는 광경이 흔들렸다. "요놈의 개새끼, 내 그냥 안 놔둔다."

그가 다시 달려들자, 녀석은 주인 뒤쪽으로 물러나서 그대로 짖어댔다. 어떻게 생긴 녀석인지, 도무지 사람을 무서워하는 기색이 없었다.

그가 녀석을 쫓자, 개 주인이 그를 막아섰다. 그녀를 한 팔로 밀치고서, 그는 녀석을 향해 달려갔다. 뒤쪽에서 앙칼진 목소리가 따라왔다. "왜 때려?"

녀석을 쫓아 7동 모퉁이를 돌면서, 녀석과의 경주는 애초부터 승산이 없었다는 것을 깨달았다. 그래도 분김에 계속 쫓았더니, 녀석은 뒷문 밖으로 도망쳤다.

'너 이놈, 또 그래 봐라.' 위협적인 자세로 서서 녀석을 노려보면서, 그는 속으로 말했다.

그러나 녀석은 뉘우치는 기색이 없었다. 실은 그를 그다지 두려워하는 것 같지도 않았다. 채마밭 사이로 난 언덕길에 귀를 쫑긋 세우고 서서, 그를 찬찬히 살폈다.

문득 맥이 풀리면서, 피식 웃음이 나왔다. 사람이 개를 길들이는 것이 아니라, 개가 별난 사람 하나를 흥미롭게 관찰하는 형국이었다. 그는 녀석에 대한 화가 사그라졌음을 깨달았다. 따지고 보면, 녀석에게 화를 낼 일은 아니었다.

그는 녀석에게 손을 흔들었다. 그의 뜻을 오해했는지 아직 화해할 마음이 나지 않았는지, 녀석은 몇 걸음 물러서더니 야멸차게 짖어댔다.

그가 돌아왔을 때, 놀이터엔 사람들이 웅성거리고 있었다. 말도 못하고 울기만 하는 아이를 개 주인이 달래고 있었다.

그가 가까이 다가가자, 그녀가 그를 흘끗 올려다보더니 아이에게 말했다. "내가 그랬잖니, 그냥 있으면, 괜찮다고. 우리 개가 사람을 물지는 않아. 그냥 짖기만 하는 거야."

그 얘기가 가라앉던 그의 화를 돋우었다. "아니, 그걸 말이라고 해? 애가 놀란 게 문제지, 그래, 물지 않는다니."

그녀가 허리를 펴고 그를 쳐다보았다. 눈길이 표독했다. "아저씨가 왜 나서서 그러세요? 이건 어디까지나 나하고 이 아이 사이의 일이에요. 책임질 일이 있으면, 내가 이 아이 부모에게 책임지면 될 거 아녜요?"

하도 화가 나서, 잠시 말이 나오지 않았다. "이 세상에 당신 혼자 살아? 개가 아이에게 달려들어, 아이가 자지러지는 소릴 내면, 달려와서 아이를 감싸던지 개를 떼어놓던지 해야지. 아, 그래, 개 이름만 부르면서……"

"선생님, 참으십쇼." 뒤에서 사내 소리가 났다. 돌아보니, 그와 안면이 있는 경비원이었다. "제가 점심을 먹느라구 자리를 빈 사이에 그만…… 이젠 그만 참으세요. 제가……"

"참는 게 중요한 게 아니라, 이런 일이 다시 일어나지 않도록……"

"알겠습니다. 제가……"

"그것보다도 이 아이 부모에게 연락을 하세요. 아가, 어디 사니?"

아이는 아직도 말을 못하고 울기만 했다.

"이 애는 7동에 삽니다. 제가 연락을 하겠습니다." 경비원이 경비초소로 뛰어갔다.

어떤 할머니가 아이 어깨를 안고서 아이를 달래기 시작했다. 사람들의 웅성거림 속에 개 주인을 탓하는 소리가 났다.

그는 다시 개 주인을 찾았다. "당신이 아이 낳고 키우는 여자라면, 어떻게 그럴 수가 있어? 개가 쥐를 쫓듯 아이를 몰아세우는 게 대견했어? 눈에 보이진 않지만, 어린애가 그렇게 놀라는 게 얼마나 해로운지 당신도 알 거 아냐?"

"제가 잘했다는 게 아녜요." 그의 기세에 놀랐는지 자신의 잘못이 마음에 걸렸는지, 그녀 얼굴이 덜 표독해졌다. "하지만 저도 그냥 있었던 건 아녜요. 저 아이보고 '그냥 있어라. 그러면 괜찮다'고 얘기했어요. 우리 개가 겁이 많아서 짖기만 잘하지, 사람을 물거나 하지는 않거든요."

얘기가 통하는 여자가 아니라는 것을 그는 깨달았다. 뉘우치는 기색이 없었다. "그냥 끝내면 안 돼. 그 개를 없애야 해."

아차 싶었다. 개를 없애야 한다는 생각이야 물론 없었는데, 개 주인이 화를 돋우는 바람에 그만 엉뚱한 얘기를 뱉은 것이었다. 그렇다고 되삼킬 수도 없었다. "아이에게 달려드는 개는 없애야 해. 당신, 나하고 관리소에 같이 가."

그녀가 눈을 동그랗게 떴다. "당신이 뭔데, 개를 없애라 마라 그래. 당신이 뭔데, 사람을 치고 야단야. 당신이 뭔데, 당신이 뭔데."

난감했다. 낯선 여자와 싸움판을 벌인 것이었다. "내가 뭐고 자시고, 관리소에 가자고. 가서 그 개를 어떻게 처분할까 결정하자고."

"당신이 뭔데, 관리소에 가자 마자 그래? 여자한테 폭력을 쓰는 비겁한 사람이."

억지를 쓰는 여자의 입가에 허연 거품이 낀 것이 눈에 들어오자, 그는 깨달았다, 지금 그녀도 아주 어려운 처지에 놓였다는 것을, 그래서 속으로는 이 자리에서 빠져나가려고 애쓴다는 것을. 문득 맥이 풀렸다.

"지금 집에 아무도 없는 모양입니다." 급한 걸음으로 다가온 경비원이 말했다.

"그래요? 그럼 어떻게 하나?"

"선생님, 제가 알아서 할 테니, 그만 가보시죠."

"그럼 잘 부탁합니다." 반가운 마음으로 경비원의 제의를 받아들이고, 그는 그 자리를 떴다. 집으로 들어갈 마음이 아니어서, 그냥 정문으로 나갔다. 조금 내려가면, 조그만 찻집이 있었다.

차를 시키고서, 그는 황량한 마음으로 느닷없이 벌어진 일을 되살폈다. 꼴이 말이 아니었다. 머리 허연 늙은이가 미물인 개에게 화를 내어 멀리까지 뒤쫓고, 낯선 여자에게 고래고래 소리 지르고, 개를 없애야 한다는 얘기까지 하고. 자신의 그런 모습보다 그를 더 씁쓸하게 만든 것은 자신이 그리도 쉽게 화를 냈다는 사실이었다. '내가

늙어서 그런가? 뇌가 늙어서, 조그만 일에도 그렇게 흥분하는 것일까?'

물잔을 단숨에 비우고서, 그는 자신이 그렇게 화를 내게 된 사정을 살펴보았다. 그가 화를 낸 것이야 당연했다. 계집애가 개에게 놀란 일은 결코 작은 사건이 아니었다. 비록 눈에 보이진 않지만, 그 아이가 받은 심적 외상은 클 터였다. 이제 그 아이는 개만 보면, 소름이 돋고 가슴이 떨 터이고, 개가 가까이 다가오기라도 하면, 놀라서 자지러질 터였다.

아마도 그의 아내와 딸들이 모두 개를 무서워한다는 사실도 작용했을 터였다. 산책길에 큰 개를 데리고 나오는 사람들이 많아지고 개가 뛰어놀게 한다고 그냥 풀어놓는 사람들까지 흔해져서, 그가 개에 대해서 마음을 많이 쓰게 된 점도 있었을 터였다. 야생 동물로부터 광견병을 옮은 개들이 늘어난다는 뉴스도 그의 마음에 얹혔었다. 산책길에서 혼자 나온 할머니가 실제로 개한테 물리는 것을 본 일도 그를 예민하게 했을 터였다.

그는 고개를 저었다. 그런 이유들만으로는 자신의 행동이 제대로 설명되지 않았다. 역시 늙었다는 사실이 영향을 미친 것은 분명했다. 씁쓸한 마음으로 안주인이 가져온 사이다를 마시고서, 그는 창밖을 내다보았다. 건너편 보도에서 개 한 마리가 열심히 냄새를 맡으면서 주인을 따라가고 있었다.

'내가 그 개에게 보인 행동이 정당화될 수 있을까? 내가 녀석의 행위에 대해서 내린 판결은 어떤 근거로 정의로운가? 녀석은 제 천성에 따라 행동했지. 개야 원래 낯선 사람에 대해선 일단…… 어릴 적부터 주인한테 배웠는지도 모르지, 아이들에게 달려들어서 짖어도 괜찮다고. 그런 터에 녀석에게 무슨 책임을 물을 것인가? 책임을 물어야 할 곳이 있다면, 개 주인이겠지.' 그는 사이다를 마저 마셨다.

'하지만, 그 여자도 천성에 따라 행동했다는 점에서…… 그 여자도 타고난 천성과 받은 교육에 따라 행동한 것인데. 그 여자의 행동이 아무리 혐오스럽다 하더라도, 그것도 인과율의 엄격한 사슬에서 나온 것이니…… 결국 그 여자에게 자유의지가 있느냐 없느냐 하는 문제로 귀착되나?'

그는 가볍게 한숨을 쉬었다. 자유의지의 존재 여부는 풀 길 없는 문제였다. 그 오랜 세월 동안 철학자들이 생각하고 다투면서도 풀지 못한 그 문제를 그가 생각하는 것은 어리석었다. 그 철학적 진흙탕에서 빠져 나오는 길은 그의 생각엔 에드워드 윌슨의 제안을 따르는 길뿐이었다. 개별적 마음의 움직임에 대해선 충분히 알 수도 예측할 수도 없으므로, 개별적 마음은 자신의 자유의지를 열정적으로 믿게 마련이었다. 그런 사정은 차라리 다행스러우니, 자신이 자유의지를 지녔다는 믿음은 개체의 생존에 도움이 되는 태도였고, 바로 그런 뜻에서 생물적으로 적응적이었다. 자유의지에 대한 믿음이 없으면, 마음은 결정론의 감옥에 갇히게 되고 그 안에서 점점 쇠약해지고 퇴보하게 마련이었다. 그런 뜻에서 유기체들의 시공에선 개체들의 마음은 자유의지를 지녔다. 그것이 윌슨의 얘기였고, 그는 자유의지에 관해서 그것보다 더 나은 얘기를 들어본 적이 없었다.

그래서 우리는 개인이 자유의지를 가졌다고 상정하고서 그에게 책임감 있게 행동하라고 요구하는 것이었다. 바로 그 점에서 개가 아니라 개 주인이 비판을 받아야 했다. 자기 개가 몸집은 작지만 아이들에게 달려들 만큼 사나운 개라는 것을 알았을 터이므로, 그녀는 적어도 아파트 단지 안에선 개를 줄로 묶었어야 했다.

'그리고 바로 그 점에서 재판장이 비판을 받아야 하지.'

사람이 호르몬들에 의해 조종되는 기계였으므로, 재판장이 젊은 여변호사에게 끌리는 것은 자연스러웠다. 그러나 사람은 기계를 넘어서는 무엇을 지녔고, 사람들은 그것을 자유의지라 불렀다. 그래서 재판장은 자유의지를 발휘해서, 적어도 법정에서만은 본능적 행동을 억제했어야 했다. 만일 그렇게 할 만큼 굳은 의지를 지니지 못했다면, 그는 판사가 되지 말았어야 했다.

생각이 재판에 미치자, 마음이 더욱 어두워졌다. 이희상의 증언을 듣고 김변호사가 반대 신문을 했는데, 결과가 시원치 않은 듯했다. "이희상이 그 친구 센스 있게 답변하던데요"라는 김변호사의 말에서 상황을 읽을 수 있었다.

그는 애써 마음에 얹힌 크고 작은 일들을 털어냈다. 그는 늘 '조심스러운 낙관'으로 세상을 살피려 애썼다. 윌슨의 표현을 빌리면, 그런 태도가 생물적으로 적응적이었다.

제3장

　의자에 등을 기대고서, 이립은 기지개를 켰다. 마음 단단히 먹고 아침부터 컴퓨터 앞에 앉았지만, 글은 제대로 나아가지 않았다. 어저께 일이 검은 비구름으로 걸려서, 마음이 후텁지근했다.

　자신의 보기 사나운 모습을 다시 떠올리면서, 그는 고개를 저었다. 낯선 여인에게 반말로 다그치고, 작은 애완견을 없애야 한다는 소리까지 개 주인에게 퍼붓고, 그 작은 개를 쫓아다니고. 이순을 지난 나이에 할 짓은 못 되었다.

　'나이가 든다고, 사람의 천성이 크게 바뀌는 것은 아니니까, 어저께처럼 마음이 뒤집히면……' 서글픈 것도 아니고 딱히 절망하는 것도 아닌, 야릇한 웃음으로 그의 입가가 살짝 이지러졌다.

　그것만이 아니었다. 개 주인에 대한 그의 거친 언동은 그녀에게 큰 심리적 충격을 주었을 터였다. 지금 차분한 마음으로 되돌아보면, 당시 그에게 대들던 그녀의 표독한 얼굴은 천성적 표독함보다는 두려움에서 나왔을 것 같았다. 그녀의 행동이 아무리 혐오스러웠다

하더라도, 그녀의 복지는 분명히 상황의 판단에서 고려할 사항이었고 그의 행동을 평가하는 방정식에 들어가야 할 변수였다.

위층에서 아이가 방을 가로질러 뛰어가는 소리가 났다. 이어 방향을 바꾸어 뛰어오는 소리가 들렸다.

'용대가 또 시작했구나.' 그는 가벼운 한숨을 내쉬었다. '한 십분 빤하더니……'

위층 아이가 내는 소리는 그가 개 주인을 달리 대했을 수도 있었다는 생각을 불러왔다. 지난 봄에 위층에 아이 하나가 있는 젊은 부부가 들어왔다. 아이는 돌을 막 지났는데, 종일 방에서 뛰어다녔다. 장난감은 그냥 갖고 놀지 않고 마구 던져서, 종일 방바닥에 물건 떨어지는 소리가 났다. 그의 식구들에겐 재앙이 닥친 셈이었다. 특히 견디기 힘든 것은 아이가 밤늦게까지 잠을 자지 않고 뛰어다니는 것이었다. 으레 밤 한 시까지 뛰어다녔고, 어떤 때는 두 시 넘어서까지 소란을 피웠다.

그는 여러 번 올라가서 항의도 하고 사정도 했다. 그러나 그 부부는 마음에 없는 사과를 입 밖에 내고는 이내 아파트의 바닥이 너무 얇다고 얘기를 돌리거나 그가 너무 예민한 것 아니냐는 식으로 역공을 해왔다. 얘기가 오가는 사이에 항의도 사정도 효과가 없는 까닭이 차츰 드러났다. 그 부부의 입에서 "이러다가 아이 기 죽이는 건 아닌가 걱정이 될 정도로 혼내고 있습니다"라는 얘기와 "아이가 조금만 뛰어도 주의를 주니까, 친척이 보고서 '아직 철모르는 어린앤데 그렇게 스트레스를 주면 문제가 된다'고 했습니다"라는 얘기가 나왔다.

그래서 그들의 이기심에 기대기로 하고, 정중한 편지를 썼다. 그는 아이를 밤늦게까지 재우지 않는 것은 아래층 사람들에게 큰 피해를 줄 뿐 아니라 아이 자신에게도 해롭다는 점을 지적했다. 지금 아이는 한창 자라는 나이라는 것, 성장판은 자정 전후에 활짝 열린다는 것, 그때 잠을 충분히 자야 골격이 제대로 자란다는 것, 그래서 지금 아이가 늦게 자면 신장과 체형에 부정적 영향을 미칠 수밖에 없다는 것 따위 얘기들을 했다. 큰 기대를 건 것은 아니었는데, 그 뒤로 밤 열두 시 넘어서 위층에서 소리가 나는 적은 많이 줄어들었다.

야릇한 웃음을 띠고서, 그는 천장을 올려다보았다. 아이는 이제 무슨 무거운 물건을 끌고 있었다. 제대로 앉지 못하던 웃음이 얼굴에 퍼졌다. 밤늦게까지 피우는 소란이 아니라면, 그로선 힘든 대로 참을 수 있었다.

개 주인에게도 그렇게 대하는 것이 나았을 터였다. 마구 화를 내는 대신, 그는 개를 줄로 묶어 데리고 다니는 것이 그녀에게도 이롭다는 점을 지적할 수 있었다. 개를 그렇게 풀어놓으면, 조만간 같은 일이 일어날 터이고, 그러면 그녀는 분노한 부모를 상대해야 될 터였다. 실은 바로 그것이 그가 산책길에서 만난 개 주인들에게 한 얘기였다.

문제는 정의감이 늘 폭발적 형태로 나타난다는 점이었다. 개에게 놀라서 자지러지는 계집애와 태연하게 개 이름을 불러대는 개 주인을 보았을 때, 그는 즉각적으로 반응했다. 그는 다른 것들은 모두 잊고서, 나이도 체면도 그의 행동이 불러올 여러 부작용들도 모두 잊고서, 아이를 돕고 개 주인을 꾸짖으려 달려갔다. 사람은 그렇게 반응하게 마련이었다. 정의감이 작동하려면, 그것은 일상적 고려 사항들이나 차분한 비용–편익 분석 따위를 무시할 만큼 폭발적으로 나와야 했다.

그래서 정의감은 아주 거친 도구였다. 그것은 정의라는 추상적 가치를 위해서가 아니라 개체의 생존에 쓸모가 있도록 자연선택에 의해 오랜 세월을 두고 다듬어진 것이었다. 그나마 궁극적으로는 유기체 자신의 생존이 아니라, 친족선택을 통한 유전자들의 생존을 위해서.

그리고 늘 거친 도구로 남을 터였다. 좋은 법체계를 갖춘 사회에서 뛰어난 재판관들의 차분한 법적 추리를 통해서 시행되는 정의도 거칠 수밖에 없었다. 복잡한 사회 현상을 판단하는 기준으로서 깔끔하게 작용하기엔, 정의감은 출신이 너무 미천한 셈이었다. 애초에 자연은 그렇게 심오한 문제들을 다루어 고귀한 목적에 이바지하라고 정의감을 만들어낸 것이 아니었다. 그저 하나의 개체가 다음날까지 살 수 있도록 정의감을 준 것이었다.

그런 사정이 그가 정의라는 개념에 대해서 늘 경계심을 품는 까닭이었다. 그에게 정의라는 말은 상황에 무슨 문제가 있고, 관련된 절차가 자연스럽지 못하며, 판단에 거친 기준이 쓰였음을 가리키는 징후였다.

그리고 그런 사정이 그가 다른 어떤 기구들보다 시장을 훨씬 깊이 믿는 까닭이었다. 시장이 정의에 마음을 쓰는 적은 거의 없었다. 시장은 본질적으로 사람들 사이의 자발적 거래들로 이루어지고, 당사자들은 이득을 보기 때문에 거래하는 것이었다. 따라서 정의가 들어설 틈은 처음부터 없었다. 정의가 어쩔 수 없이 거친 기준이고 시장이 대체로 그것 없이 움직인다는 사실은 역설적으로 시장을 인류 사회의 기구들 가운데 가장 정의로운 기구로 만들었다. 비록 통념과 어긋나지만, 그것은 맞는 얘기였다.

그는 막 쓴 글을 다시 읽어보았다.

위에서 논의된 자본주의와 시장경제는 물론 이상형이다. 그래서 모든 재산의 획득은 정당하게 이루어진다고 가정되었다. 현실에선 사정이 상당히 다르다. 거기서 '재산 점유에서의 불의의 시정'이라는 문제가 나온다. 불행하게도, 로버트 노직이 유창하게 지적한 것처럼, 이 문제엔 깔끔한 해답이 없다.

"만일 과거의 불의가 더러 확인될 수 있고 더러는 확인될 수 없는 갖가지 방식으로 현재의 재산 점유의 모습을 다듬어냈다면, 이런 불의들을 바로잡기 위해, 만일 해야 한다면, 무엇을 해야 하는가? 불의를 저지른 사람들은 그 불의가 저질러지지 않았을 경우보다 처지가 나빠진 사람들에 대해서 무슨 책무들이 있는가? 또는, 보상이 이내 이루어졌을 경우보다 〔처지가 나빠진 사람들에 대해서〕? 수혜자들과 피해자들이 불의한 행위의 직접적 당사자들이 아니고, 예컨대 그들의 후손들이라면, 사정은, 만일 바뀐다면, 어떻게 바뀌는가? 자신의 재산 점유가 바로잡히지 않은 불의에 바탕을 둔 사람에게 불의가 행해진 것인가? 역사의 칠판에서 불의들을 깨끗이 지우는 일에서 우리는 얼마나 멀리 과거로 거슬러 올라가야 하는가?"

이런 사정은 과거의 불의들이 쉽게 바로잡힐 수 있다고 여기는 사람들에게 심중한 경고를 보낸다. 과거의 불의들을 바로잡는 일이 워낙 어렵고 복잡하고 악용되기 쉬우므로, 무엇보다도 가장 합리적인 방식으로 진행되어도 필연적으로 또 다른 불의를 낳게 마련이므로, 현실적으로는 현재 상태를 유지하는 것이 그리 나쁘지 않은 선택인 경우가 보기보다는 많다.

그러나 현상 유지 정책이 매력적인 경우는 드물고, 불의한 재산 점유를 그대로 두는 정책은 어김없이 큰 비판을 낳는다. 따라서 '재산 점유에서의 불의'를 들어 자본주의 체제를 비난하는 사람들에게 불의의 시정이 이론적으로나 현실적으로 어렵다는 사정을 들어 맞서는 것은 그들에게 도덕적 고지를 내주는 일이고, 자연히, 우리 사회의 체제를 제대로 변호할 수 없다.

자신의 글을 비판적 눈길로 살피면서, 그는 씁쓰레하게 입맛을 다셨다. 어쩐지 글에서 원망하는 듯한 느낌이 배어 나왔다. 그가 이런 글을 쓰면서 경계하는 것이 있다면, 그것은 '우는소리'였다. 오해받기 쉽고 인기는 없는 일들을 오래 하면, 누구나 지치게 되고 세상을 원망하게 마련이었다. 그리고 이 세상에 자본주의를 변호하는 일보다 더 오해받기 쉽고 인기 없는 일도 드물었다.

그래서 밀튼 프리드먼처럼 위대하고 꿋꿋한 사상가도 뒤엔 드러내놓고 사람들의 어리석음을 탄식하게 되었다. 프리드먼을 특히 지치고 암울하게 한 것은 자본주의의 너그러움으로부터 얻을 것이 가장 많은 소수파들이, 예컨대 흑인들, 유대인들, 그리고 귀화인들이, 흔히 자본주의의 가장 거센 비판자들이었다는 사실이었다. 그는 프리드먼보다 훨씬 척박하고 거친 환경에서 일해야 했다. 식민지의 기억이 아직도 생생하고 사회주의가 뿌리를 깊이 내린 주변부에서 자본주의와 시장을 변호하는 일은 자본주의가 성숙한 중심부에서 자유주의 사상가들이 맞은 과제보다 훨씬 어려울 수밖에 없었다.

그러나 그는 이점 하나를 지녔다. 그는 독자들의 비판도 외면도 묵묵히 견디도록 훈련받은 작가였다. 작품을 쓸 때마다, 작가는 독자들과 얼마나 타협할까 고뇌해야 했다. 그는 되도록 독자들의 취향을 존중하려 애썼지만, 어떤 작품을 쓸 때는 타협의 여지가 없었다. 자신의 넋이 가고자 하는 곳으로 가야 했다. 그렇게 힘든 선택을 했을 때, 그는 어쩔 수 없이 미래의 독자들의 판단에 호소해야 했다. 미래에도 자신의 작품에 대한 독자들이 나올 것 같지 않으면, 과거의 독자들에게 호소하기도 했다.

입가에 여린 웃음기가 어리는 것을 느끼면서, 그는 자신에게 물었다. '누가 이 글을 읽을 것인가? 누가 이 글의 독자일까?'

자유주의의 고전인『자본주의와 자유』는 1962년에 나왔다. 스무 해 뒤 나온 재판의 서문에서 프리드먼은 초판이 받은 냉대를 밝혔다. '뉴욕 타임스'도, '헤럴드 트리뷴'도, '시카고 트리뷴'도, '타임'이나 '뉴스위크'도 그 책을 다루지 않았다고. 만일 그만한 수준의 책이 복지국가나 사회주의나 공산주의에 호의적인 내용을 담았다면, 그렇게 외면받지 않았으리라고.

프리드먼이 칠레 피노셰 정권의 경제 정책에 도움을 주었을 때, 좌파 지식인들은 벌떼처럼 일어나서 그를 비난했다. 다행히, 피노셰 정권 아래서 칠레는 아옌데 정권이 불러온 사회적 혼란을 극복했고 자유화를 통해서 경제적 번영을 누렸고 마침내 민주주의를 되찾았다. 반면에, E. H. 카는 나치 독일에 대한 영국의 유화 정책을 적극적으로 옹호했고 뒤엔 스탈린의 소련을 앞장서서 찬양했다. 그런 행적 때문에 그는 비난받은 적이 드물었고 명성에 흠이 가지도 않았다.

나치가 그 사악함을 드러냈을 때도, 공산주의 정권이 무너져 그 추악한 실상을 드러냈을 때도, 카에게 해명이나 사과를 요구하는 목소리는 나오지 않았다. 그는 여전히 세상을 잘 보는 현인 노릇을 했다. 세상은 늘 그러했고 앞으로도 그러할 터였다.

전화 종소리가 그의 무거운 상념을 잘랐다. 그는 천천히 일어나 거실로 나갔다. "여보세요?"

"이립인가? 나 현욱일세."

"아, 현욱인가? 그래, 잘 지내지?"

"그냥 지낸다. 살맛이 안 난다."

"왜? 무슨 일이?"

"아니. 선거 끝난 날부터 텔레비전이고 신문이고 볼 마음이 싹 가셔서……"

그는 껄껄 웃었다. "선거 끝나고서 텔레비전 안 보는 사람들이 있단 얘긴 들었지만, 그 사람들 속에 자네 같은 철학자가 들었을 줄은 몰랐는데."

이번엔 정이 껄껄 웃었다. "자네 얘길 들으니, 생각나는 게 있다. 옛날에 어떤 철학자가 슬피 울더래. 그래서 누가 물었대, '철학자도 슬퍼서 울 때가 있습니까?' 철학자 가라사대, '딸이 죽었는데, 철학이 무슨 소용이 있겠소?'"

그는 다시 껄껄 웃었다. 모처럼 소리 내어 웃고 나니, 마음이 좀 갠 듯도 했다. "그래, 별일 없지?"

"응. 자네도 별일 없지?"

"응."

"전화한 건 딴 게 아니고. 내 후배 하나가 편집회사에 다니는데,

자네한테 글을 한 편 받고 싶다고 해서."

"무슨 글인데?"

"무슨 그룹의 사보에 실릴 글인데, 제목은 '내게 늘 그리운 곳'이라나. 필자가 잊지 못하는 곳에 대한 에세이를 써달란 얘긴데. 언제 써줄 수 있겠나?"

"뭐, 힘든 건 아닌데. '내게 늘 그리운 곳'이라. 고향 얘긴 그렇고. 어디를 잡아야 하나?" 그는 소리 내어 생각했다. "금화 얘긴 어떨까? 우리가 군복 입고 지낸 곳 얘기……"

"그거 좋은데," 정이 선뜻 동의했다.

"이참에 한번 금화 땅을 찾아가보는 것도…… 길이는 몇 매나 되나?"

"한 15매 정도라고 하던데. 자세한 것은 이메일로 보내겠다고 해서, 자네 이메일 주소를 알려줬어."

"그래?"

"좀 급하다고 하더라."

"지금 바쁜 일 없으니까, 뭐 별 문제 없다."

"잘됐다. 금화 가려면, 서울을 들러야 하니, 좀 여유 있게 올라와서, 친구들하고 한잔하면 어떨까?"

제4장

"분명한 것은 사람의 뇌가 튜링머신은 아니라는 점이야." 단정적으로 말하고서, 김석호가 고기를 집었다.

"누가 사람의 뇌가 튜링머신이래? 내가 얘기한 것은," 오관채가 차분히 대꾸했다. "사람의 뇌엔 튜링머신의 특질이 있다, 그거야. 튜링머신의 정의가 뭐야? '알고리즘 절차에 따라 계산하는 장치'잖아? 그리고 사람의 뇌가 알고리즘을 따라서 작동한다는 증거들이 점점 많아지잖아?"

"어쨌든, 난 사람처럼 사고하는 인공지능은 나올 수 없다고 생각해."

오가 빙그레 웃었다. "석호야, 나중에 에이아이가 네 예언을 들으면 뭐라고 할까?"

맥주잔을 들면서, 이립은 두 사람의 논쟁을 흥미롭게 살폈다. 저번에 그가 박주성에게 미진한 얘기는 나중에 만나서 마저 하자고 했는데, 오늘 박이 그에게 시간을 내달라고 전화를 했다. 박은 친구

셋과 함께 나왔다. 오늘 얘기는 저번에 그와 박이 하다 만 얘기로, 즉 '먼 미래에 인류가 원숙해졌을 때 과연 예술이 존재할 수 있을까' 라는 문제로 시작되었는데, 자연스럽게 인공지능으로 번졌다.

"둘이 내기를 해야 될 모양이구나," 이영수가 농담을 건넸다. 이는 생물학자로 박과 같은 대학에서 일했다. 박은 이가 과학소설을 쓴다고 소개했다.

"내기? 좋지," 김이 선뜻 받았다. 김은 화학자로 박과 같은 대학에서 일했다. "뭐를 걸까?"

"내기 얘기가 나오니까, 생각나는 게 있네요," 그가 끼어들었다. "새뮤얼슨이 노벨 경제학상을 받았을 때, 수상 연설에서 노이만이 한 강의에 대해서 얘기했어요. 노이만은 자신이 만든 일반 균형의 모형에 대해서 강의했는데, 그 모형에 사용된 수학은 물리학이나 경제학에서 이용된 전통적 수학과는 관련이 없는 새로운 수학이라고 얘기했답니다. 그때 새뮤얼슨은 하바드의 말단 강사로 강의실 뒤쪽에서 듣고 있었는데, 노이만의 얘기에 대해 손을 들고 이의를 제기했어요. 노이만의 수학은 '기회비용 프런티어'의 경제학에서 사용하는 수학과 다를 바가 없는 것 같다, 그런 얘기였답니다. 그러자 노이만이 이내 대꾸했답니다. '당신, 그 얘기에 시가 한 대 걸겠소?' 한번 생각해보세요. 이차 대전이 끝날 무렵이어서, 새뮤얼슨은 아직 이름 없는 경제학자였어요. 상대는 노이만예요, 노이만. 주제는 수학이고." 그는 사람들을 둘러보았다.

사람들이 모두 고개를 끄덕였다.

"원래 새뮤얼슨이 수학을 잘해서, 신동 소리를 들었어요. 시카고에서 학부 다닐 때, 고명한 교수가 칠판에 수식을 가득 써놓으면,

새뮤얼슨이 겁도 없이 나가서 틀린 곳을 고쳤답니다. 그래도 상대가 노이만인데. 그래서 새뮤얼슨도 차마 '좋습니다. 걸겠습니다' 하고 대꾸하지 못했어요. 본인 얘기로는 '꼬리를 내리고 물러났다'고 표현했어요."

웃음판이 되었다.

"새뮤얼슨은 자신이 그 내기에서 이겼으므로, 시가 반쪽은 자기 것이라고 했습니다."

"왜 반쪽이죠?" 오가 물었다.

"노이만의 주장에도 일리가 있다, 그래서 자기는 반쪽만 받겠다, 그런 얘기죠. 어쨌든, 새뮤얼슨은 그게 그렇게 아쉬웠던 모양입니다. 노벨상 수상 연설에서 연설 주제와 별로 관련이 없는 일화를 늘어놓았으니. 시가 반쪽이⋯⋯" 고개를 저으면서, 그는 클클 웃었다.

"노이만과 내기해서 얻은 것이라면, 그럴 만도 하죠," 오가 말했다. "저 같으면, 그 시가 반쪽을 피우지 않고, 유리 상자 속에 넣어서 제 아이에게 가보로 물려주겠습니다."

"에르되스의 수표처럼?" 이가 말했다.

"맞아."

"그런데, 선생님, 노벨상 수상 연설에서 그런 얘기도 다 하나요?" 박이 물었다. "엄숙한 자리가 아닌가요?"

"시상식을 집전하는 스웨덴 학자가 새뮤얼슨의 원고를 미리 읽어 본 모양입니다. 그 사람이 새뮤얼슨에게 주의를 주었대요, 수상 연설은 진지해야 한다고."

"그런데도 그냥 한 겁니까?"

"새뮤얼슨과 같은 대가라면, 뭐. 나이도 들만큼 들었고. 노벨상이 아무리 권위가 있더라도, 상은 상인데, 뭐 그렇게 엄숙하게 식을 하느냐, 하는 생각도 했겠죠. 요샌 저도 새뮤얼슨 흉내를 냅니다. 아, 이 나이에 남의 눈치 보느라 할 얘기 못하겠나, 그런 생각이 들어서, 남이 좀처럼 안 하는 얘기도……"

"글을 쓰실 때도?"

"나이 들어가면, 모든 게 다 불리해지는데, 그것만큼은……" 그는 소리 내어 웃었다. "잃을 게 별로 없다는 생각이 들어서, 그런가 봐요. 사람들이 어떻게 생각할까, 욕을 먹지나 않을까, 그런 생각하다가 언제 쓰고 싶은 글 쓰겠나, 그런 생각이 들죠. 어차피 지적 작업에선, 소설을 쓰든 새로운 과학 이론을 내놓든, 상식은 재앙 아니겠어요? 지적 산물은 상식과 정설에서 벗어나는 만큼 의미를 지니는 것 아닙니까? 그런데, 두 분 다 담배를 안 피우시니, 시가를 걸기는 그렇고……"

"위스키로 하는 게 어떨까?" 웃음이 사그라지자, 박이 진지하게 말했다.

"이왕이면 비싼 걸로 걸어라. '발렌타인 십칠' 정도는 돼야, 내기답지," 이가 받았다.

"좋다. 오늘 '발렌타인 십칠' 한 병 벌었다," 오가 말했다.

"그렇게 쉽게 결판이 날까?" 김도 기세가 꺾이지 않았다.

"우리 생전엔 결판이 나잖을까?" 박이 조심스럽게 생각을 밝혔다.

"우리 생전에야 결판이 나겠지," 이가 이내 받았다.

문득 그의 가슴이 아쉬움으로 시려왔다. 지금 네 사람은 자신들의 여생이 아주 길다고 여기고 있었다. 인공지능의 발명과 같은 어려운 일들도 이루어질 수 있을 만큼. 그들과 그 사이는 한 세대가 채 안 되었다. 그래도 그들에게 늙음은 멀리 있고, 죽음은 아직 실감이 나지 않는 현상이었다. 이제 그는 '내가 얼마를 더 살까? 그동안에 책을 몇 권 더 쓸 수 있을까?' 하는 생각이 머리에서 떠나지 않는 늙은이였다. 그는 오래 살고 싶었다. 남들처럼 '삶을 즐기기 위해서'가 아니었다. 그는 새로운 지식이 어떤 모습을 하는지 보고 싶었다. 아니, 새로운 지식들을 만나는 것이 그가 삶을 즐기는 방식이었다. 이제 그가 한껏 바랄 수 있는 여생인 스무 해는 그가 보기를 열망하는 지식들이 나오기엔 너무 짧은 시간이었다. 외할머니, 어머니, 그 자신, 딸을 거쳐 그의 외손주에게로 이어진 자가면역 질환에 대한 근본적 치료법과 같은 실용적 지식에서부터 우주의 내력과 같은 철학적 지식에 이르기까지, 그가 알고 싶은 지식들은 많았다. 이제 그는 받아들였다. 그것들 가운데 그에게 남겨진 시간 안에 나올 만한 것들은 거의 없으리라는 사실을.

"……문제들이 한둘이 아냐. 펜로즈가 한 얘기를 생각해봐." 김이 열정적으로 말했다.

"내 생각은 달라. 펜로즈의 약점은 생물학적 관점의 결여인 것 같아. 펜로즈가 뛰어난 수학자고 물리학자인 것은 분명해. 그러나 인공지능에 관한 논의에선 사람에 관한 지식이 결정적 중요성을 지니지 않겠어? 내가 '퀵 퀴즈'를 하나 내지. 『황제의 새 마음』 인덱스의 '진화' 항목에 엔트리가 몇 개나 될까?" 오가 둘러보았다. 오는 인근 연구소에서 인공지능을 연구한다고 했다. 원래는 핵물리학을 전공했다고 했다.

잠시 침묵이 흘렀다.

"하나도 나오지 않은 것 아냐?" 박이 말했다.

"그렇게 쉽게 맞추면, 퀴즈를 낸 사람이 무안하잖아? 그래, 인덱스에 '진화'란 말이 아예 안 나와."

"그렇다고 펜로즈의 주장이 틀렸단 얘기가 나오는 건 아니잖아?" 김이 반론을 폈다.

"꼭 그렇지도 않아. 사람 수준의 지능은 분명히 불가능한 것이 아냐. 이미 사람이 출현했으니까. 그러나 지능을 가진 존재가 나오는 것이 꼭 사람이 진화한 길 하나뿐일까? 지능을 지닌 사람의 출현은 자연선택의 결과야. 그러나 일단 지능을 가진 사람이 나오면서, 자연선택과 다른 힘이 작용하기 시작했잖아? 영수가 늘 강조하는 '유전자-문화 공진화'가 시작된 거야. 게임의 룰이 바뀌었어. 자가 촉매의 특질을 지닌 분자들 중에서 '자식들'에게 변이를 물려줄 수 있는 것들이 생겨서, 비로소 자연선택이 작용하기 시작했지? 한번 상상해봐. 그런 분자들을 보고서, 이제 이런 분자들이 나왔으니, 자연선택을 통해서 언젠가는 사람이 나올 겁니다, 라고 예언한 존재가, 신이든 외계인이든, 있었다면, 누가 그 말을 믿었겠나? 지금 컴퓨터가 하는 일들을 보고서, 곧 인공지능이 나올 겁니다, 라고 하면, 적잖은 사람들이 고개를 끄덕여."

듣던 사람들이 모두 고개를 끄덕였다. 그리고 서로 바라보면서 웃음을 터뜨렸다.

"여기서 고려할 사항은 시간대야. 자연선택은 몇 십억 년 동안 작용했어. 컴퓨터는 나온 지 겨우 반 세기가 지났어. 지금 컴퓨터는 아주 멋진 일들을 해내고 있어. 그래도 생명의 진화에다 비기면, 컴퓨터는 생명체의 유전 정보를 전달하는 데 디엔에이가 쓰이지 않았

166

던 단계에 있어. 그런데도 무엇 무엇은 컴퓨터가 할 수 없다는 식으로 말하는 것은 보기보다 훨씬 위험해."

"그건 그래," 이가 동의했다. "사람의 진화하고 인공지능의 진화엔 본질적 차이가 있어. 생명체의 진화는 디엔에이의 변화를 통해서 이루어지고 단백질에서의 변화는 디엔에이에 영향을 미치지 못하잖아? 그렇게 획득 형질이 유전되지 않는데, 컴퓨터는 그렇지 않거든. 그래서 변화에 제약이 없고 아주 빨라. 그리고 생명체의 진화는 본질적으로 랜덤 프로세스야. 감수분열과 같은 랜도미제이션과 돌연변이를 통해서만 선택이 이루어지는데. 컴퓨터의 발전은 텔리올로지컬 프로세스거든. 컴퓨터와 관련된 모든 연구와 발명이 보다 효율적이고 보다 강력한 컴퓨터를 만드는 방향으로 이루어지잖아? 당연히 진화가 빠르고 효율적이지. 다시 반 세기가 지났을 때, 컴퓨터가 어떤 모습일지 우리는 상상하기도 힘들어."

"그런데 말야," 웃음이 담긴 눈길로 오를 살피면서, 박이 말했다. "왜 인공지능을 만들어내려고 그리 안달이냐? 인공지능은 결국 사람과 아주 비슷한 존재 아니겠어? 좀 우악스럽게 말하면, 모조품이지. 진품이 아니거든. 그런데 지금 우리는 진품을 잘 만들어내잖아? 밤마다 즐겁게. 너무 많이 만들어내서, 인구 폭발이라고 하는데, 왜 모조품을 만들려고, 그리도 애쓰는 거냐?"

"주성이 얘기엔 할 말이 없네," 웃음이 그치자, 오가 열적은 얼굴로 대꾸했다. "그래도 인공지능의 개발은 중요해. 사람을 다른 동물들과 다르게 만든 '인간적 특질'이 지능 아니냐? 그 지능을 연구하는 일이 어떻게 중요하지 않을 수 있겠냐? 인공지능을 통해서 우리는 비로소 사람의 뇌를 이해하기 시작했어."

"맞아. 그 점은 관채 얘기가 맞아," 이가 받았다. "사람을 이해하려면, 다른 지능이 있는 생물과 비교해야 되는데, 지금은 비교할 대상이 없잖아? 지구상의 모든 종들은 한 뿌리에서 갈라져 나왔기 때문에, 본질적으로 형제들이거든. 그래서 외계의 생물과 비교해야 되는데, 외계인은 아직 발견되지 않았고. 그러니 지금은 인공지능이 유일한 비교 대상이지."

"선생님," 오가 그에게 말했다. "이군이 외계생물학에 관심이 많습니다. 지금 '세티' 프로젝트에 참여하고 있습니다."

"아, 그래요? 나도 원래 그 프로젝트에 관심이 있었는데. 전문가를 만났으니, 그 사업 얘기를 한번 들어봅시다."

외계 생물을 찾는 일에 관한 얘기가 한참 오갔다. 자연스럽게, 얘기는 외계 생물이 아직 발견되지 않은 까닭으로 흘렀다. 그는 아릿한 그리움으로 그가 과학소설에 빠져들었던 때를 회상했다. 인간과 외계 생물의 접촉은 과학소설의 중요한 주제였고, 그는 그것을 다룬 작품들을 열심히 읽었었다.

"그러니까, 요약하면, 이런 얘기가 되겠네. 태양계에 가까운 지역엔 전파를 이용할 만큼 발전된 문명이 존재하지 않는다. 그리고 이 은하계 갤럭시 안에 그런 문명이 존재할 가능성도 아주 작다." 김이 말했다.

"그런 셈이지," 이가 좀 씁쓸한 어조로 대꾸했다. "발달된 문명들이 많아야 하는데, 적어도 이론적으로는 그런데, 아직 발견된 것은 없어. 그래서 좀 답답하다."

"60년대에 그런 사정을 설명하는 이론들이 관심을 끌었어요," 그가 말했다. "그때는 핵전쟁의 위협이 사람들 마음을 어둡게 했던 때

였거든요. 그래서 전파를 이용할 수준에 이른 문명은 필연적으로 핵전쟁을 통해서 멸망하기 때문에 외계 문명의 전파가 잡히지 않는다, 그런 이론이 나왔죠."

"아, 그랬습니까? 그렇게까지 비관적으로……" 오가 말하고서 술병을 집었다. "선생님, 한잔 더 받으시겠습니까?"

"아, 예." 잔을 받고서, 그는 말을 이었다. "지금 생각하면, 별것 아니게 보이지만, 당시엔 핵전쟁의 위협이 정말로 심각했어요. 미래의 연대를 표시할 때, '에이. 에이치'라는 기원을 쓴 작품들도 있었거든요."

"에이. 에이치요?" 이가 물었다.

"예. 아마 '애프터 히로시마'였을 겁니다. 당시엔 히로시마라는 말보다 더 음산한 말도 드물었거든요. 그래서 '포스트 홀로코스트' 소설들이 많이 나왔죠. 월터 밀러의 『라이보위츠를 위한 영창』이 나온 게 1960년이었는데, 당시 반향이 굉장했어요. 저는 한 십 년 지난 뒤에 읽었는데도, 견디기 힘들 만큼 압박감을 받았어요. 사람들이 핵전쟁의 위협을 워낙 심각하게 받아들였기 때문에, 많은 지식인들이 소련에 투항하자고 했어요. 멸망하는 것보다는 공산주의에 항복하는 것이 낫지 않느냐, 그런 얘기였죠. 그래서 유럽의 지식인들 사이에선 '베터 레드 댄 데드'라는 구호가 유행했습니다."

"그랬습니까?"

"냉전이 그렇게 빨리 끝날 줄은 몰랐죠. 아무도 몰랐죠. '시아이 에이'도 몰랐답니다. 나중에 밝혀진 것을 보니까, 알았던 사람들은 레이건 대통령과 그의 정책을 입안했던 몇 사람뿐이었어요. 모두 소련에 유화정책을 펴야 한다고 했을 때, 그 사람들만이 소련은 본질적 문제를 안은 사회다, 압박하면 무너진다, 지금 유화정책을 펴면 자유세계가 더 위험해진다, 그렇게 판단했다는 겁니다. 그래서 냉전은 정말로 갑자기 끝났어요. 덕분에 핵전쟁의 위협과 공산주의의 위협이라는 두 문제가 단숨에 풀린 거죠."

화제가 정치 분야로 옮겨갔다. 그는 흐뭇한 마음으로 사람들의 얘기를 들었다. 젊은이들의 얘기는 흥미로웠다. 게다가 모두 자기 분야에서 한창 활발하게 일하는 사람들이라서, 생각에 패기가 있었다.

"선생님, 외계인이 지구에 찾아오면, 어떤 일이 일어날까요?" 얘기가 뜸해지자, 이가 다시 화제를 외계인으로 돌렸다.

"글쎄요. 그건 과학소설 작가들이 즐겨 다룬 문젠데…… '세티' 프로젝트에 참여하신 분이시니, 이선생님은 그 문제에 관심이 많으시겠네요."

"예. 그런데, 선생님, 이건 좀 유치한 질문인데요, 외계인이 지구에 찾아오면, 인류에 대해 위협적일까요?"

"유치한 질문이 아니라 인류의 생존이 걸린 질문인데요."

웃음판이 되었다.

"과학소설 작가들의 견해를 종합해보면, 위협적이리라는 견해가 주류죠? 외계인이 위협적이어야, 얘기가 재미있어지니, 그쪽으로의 편향이 있다는 점을 고려해야 하겠지만."

이가 싱긋 웃었다. "저는 좀 낙관적입니다. 우주선을 발명해서 먼 별나라에서 지구까지 찾아올 만큼 원숙한 문명을 이룬 종족이라면, 인류를 위협하거나 무엇을 약탈해가거나 할 것 같진 않거든요. 지구에 식민지를 건설하려고, 먼 곳까지 찾아올 것 같진 않거든요."

"전에 러시아 작가들이 그런 견해를 밝혔었죠. 그것을 소련의 심리전의 일환이라고 의심한 사람들도 있었습니다만, 일단 경청할 만한 주장이긴 한데……" 턱을 쓰다듬으면서, 그는 생각을 가다듬었다. "저는 그렇게 낙관할 수 없다는 생각이 들어요. 우주 여행이 워낙 어려운 일이니까, 여기까지 찾아올 만큼 발전된 문명을 이룬 종족이라면, 지구에서 무엇을 빼앗아가진 않겠죠. 그러나 지구엔 다른 데서 찾기 어려운 것이 하나 있잖아요?"

"생명체 말씀이십니까?"

"예. 외계인에겐 지구의 생명체가, 특히 발전된 문명을 이룬 인류가, 아주 흥미로운 존재일 겁니다. 그들로선 당연히 사람을 연구해서 자신들을 아는 데 도움이 될 지식을 얻으려 하겠죠. 그런데 사람에 관한 지식을 관찰로 쉽게 얻을 수는 없거든요. 여러 가지 대조 실험들을 해야, 확실한 지식을 단번에 얻을 수 있죠. 지금까지 사람들은 자신들을 실험 대상으로 삼아서 대조 실험을 하지 못했어요. 그래서 우리 자신에 관한 지식은 완전하지 못하고 확실하지도 않죠. 외계인들이 사람들의 권리를 존중해서 그런 실험들을 하지 않을까요?"

듣던 사람들이 무겁게 고개를 끄덕였다.

"지금 실험실에서 얻어지는 생물학이나 심리학의 지식들은 거의 모두 끔찍한 실험들을 통해서 이루어져요. 그 실험들의 대상이 되는 쥐, 토끼, 초파리, 원숭이 따위 동물들이 얼마나 끔찍한 일들을 당하는가 생각해보세요. 자르고, 가르고, 약물을 주사하고, 일부러 암에 걸리게 하고, 죽을 때까지 스트레스를 주고. 심지어 유전자 조작을 통해서 괴물들을 만들어내고. 그 동물들이 우리와 한 뿌리에서 나와 우리와 유전자를 공유한 존재들인데도, 우린 그런 짓들을 서슴

없이 합니다. 우리가 그러는데 우리와 전혀 다른 환경에서 나온 외계인이 우리를 아주 조심스럽게 대하리라고 생각하는 것은……" 그는 고개를 저었다. "확실한 것은 지구 생명체에 관한 지식은 그들에게 큰 가치가 있으리라는 점하고, 그 지식을 얻는 외계인은 큰 보상을, 아마도 그들의 노벨상 같은 것을, 받으리라는 점이죠. 그리고 그런 지식을 얻기 위해선 그들은 사람만큼 무자비할 겁니다. 무자비하지 않다면, 그들의 생태계에서 지배적 종의 자리에 오르지 못했겠죠."

"무서운 얘기네요." 오가 무거운 침묵을 깨뜨렸다. 다른 사람들이 고개를 끄덕였다.

"우리 자신에 관한 얘기들은 모두 무서운 얘기들입니다. 외계인에서 우리는 자신의 모습을 보는 거죠. 지식을 얻기 위해선 사람들은 어떤 끔찍한 짓도 합니다. 그래서 모든 지식엔 피가 묻었습니다. 지식을 얻어낸 사람들의 손에 묻은 피, 지식이 퍼지는 것을 막으려 한 사람들이 손에 묻힌 피, 지식을 사악하게 쓴 사람들이 손에 묻힌 피." 입가에 야릇한 웃음을 띠고서, 그는 사람들을 둘러보았다. "우리 모두 지식인이니까 하는 얘깁니다만, 모든 지식엔 피가 묻었어요. 이 세상에 순진무구한 지식은 없습니다."

제5장

"꽤 밀리는데요," 좀처럼 움직이지 않는 차 행렬을 살피면서, 이립이 말했다. "유성도 이렇게 밀리나요?"

"예, 요샌 유성도 뭐…… 오늘은 좀 많이 막히는 것 같습니다." 고개를 빼어 앞을 살피면서, 오관채가 대꾸했다. "선생님, 시간이 급하신가요?"

"아뇨. 천천히 가십시다."

탄동에서 저녁을 들고 나서, 그는 오의 차를 탔다. 마침 오의 집이 정림동이어서, 그의 집 앞을 지나게 되었다.

"며칠 전에 제 아이가 저한테 느닷없이 물었습니다. '아빠, 아빠가 위대한 사람하고 밤새 얘기할 기회가 주어진다면, 아빤 누구랑 얘기하고 싶어?' 그러는 거예요." 흘긋 그를 살피고서, 오가 말을 이었다, "그래서 무슨 얘긴가 하고 알아봤더니, 녀석이 읽던' 책에 그런 얘기가 나온 거였습니다. 위대한 사람하고 밤새 얘기할 기회가 주어지면, 누구랑 얘기하고 싶으냐, 그런 질문이 나온 거죠."

"아, 예. 재미있는 생각이네요."

"녀석이 갑자기 물으니까, 생각이 잘 안 났어요. 그래서 시간을 벌려고, 녀석한테 되물었죠. '넌 누구랑 얘기하고 싶으냐?' 그랬더니, 뉴튼하고 얘기하고 싶대요. 왜 그러냐니까, 사과 떨어지는 것을 보고 만유인력의 법칙이 이내 떠올랐느냐, 아니면 한참 생각해서야 떠올랐느냐, 그걸 물어보고 싶다고……"

"아드님이 몇 살인가요?"

"중학교 1학년입니다."

"똑똑하네요. 호기심도 대단하고. 그런 호기심을 잘 가꿔주세요. 호기심은 결정적 중요성을 지닌 자산이거든요."

"예. 정말 그런 것 같습니다." 오가 고개를 끄덕였다. "그래서 제가 페르마 얘기를 했습니다. '페르마의 마지막 정리'라는 것이 수백 년 동안 풀리지 않아서, 수학에서 가장 유명한 문제였다, 그러다 몇 년 전에 풀렸는데, 그 푸는 방식이 페르마로선 도저히 생각해내지 못했을 방식으로 겨우 풀렸다. 그래서 페르마 자신은 어떤 식으로 풀었느냐, 알아보고 싶다, 그렇게 말했죠."

"아, 그러셨어요? 실은 저도 그 점이 궁금했는데……"

두 사람은 마주 보고 웃었다.

"그래서 얘기가 자연스럽게 앤드루 와일스에게로 넘어갔습니다. 와일스가 열 살 때 그 문제를 만났다, 도서관에서 빌린 책에서 그 문제를 발견하곤 평생 그 문제를 풀려고 애썼다, 그런 얘기를 해주었습니다. 그랬더니, 녀석이 수학에 관심을 갖는 것 같아서……"

"오선생님을 탁한 모양이죠?"

"전 뭐 수학을 썩 잘하진 못했습니다." 앞쪽 차들이 조금씩 움직

자신이 위대한 시인이 될 수 없으리라는 것을 몸으로 느끼게 되었을 때, 김수영은 얼마나 참담했을까? 서른여섯. 다른 것을 업으로 삼기엔 좀 늦은 나이. 그 나이에 자신을 다독거리는 것이 어떻게 쉬운 일일 수 있었을까? 예순하나. 다른 것을 업으로 삼기엔 너무 늦은 나이. 이 나이엔 무엇으로 자신을 다독거려야 하나?

"개가 울고 종이 들리고 달이 떠도
너는 조금도 당황하지 말라
술에서 깨어난 무거운 몸이여
오오 봄이여"

제6장

덜미를 손바닥으로 가볍게 두드리면서, 이립은 윗몸을 돌려 월평 공원을 바라보았다. 푸른 산비탈이 그의 눈을 부드럽게 어루만졌다. 고맙게도, 산비탈엔 아직 밀려나지 않은 소나무들이 많았다.

"복사꽃 능금꽃이 피는 내 고향," 옛 노래를 흥얼거리면서, 그는 막 쓴 글을 훑어보았다.

오스트레일리아 북부의 원주민 이르 요론트 족은 근년까지 말 그대로 석기 시대에 살았다. 그들은 우리가 문명의 성립에 필요하다고 여기는 것들을 하나도 갖지 못했었다. 그들은 철기도, 농사도, 글도, 과학도 없었고 국가도, 법체계도 지니지 못했다. 그러나 그들은 우리가 현대적이라고 여기는 것 하나를 가졌었다. 그것은 잘 발달된 교역 체계였다.

그리고 그들은 다른 부족들과의 교역에서 큰 이익을 보았다. 그들은 실은 그 지역의 교역에서 중개자 노릇까지 했다. 좋은 채석장이 있는 남부 산악 지역에서 만들어진 정교한 돌도끼들은 여러 부족들의 손을 거쳐 북쪽으로 흘러갔고, 북부 해안 지역에서 만들어진 해파리 독가시를 끝에 단 창들은 반대로 남쪽으로 흘러갔다. 이처럼 여러 손을 거친 교역은 모두에게 큰 이익을 안겨주었다.

따라서 우리는 교역이 문명보다 앞섰다고 말할 수 있다. 실제로 교역은 문명을 쌓는 벽돌들이다.

그러나 교역은 사람이 늘 하는 방대한 사회적 교환의 한 부분에 지나지 않는다. 인류 사회는 본질적으로 사람들 사이의 갖가지 교환들로 이루어진다. 인류학자 조지 머독이 든 '문화의 보편적 특질' 67개 가운데 사회적 교환에 직접 관련된 것은 넷이나 된다: 협업, 분업, 재산권, 그리고 교역.

모든 사회적 교환은 계약에 의해 구체화된다. 교역처럼 명시적 계약을 이루는 경우도 있지만, 대부분의 사회적 교환은 암묵적 계약을 통해서 이루어진다. 사회적 교환이 인류 사회와 문명의 바탕이므로, 계약은 사회에 아주 널리 퍼졌다. 그래서 공기처럼, 잘못되거나 없을 경우에만 우리는 계약을 의식한다.

『정의로운 체제로서의 자본주의』의 한 단락이었다. 이제는 글이 탄력을 받아서 잘 나아가고 있었다. 「외나무 다리」를 휘파람으로 불면서, 그는 다시 자판을 두드리기 시작했다.

실은 계약은 문화의 보편적 특질을 넘어서는 것이다. 그것은 언어나 추상적 사고처럼 사람의 독특한 천성이다. 계약이 우리에게 하도 자연스러우므로, 우리는 초자연적 존재들과 교섭할 때도 계약을 맺는다.

이 점은 고대에 왕이나 황제와 같은 통치자가 흉년이나 역질이 닥쳤을 때 하늘에 용서를 빌었던 데서 잘 드러난다. 그런 관행은 통치자가 국사의 관장에서 하늘과 계약을 맺었고 그가 자신의 잘못된 통치로 그 계약의 조건을 어겼다는 생각에 바탕을 두었다.

확립된 종교들에선 그 점이 더욱 뚜렷이 드러난다. 신과 신도들은 각자의 의무들과 권리들이 잘 규정된 계약으로 맺어진다. 신도들은 오직 그들의 신만 섬기고 다른 신을 섬겨선 안 된다. 그리고 신은 오직 신도들만을 편애하고 이교도들이나 무신론자들에겐 어떤 자비나 혜택을 베풀어서도 안 된다.

그래서 신도가 불행을 만나면, 그는 그것을 자신이 신과 맺은 계약의 조건들을 어긴 것에 대한 벌이라 여긴다. 신 자신도 늘 신도들로부터 계약을 충실히 이행하라는 요구를 받는다. 기도는 신도들이 그런 요구를 전달하는 수단이다. 만일 신이 그의 의무를 제대로 수행하지 않으면, 그는 계약 위반으로 비난을 받는다. '선택된 자들'이 이교도들에 의해 박해를 받거나 무고한 목숨들이 어떤 이유로든지 억울하게 죽으면, 특히 신은 계약의 조건들에 의해 비난받는다. 사람이 타고 태어난 정의감은 계약을 이행하지 않은 자를 그냥 놓아둘 수 없다. 계약을 이행하지 않은 자가 자신이 섬기는 신일지라도. 그러나 신을 벌할 길이 없으므로, 신도들에게 남겨진 길은 신과의 계약을 파기하고 신을 '참된 신'이 아니라고 선언하는 길뿐이다.

그러나 그 길은 '병보다 못한 치료'다. 어떻게 '선택된 자'가 자신의 '참된 신'을 버릴 수 있겠는가? 그래서 신도들은 '신의 침묵'을 신이 보다 큰 보상을 준비하는 것으로 해석한다. 참된 믿음을 지닌 자

그래서 경제인을 보다 정교한 모형으로 만드는 일은 계속되어야 한다. 실제로 근년에 경제학에서 나온 주요 업적들 가운데 여럿이 경제인에 새로운 특질을 도입해서 그것을 보다 사람에 가까운 모형으로 만드는 연구들이었다. 그런 업적들 가운데 두드러진 것은 허버트 사이먼의 '제약된 합리성'이다. 사람에 관한 지식은 주로 생물학과 심리학에서 얻어지므로, 경제인을 보다 정교하고 사실적으로 만드는 작업은 본질적으로 생물학과 심리학의 성과들을 빌려오는 일이다.

경제인을 보다 정교하고 사실적인 모형으로 만드는 일엔 그러나 문제가 따른다. 모형은 그것이 단순하다는 사실 덕분에 쓸모가 있다. 단순화를 통해서 두드러진 특질들에 초점을 맞추지 않으면, 우리는 복잡한 현상을 분석할 수 없다. 누가 축척이 1 대 1인 지도를 찾는가? 여기에 역설이 있다. 모형이 단순할수록, 그것의 설명력은 커지지만, 단순화는 어쩔 수 없이 설명을 거칠게 한다. 이 역설은 본질적이어서, 경제학이 아무리 발전하더라도 사라지지 않을 것이다.

따라서 경제학자들은 경제학 이론을 기계적으로 현실에 적용하는 대신 경제인이라는 개념을 실재하는 사람에 보다 가깝도록 마음속에서 미묘하게 변용한 뒤에 경제학 이론을 다루어야 한다. 성공적 경제학자의 비결이 있다면, 이것이 바로 그 비결이다.

보다 일반적으로, 모든 사회과학 이론들은 사람의 모형에 바탕을 두었다. 그래서 그런 이론들의 우열은 궁극적으로 그것이 바탕으로 삼은 사람의 모형의 정확성에 달렸다. 인류에게 큰 고통을 안긴 모든 사회적 실험들, 즉 프랑스 혁명의 공포정치, 공산주의 체제, 그리고 국가사회주의 체제는, 사람의 그른 모형에 바탕을 두었다. 그런 재앙들을 불러온 사람들은 사람을 그저 더 큰 집단의 부분들로 여겼다. 그러나 사람은 역사의 법칙들을 연기하는 꼭두각시들도, 계급을 이루는 얼굴 없는 구성원들도 아니다. 사람은 모두 나름으로 독특하며 자유의지를 지녔고 수십억 년 동안 다듬어진 생존 기술들을 물려받았다.

튼튼한 이론과 그 이론의 섬세한 해석 없이, 좋은 정책이 나오기는 어렵다. 경제에선 특히 그렇다. 우리 사회에서 경제학의 이론적 측면에 대한 논의와 성찰이 부족하고 모두 경제 정책의 설계와 집행에 매달린다는 사정은 건전하지 못하다. 주변부에서 창조적 업적을 이루기는 무척 힘들지만, 그런 사정이 경제학 이론에 대한 성찰의 부족을 정당화하지는 않는다.

글 한 편을 단숨에 쓰고서, 그는 허리를 폈다. 보얀 무엇을 낳은 듯, 속은 허전하고 마음은 흐뭇했다. 컴컴한 헛간 안쪽 구석에 알을 낳고서 '꼬꼬맥 꼬꼬꼬' 하고 울어대던 닭의 모습이 떠오르면서, 그의 입가에 비뚤어진 웃음이 어렸다.

제7장

열차가 움직이기 시작했다. 문득 마음이 부풀어, 이립은 몸을 일으켜 창밖을 내다보았다. 여느 때는 잘 띄지 않던 플랫폼의 이정표가 새삼 눈에 들어왔다. 군복 입고서 네 해 넘게 보낸 곳을 머리 허연 나이에 되찾는 여행이니, 이번 걸음은 세월을 거스르는 '감상적 여행'일 수밖에 없었다.

그는 군복 입은 자신의 모습을 떠올렸다. 사람들은 군복이 그와는 안 어울린다고 말했었다. 그가 군인으로서 능력이 모자란다는 뜻은 아니었다. 아마도 그들은 그에게서 지식인의 모습을 엿보았을 것이다. 당시 사람들의 생각에 군인과 어울리지 않는 것이 있었다면, 그것은 지식인이었다.

그는 늘 자신의 문자를 세우려 했다. 그는 아직도 기억했다, 지식인이 되기로 마음을 정한 그 마법적 시공을. 대학 교정 백양나무 그늘 푹신한 풀밭에 책가방을 베고 누워, 혼자 책을 읽고 있었다. 불교에 관한 책이었는데, 청계천 고서점에서 구한 펭귄판이었다. 백양 나무 잎새들 사이로 늦봄 햇살이 새고 있었고, 바로 옆 테니스 코트 에선 누가 혼자 서비스 연습을 하고 있었고.

그때 '불립문자(不立文字)'라는 구절을 처음 만났다. 모든 것들 이 느긋했던 그 시공에 그 구절은 녹슨 톱니바퀴의 마찰음을 던졌다. 그는 일어나 앉아서 그 구절을 한참 들여다보았다. 그리고 천천히 둘러보았다. 정릉천을 따라 늘어선 판잣집들, 학교 담장 노릇을 하 는 개구멍 숭숭 뚫린 철조망, 그 너머 포장되지 않은 진창길, 그 위 를 달리는 '도라무통'을 펴서 만들었다는 버스들, 초라한 식민지 시 대 학교 건물들.

'이리 가난한 세상에서 문자를 세우지 않으면, 도대체 무얼 세우 나?' 그는 누구에게랄 것 없이 물었다. 그리고 스스로 대꾸했다, '나는 문자를 세운다.'

뒷날 그 자리를 생각할 때마다, 그는 자신이 영어 책에서 선종의 종지를 처음 만났다는 사실을 떠올리곤 했다. 그것도 영국 대중에게 지식을 펴려는 목적으로 만들어진 펭귄판에서. 그것은 몇 겹으로 상 징적이었다. 그 상징성이 뒷날 자신이 한문 문명의 후예가 아니라 세계를 정복한 그리스 문명의 후예라는 사실을 깨닫도록 한 단서들 가운데 하나였다. 선조들을 키웠던 한문 문명을 이해하는 일에서도 자신은 서양 문명의 관점과 기준에 의존할 수밖에 없다는 사실을, 전통 문명에 대한 자신의 태도를 다듬은 민족주의조차 서양 문명에 서 나온 이념이라는 사실을, 무엇보다도 지식 자체를 위해서 지식을 찾는 태도는 그리스 문명에서 비롯했다는 사실을 깨달은 것은 그에 겐 가장 힘들고 슬픈 '개념적 돌파'였다.

그가 얻고자 한 것은 지식 자체였다. 그가 의식적으로 지혜를 겨냥한 적은 드물었다. 사람들은 늘 지식보다는 지혜를 바랐다. 그러나 사람들이 그리도 열심히 찾는 지혜는 그에겐 얄팍한 무엇으로 보였다. 그것은 대부분 사람들이 다음날까지 살아남도록 돕는 교훈들이었다. 보다 큰 그림을 보고 보다 깊은 이치를 살피려면, 지식 자체를 목적으로 삼은 뒤에야 만날 수 있는 지식들이 필요했다. 그리고 사회가 복잡해지고 문명이 발달한 터라, 이제는 그런 지식들을 통해서만 합리적으로 판단하고 행동할 수 있었다. 만일 누가 그것을 지혜라고 부른다면, 그로선 이의가 없었다.

지식에 대한 그런 태도는 이 세상이 가장 근본적 수준에서 질서를 지녔으며 그리 많지 않은 자연 법칙들의 집합에 의해 설명될 수 있다는 믿음에 바탕을 두었다. 필요한 지식들을 충분히 모아서 그것들을 깔끔한 모형으로 꾸미면, 그런 법칙들이 차츰 모습을 드러내리라고 그는 늘 믿었다. 1960년대 후반부터 줄곧 그런 태도가 거센 공격을 받았어도, 그래서 많은 사람들이 그런 태도를 버렸어도, 그의 믿음이 흔들린 적은 없었다. 그런 태도는 물론 연원이 아득해서, 적어도 기원전 6세기 고대 그리스 이오니아에서 활약했던 탈레스까지 거슬러 올라갈 수 있었다. 얼마 전에 그는 어떤 물리학자가 그런 태도를 '이오니아의 매혹'이라 부른 것을 발견했다. 그는 매혹된 줄도 모른 채 매혹의 길로 들어선 넋이었다.

그에게 문자를 세우는 길은 시였다. 그의 마음에서 시와 과학은 나뉘어진 영역들이 아니었다. 지식의 일체성을 믿었으므로, 그는 처음부터 지식의 여러 영역들 사이의 경계를 대단하게 여기지 않았다. 모든 현상들이 적어도 이론적으로는 기본적 물리 법칙들로 환원될 더 먼 땅을 찾도록 된 자신의 운명을 '정상화'했다. 그곳에서 그는 들었다, 스승의 작품들이 소리 없이 외치는 절망을: "내 운명이 가려는 곳으로 내 운명을 가게 하라."

그 외침을 한사코 틀어막는 스승에겐 길을 개척한 탐험가의 모습은 이미 없었다. 대신 '누구도 더 이상은 못 간다'는 기득권의 화신이 자리 잡고 있었다.

그러나 최인훈의 작품들은, 활짝 피어나지 못한 경우에도, 자신이 지녔던 가능성을 보여주었고, 왜 실패했는가 가르쳐주었다. 훌륭한 스승은 자신의 결점과 실패로도 가르치는 것이었다. 스승을 넘어서는 것이 제자의 질긴 운명이고 은밀한 욕망이었으므로, 제자의 눈길은 늘 스승의 부족함을 찾게 마련이었다. 길을 막고 선 스승의 자세에서 허점을 엿본 순간, 그는 서슴없이 칼을 뽑았다.

"봉착편살(逢著便殺)."

득의와 비감을 검붉은 양수로 뒤집어쓰고 나온 그 신음이 그가 쓰러지는 스승에게 드린 마지막 인사였다. 피 묻은 살조(殺祖)의 칼을 그대로 칼집에 꽂고, 그는 '용들이 사는 땅'으로 성큼 발을 내디뎠다.

무심히 내다보는 눈에 아파트 단지가 들어왔다. 열차는 회덕으로 들어서고 있었다. 한 스무 해 전만 하더라도, 이곳은 논밭이었는데, 이제는 대전의 부도심이었다. 세월은 점점 빨리 흘렀고 문자는 점점 빨리 낡았다.

그러나 한번 소설에 손을 대자, 시는 잘 쓰이지 않았다. 시를 쓰

몇 편을. 만일 그렇게 할 수만 있다면, 그의 여정은 하디의 여정보다 훨씬 시적일 터였다. 시의 영토에서 멀리 나갔다가 다시 돌아온 지적 여정은 그의 삶에 '완결된 원'의 모습을 줄 수도 있었다.

그에겐 하디보다 유리한 점이 하나 있긴 있었다. 그는 하디가 만난 진실보다 훨씬 더 무서운 진실을 만났다. 하디가 단단한 땅이라고 여겼던 곳이 그에겐 허공이었다. 자연히, 그의 절망은 하디의 그것보다 훨씬 깊었다.

하디에게 절망의 뿌리는 신에 대한 믿음을 잃은 것이었다. 종교적 믿음의 상실은 무엇으로도 메워질 수 없는 상실감을 남겼다. 전지전능하고 자비로운 존재에게 완전히 순종하는 기쁨을 무엇이 대신할 수 있겠는가? 영원한 구원을 거부당한 슬픔을 무엇이 달랠 수 있겠는가? 남들이 보는 진실을 자신이 보지 못하는 것이 안타까웠던 하디는 자신을 '알아보지 못하는 자'라 불렀다.

그는 종교적 믿음을 잃은 것이 아니라 처음부터 지니지 못했다. 그래서 종교에 대한 집착이 적었고 주요 종교들 사이의 대립에서 비켜났고 종교의 영역을 선선히 인정할 수 있었다. 사람은 알고자 하는 욕망을 지닌 존재였고 그래서 '이 세상은 어떻게 생겨났는가'나 '삶의 목적은 무엇인가'와 같은 근원적 물음들에 대한 답을 찾아야 했다. 종교는 그런 물음들에 대해서 처음으로 잘 짜여진 답들을 내놓았다. 특히 주요 종교들의 경전들엔 근원적 물음들에 대한 일관되고 완전한 답들이 들어 있었다. 그런 답들의 중심적 특질은 이 세상의 구도에서 사람에게 뜻있는 자리를 마련해준 것이었다. 사람들은 늘 그 점에 대해서 종교에 감사했다. 그리고 그것이 과학에 대해 사람들이 그리도 큰 반감을 보인 까닭이었다. 과학은 사람으로부터 그런 고양된 지위를 앗아가고 대신 아주 낮은 자리만을 남겨놓았다.

따지고 보면, 과학과 종교는 한 뿌리에서 나왔다. 그리고 계시를 통해 단숨에 진리를 얻으려는 것이 아니라 기껏해야 부분적 진실을 불완전한 모습으로 볼 수 있으리라는 생각을 견디며 객관적 실재를 찾으려는 과학은 가장 깊은 뜻에서 종교보다 훨씬 더 종교적이었다. 우주는 광막한데 사람의 지각은 아주 짧은 거리밖에 미치지 못하므로, 사람은 지각의 한계를 벗어날 수 없고, 어떤 개명된 종교도 필연적으로 '지각적 감옥'에 갇히게 마련이었다. 지식의 집적이 가능한 과학을 통해서, 비로소 사람은 그런 감옥에서 풀려날 수 있었다. 그런 뜻에서 과학은 '지각적 감옥에서 풀려난 종교'였다.

그가 만난 진실은 신에 관한 것이 아니라 자신에 관한 것이었다. 그가 삼십 대였을 때, 생물학에서 놀라운 학설이 나왔다. 사람은 자신의 주인이 아니고 본질적으로 유전자들이 자신들의 생존을 위해 만들어내어 조종하는 '생존 기계'며 자신들의 전파에 이용하는 '수레'라는 주장이었다. 긴 성찰 끝에 그는 '유전자적 관점'이라 불린 그 학설을 받아들였다.

다행스럽게도, 얘기는 거기서 끝나지 않았다. 어찌어찌하다가 사람은 자신을 유전자들의 도구를 넘는 존재로 이끌어 올렸다. 유전자들은 아직도 사람을 만들고 지배했다. 사람이 사람으로 남는 한, 늘 그러할 터였다. 그러나 사람은, 유전자들의 목표들을 이루는 수단에 지나지 않는 욕망들에 밀려다니면서도, 현상의 뒤에 있는 진실에 관한 지식들을 얻는 능력을 갖추었고, 그 능력으로 끝없는 우주의 끝까지 그리고 보이지 않는 실재의 속살까지 살피게 되었다. 마침내 사람은 자신이 어떻게 생겨났는지 알아냈다. 그리고 그 발견에 힘입어, 사람은 유전자들의 전제에서 많이 벗어났고 자신을 자유의지와 위엄을 지닌 존재로 이끌어 올렸다. 그것은 하디가 만난 어떤 진실보다 무서운 것이었다.

그랬다, 그것은 무서운 진실이었다. 그것을 차마 받아들일 수 없어서 고개를 돌린 사람들이 어디 한둘이겠는가. 모든 생명체들이 유전자의 차원에서 전적으로 이기적이라는 사실을 처음 밝힌 과학자들 가운데 하나는 윌리엄 해밀턴이었다. 해밀턴의 글을 읽은 사람들 가운데 조지 프라이스라는 사람이 있었다. 그는 이타주의가 본질적으로 유전자들의 이기주의에 지나지 않는다는 해밀턴의 결론을 논파하려고 유전학을 공부하기 시작했다. 그러나 그의 연구는 오히려 해밀턴의 이론을 보다 충실하게 만들었다. 마침내 해밀턴과 프라이스는 협력해서 연구하게까지 되었다. 그러나 프라이스는 점점 마음이 불안해져서 종교에서 위안을 찾게 되었다. 마침내 그는 자신이 지닌 모든 것들을 가난한 사람들에게 나누어주고서 버려진 건물의 차가운 방에서 목숨을 끊었다. 해밀턴에게서 온 편지 몇 통을 지닌 채.

언젠가 자신이 시의 영역으로 돌아온다면, 그는 쓰고 싶었다, 그 무서운 진실과 거기서 태어난 절망을 낮은 목청으로 들려주는 시를, 뿌리도 줄기도 없이 허공에 솟은 검은 꽃 몇 송이를. 더 무서운 진실과 더 깊은 절망이 더 좋은 시를 보장하는 것은 아니었지만, 무서운 진실에서만 정말로 무서운 아름다움이 태어난다는 생각은 그가 남에게 밝힌 적이 없는 주문(呪文)이었다.

열차가 신탄진 다리로 들어섰다. 이 다리는 그에겐 늘 푸근한 느낌을 주었다. 서울에서 내려올 때, 열차가 이 다리로 들어서면, '아,

집에 다 왔구나' 하는 생각이 들었다. 몇십 년 전엔 다리 바로 위쪽
이 대전 인근에서 이름난 강수욕장이었고, 어릴 적엔 여름마다 이곳
에 찾아와서 헤엄을 쳤었다.

열차가 충청북도 땅으로 들어섰다. 그의 마음에 그리움에 가까운
무엇이 보얗게 일었다. '언젠가 내가 시의 영역으로 돌아올 때, 과
연 내가 건널 다리가 있을까?'

제8장

"손님 전화 같은데요." 택시 기사의 말에 그는 생각에서 깨어났다.

"내 전화?" 그제야 생각났다, 아내의 휴대전화기를 갖고 온 것이. 그는 급히 가방을 열었다. "여보세요?"

"아빠?"

"그래. 시현이냐?"

"네. 근데 왜 아빠가 받아요? 엄만?"

"내가 느이 엄마 전화 갖고 왔다. 여기 서울이다. 느이 엄만 집에 있을 거다."

"집 전화 안 받던데?"

"그래? 이 여편네 보게. 내가 나오자마자, 어디 갔구나."

"제가 엄마 아빠 싸움하게 만들었었네요." 녀석이 깔깔거렸다. "나중에 엄마보고 뭐라 하지 마세요."

"어디 나간다 소리 없었는데. 아, 미장원 간다고 했다."

"미장원? '자연미장원'에 가셨나요?"

"아마 그럴 거다. 너 거기 전화번호 아니?"

"찾아보면 있을 거예요." 시집간 맏딸은 울산에 살았다.

"그런데 엄만 왜 찾니? 무슨 일이 생겼니?"

"별일 아녜요. 창훈이가 열이 좀 있어서……"

"열? 몇 도나 되는데?"

"38도 정도 돼요."

그의 마음이 바삐 움직였다. 창훈이는 막 돌을 넘겼는데, 체질이 제 엄마와 비슷했다. "편도선은 어떠냐?"

"편도선은 안 봤는데."

"편도선을 한번 살펴봐라. 편도선이 부었으면, 아마 다른 걸로 탈이 난 건 아닐 게다."

"알았어요." 마음이 좀 가라앉은 목소리였다.

"그리고 병원에 데려가면, 의사한테 편도선 얘기를 해라. 너도 어려서 편도선 때문에 고생했다고."

"네, 아빠. 그런데 아빤 왜 서울 가셨어요?"

"응, 전방을 한번 둘러보고서 글을 쓰려고."

"그러세요? 그럼 조심해서 다녀오세요."

"알았다."

"따님이세요?" 그가 전화를 끊자, 기사가 물었다.

"예." 전화기를 가방에 넣으면서, 그는 싱긋 웃었다. "자식이라고 힘들게 키웠더니, 제가 아쉬울 때나 전화하고."

기사가 소리 내어 웃었다. "다 그렇죠. 손님, 여의도 어디로 갈까요?"

"63빌딩 근처라고 하던데. 일단 그리로 가십시다."

"예, 알겠습니다."

옛 모습을 그래도 많이 간직한 편인 원효로의 풍경을 내다보면서, 그는 맏딸을 생각했다. 결혼한 뒤로, 특히 아이가 생긴 뒤로는, 녀석은 제 부모 생각은 거의 하지 않는 듯했다. 효녀 소리를 들을 정도는 아니었지만, 그래도 전에는 제 부모를 많이 생각했었다. 게다가 녀석은 자신의 태도가 바뀐 것을 의식하지 못하는 듯했다. 그로선 딸의 그런 변화가 섭섭하다기보다 흥미로웠다. 길이 막혀서 움직이지 않는 차 안에서 가벼운 눈길로 밖을 살피면서, 그는 '유전자적 관점'을 받아들인 것이 자신의 세계관을 얼마나 근본적으로 바꾸었나 생각했다.

긴 성찰 끝에 사람이 다른 모든 유기체들과 마찬가지로 유전자들의 생존과 번식을 위해서 만들어진 기계며 사람은 자기 몸의 주인도 못 된다는 '무서운 진실'을 받아들였을 때, 그는 세상의 모습이 섬뜩하도록 뚜렷해지는 것을 느꼈다. 처음 안경을 쓰고 안경 가게 밖으로 나와 세상을 둘러보았을 때처럼. 그뒤로 몸속 유전자들을 위한 행위들을 하고 싶어하는 자신을 그는 차가운 눈길로 바라보곤 했다. 자식에 대한 정이 본질적으로 자식들을 보살피도록 된 부모 자신들의 욕망을 채우는 것이고 그 자식들은 자라면 자신들의 욕망을 채우기 위해 제 자식들을 보살피리라는 사실을, 그래서 자식들이 부모에게 품는 정은 본질적으로 한계가 있을 수밖에 없다는 사실을 그는 선선히 받아들였다. 그런 지식이 부모의 자식 사랑을 조금이라도 초라하게 만드는 것은 아니었다. 오히려 그가 자신의 자식 사랑을 보다 합리적인 물길로 돌리는 데 도움을 주었다.

이제 녀석들이 제 앞을 가릴 수 있었으므로, 유전자들을 위한 '수레'로서의 역할은 끝난 셈이었다. 그러나 그는 아직 은퇴할 생각이 없었다. 아직 몸이 성해서 활발하게 움직일 수 있다는 사실 때문만은 아니었다.

진화 생물학자들은 생명 현상의 궁극적 단위이며 자신을 퍼뜨리는 '복제자'라는 개념을 생각해냈다. 생명 현상이 본질적으로 복제자들의 복제 활동이고 지구 위의 생태계 전체가 그런 복제 활동의 결과라는 얘기였다. 이런 생각은 우주의 모든 진화들이 복제자들을 중심으로 이루어지고 모든 진화들의 과정이 같다는 '보편적 다윈주의'로 발전했다.

지금 지구 생태계에서 유전자는 유일한 '복제자'가 아니었다. 동물들의 뇌가 발달해서, 몇몇 동물 종들이 문화를 만들어내면서, 유전자의 절대적 영향력은 차츰 줄어들었다. 생명체들의 궁극적 단위가 유전자여서 생명 현상이 본질적으로 유전자들의 복제인 것처럼, 문화에도 궁극적 단위가 있고 문화는 본질적으로 '밈'이라 불리는 단위들의 복제라는 얘기였다. 밈은 사람의 뇌에서 살며 한 뇌에서 다른 뇌로 옮겨감으로써 자신을 복제하는데, 문화가 발전할수록 진화에서 문화가 차지하는 몫은 늘어나므로, 밈의 중요성은 점점 커질 터였다. '밈'이 '복제자'의 자리에 오른 것이었다. 적어도 사람이라는 종에 관한 한, 유전자의 독재는 끝난 것이었다.

사람은 유전자와 밈이라는 복제자들의 활동에 의해 진화한다는 '유전자-문화 공진화' 이론을 그가 받아들이자, 세상은 한결 더 또렷한 모습을 했다. 이제 그는 자신의 역할을 보다 또렷이 규정할 수 있었다. 유전자들은 독립적으로 존재하는 것이 아니었다. 유전자들은 환경 속에서 전파되고 활동하므로, 환경의 영향은 거의 절대적이었다. 유전자들의 환경에서 가장 중요한 요소는 바로 다른 유전자들이었다. 특히 가까이 자리 잡고 협력해서 움직이는 유전자들이 중요했다. 만일 어떤 유전자가 자리 잡은 곳에 그것에 친화적인 유전자들이 많으면, 그것은 잘되게 마련이지만, 만일 그것에 적대적인 유전자들이 많으면, 그것은 배척과 억압을 받는다. 밈도 같았다. 공산주의나 국가사회주의가 자리 잡은 사회적 풍토에선 자유주의 밈은 번창하기 어려웠다. 그래서 자유주의를 변호하고 전파하려면, 자유주의 밈들만이 아니라 그것들에 보족적이거나 친화적인 밈들도 함께 변호하고 전파하는 것이 긴요했다. 지식의 여러 분야들에 관심을 지닌 지식인으로서, 그는 자신이 그런 밈들을 찾아내기 좋은 자리에 있다고 여겼다.

실제로 그는 멀리 떨어져 있거나 연관성이 없는 것처럼 보이는 밈들 사이의 연관성을 찾아내서, 자유주의의 바탕이 보기보다 훨씬 넓고 단단하다는 것을 보여주고자 했다. 특히 자유주의의 생물학적 바탕을 마련하는 데 힘을 쏟았고, 전체주의 이념이 사람의 천성에 대한 그른 가정들에 바탕을 두었음을 지적했다. 그런 작업에서 나온 글들이 점점 거세어지는 전체주의의 물살에 마음이 흔들리는 자유주의자들에게 보다 튼실한 논거들과 자신감을 주는 것을 그는 발견하곤 했다. 그래서 그는 자신의 지적 노력을 '이미 설득된 사람들을 설득하는 일'이라 불렀다.

가다 서다 하던 택시가 아예 움직이지 않았다. 시간이 넉넉하다고 생각했었는데, 약속한 시간에 정현욱의 사무실에 닿기 어려울 듯했다. "길이 많이 막히네요."

"그런데요. 이 시간엔 이렇게 막히질 않는데. 아까 강변로가 막혔던데……" 그가 자신의 얘기를 듣는 것을 거울에서 확인하더니, 기사는 말을 이었다. "간선 도로 한 군데가 막히면, 서울 시내 교통이 다 영향을 받습니다. 도로는 몸으로 치면 혈관과 같거든요. 서로 연결되었기 때문에, 한 군데가 막히면, 다른 도로도 다 차가 제대로 빠지지 못하죠. 도로건 혈관이건 돌아야죠. 경제도 그렇잖습니까? 돈이 돌아야 경기가 좋아지지, 요새처럼 돈이 돌지 않는데, 경제가 좋아질 수 있겠어요?"

"그렇습니다. 잘 돌아야죠." 그는 고개를 끄덕이고 기사를 뜯어보았다. 똑똑하다는 인상을 주는 마흔 줄의 사내였다. 차를 모는 데서나 말씨에서나 자신감이 우러났다.

"지금 우리 경제는 사람들이 돈을 풀지 않는 게 문젭니다. 모두 돈을 꽁꽁 싸놓고 쓸 생각을 안 해요. 있는 사람들은 투자를 안 하고 없는 사람들은 허리띠를 더 졸라매고. 그러니, 도대체 무슨 장사가 되겠어요?"

"맞는 얘깁니다." 선뜻 동의하고서, 그는 다시 기사를 살폈다. '경제학을 공부한 것 같지 않은 이 택시 기사가 어떻게 경제에 관해서 이런 통찰을 지니게 되었을까?'

어쩌면 날마다 교통을 관찰한 것이 그런 통찰을 낳았을 수도 있었다. 도로망이라는 단순한 체계에 대한 지식은 몸이나 경제와 같은 다른 복잡한 체계들에 대한 모형을 제공했을 터였다. 비교적 단순하고 깔끔한 물리적 모형이 있다는 사실은 사람의 세계관의 형성에 결정적 영향을 미친다. 증기기관은 인체에 대한 모형을 제공했고, 근년엔 디지털 컴퓨터가 사람 뇌의 모형을 제공했다. 그래서 큰 도시의 도로망 속에서 날마다 차를 몰다 보면, 사회에 대한 통찰을 얻을 만도 했다.

차가 다시 움직이기 시작했다. 그의 눈길이 창밖으로 향하면서, 그의 상념도 '복제자'로 돌아갔다.

사람이 문화를 만들어내면서, 사람은 두 종류의 자식들을 낳게 되었다. 하나는 자신의 유전자들을 물려준 자식이었고, 다른 하나는 스스로 만들어내어 다른 사람들의 뇌들로 옮아가도록 한 밈이었다. 사람은 유전자들을 부모에게서 물려받아 자식들에게 전달하지만, 그것도 반만 자식들에게 물려주지만, 밈은 혼자 만든다. 그런 관점에서 살피면, 육신의 자식보다 밈이 오히려 훨씬 온전한 자식이었다. 앞으로 '유전자-문화 공진화'에서 문화의 중요성이 늘어나면서, 밈을 낳는 일은 점점 중요해질 터였다. 알게 모르게, 사람들은 그런 사실을 받아들이고 있었다. 이제는 자식들을 많이 낳은 사람이 칭찬을 받거나 부러움을 사지 않았다. 반면에, 좋은 밈을 낳은 사람은 칭찬을 받고 이름을 얻었다. 플라톤도 갈릴레오도 베토벤도 포크너도 그들이 낳은 밈들 덕분에 이름을 남기고 존경을 받는 것이었다.

아쉽게도, 지금 한국에서 밈을 낳기는 참으로 어려웠다. 중심부와 주변부 사이에 있게 마련인 '지식의 물매'가 한국의 경우엔 너무 샀다. 그래서 어쩌다 좋은 생각이 떠올라도, 이미 중심부의 다른 사람들이 생각해낸 것들이었다. 재발견의 위험이 너무 컸으므로, 설령 독창적 밈을 생각해냈다 하더라도, 그것을 체계적으로 발전시킬 엄두가 나지 않았다.

그는 찾기 쉬운 밈들이 자기 차례까지 오리라고 여기지 않았다. 중심부의 누군가가 먼저 찾을 터였다. 그래서 그는 찾기 어려운 밈들을 찾았다. 그렇게 하는 길은 자신의 논리를 끝까지 밀고 나가는 것이었다. 논리의 궤적이 절벽 너머로 이어지면, 그는 서슴지 않고 그것을 따라 절벽 너머로 내디뎠다. 거기서 만난 밈이 터무니없는 것이어도, 그는 그것을 버리지 않았다. 대신 그것의 극치(極値)를 찾았다. 논리를 따라 갈 데까지 가고 거기서 만난 결론을 다시 극한적 모습으로 다듬는 것 — 그것이 그가 밈을 찾는 비결이었다. 그것은 논리와 통찰과 미신이 뒤섞인 것이었다. 그것에서 흥미로운 부분은 물론 미신이었다.

그가 그런 미신을 지니게 된 단서는 '페르마의 최단 시간의 원리'였다. 페르마는 '페르마의 마지막 정리'로 유명한 바로 그 페르마였다. 갈릴레오와 뉴튼 사이에서 활약했던 피에르 드 페르마는 수학에서의 극대·극소 문제를 깊이 연구했고 그 결과를 광학에 적용해서 '최단 시간의 원리'를 찾아냈다. "한 점으로부터 나온 빛이 반사와 굴절을 거쳐 다른 점으로 갈 때, 그 빛은 소요되는 시간이 최소가 되는 경로를 고른다"는 것이다.

빛이 공기에서 물로 들어가면, 빛의 경로는 휜다. 그래서 공기 속의 한 점에서 물속의 다른 점에 이르는 빛의 경로는 두 점을 연결하는 직선보다 길게 된다. 흥미로운 것은 그렇게 돌아가는 길이 시간적으로는 가장 빠르다는 사실이다. 다른 어떤 경로도 빛이 실제로 고른 길보다 시간이 더 걸린다. 그 까닭은 물론 매체에 따라서 빛의 속도가 달라진다는 사실 때문이다. 따라서 빛은 다른 것들은 무시하고 오직 시간만을 최소화하는 셈이었다.

그가 이 원리를 처음 만났을 때, 무엇이 저릿하게 그의 등골을 타고 내렸다. 이어 깊은 뜻을 지닌 무엇을 찾았다는 예감이 더운 물살로 그의 몸을 채웠다. 그는 그 원리에 대해 보다 깊이 알아보았다. 그리고 '최단 시간의 원리'가 실은 완전한 형태가 아니며, 어떤 상황에선 빛은 시간이 가장 많이 걸리는 경로를 고른다는 것을 알았다. 그런 경우를 맨 먼저 지적한 것은 데카르트의 추종자들이었다. 구면거울의 중심에서 출발한 빛은 지름을 따라 되돌아온다. 입사각과 반사각이 같아야 한다는 반사의 법칙을 따르기 때문이다. 바로 그 경로가 시간이 가장 많이 걸리는 경로다. 만일 빛이 반사의 법칙에서 벗어나면, 그래서 임의의 경로를 고를 수 있다면, 어떤 것도 지름을 따라 되돌아오는 경로보다 거리가 짧다.

그래서 빛은 언제나 시간적으로 극단적인 경로를 고른다고 하는 것이 옳았다. 게다가 극대와 극소는 여러 수학적 성질들을 공유해서, 그 두 가지 상황이 하나의 공식으로 기술될 수 있었다.

이어 그는 페르마의 원리가 '변분 원리'라고 불리는 한 무리의 원리들 가운데 하나임을 알았다. 물리학의 모든 분야들엔 변분 원리가 있었고, 실은 거의 모든 물리학 법칙들이 변분 원리로 재정립될 수 있었다. 이들 원리들 사이의 차이는 극소화되거나 극대화되는 특질들뿐이었고 이들 원리들은 수학적으로는 성질이 같았다. 그래서 페르마의 원리가 적용되는 광학에선 시간이 극화되었고 역학에선 작용이나 잠재적 에너지가 극화되었다.

그런 성질이 사물들의 모습을 결정하는 원리였다. 빛이 고르는 경로만이 아니라, 바람에 흔들리는 풀줄기들의 모습이나 길게 날아가는 야구공의 탄도도 변분 원리에 의해 결정되는 것이었다. 그런 모습들이 그렇게도 자연스럽고 아름다운 것은 그것들이 가장 핵심적인 요소에 대해서 최적화된 형태들이라는 사실 때문이다.

물리적 존재들이 극치를 고른다는 사실은 그에게 근본적 중요성을 지닌 것처럼 다가왔다. 물론 그는 변분 원리가 양자역학의 대칭 원리처럼 근본적 차원에서 작용하는 원리들 가운데 하나이리라고 생각하진 않았다. 그래도 그것엔 근본적 원리에 어리는 무엇이 어렸다. 물리적 법칙들은 자의적일 수 없었다. 그것들은 논리를 따라야 했다. 신까지도 논리를 따라야 할 터였다. 만일 신이 논리를 따르지 않는다면, 그가 그런 선택을 한 이유가 있어야 할 터였다. 그리고 그 이유 자체가 본질적으로 논리였다. 바로 그것이 성 아우구스티누스가 지적한 것이었다: "신이 6일 동안에 만물을 창조한 것은 이 숫자가 완전했기 때문이다. 그리고 6일 동안의 일이 존재하지 않더라도, 그 숫자는 완전하게 남을 것이다." 그리고 그것이 압두스 살람이 지적한 것이었다: "자연이 아끼는 것은 입자들이나 힘들이 아니고 원리들이다."

만일 우주를 구성한 원리가 논리적이지 않다면, 우주는 너무 혼란스러워서 존재하기 어려울 터였다. 설령 존재하더라도, 생명이 나타나는 것을 허용할 만한 질서를 지닐 수 없을 터였다. 생명이 나타나고 그 생명이 우주의 구조를 이해할 수 있다는 것은, 우주가 본질적으로 논리를 따라 이루어졌음을 가리켰다. '인간포함적 원리 anthropic principle'가 물리학에서 어떤 자리를 차지하는지 그로선 제대로 가늠할 수 없었지만, 이런 수준에선 정당화될 수 있을 듯했다. 그리고 고를 수 있는 가치들이 스펙트럼을 이룰 경우, 가장 비자의적인 가치는 최소치나 최대치였다. 다른 가치들은 어느 것이나 그것들보다 자의적이었다. 그런 뜻에서 물리적 존재들에게 가장 논리적인 선택은 극치를 고르는 것이었다.

만일 그렇지 않다면, 그래서 극치 대신에 어떤 자의적 가치를 골라야 한다면, 그런 선택의 기준 노릇을 할 어떤 원칙이나 메커니즘이 따로 있어야 한다. 따라서 선택의 과정은 훨씬 복잡해질 뿐 아니라 오류가 들어갈 여지가 생긴다. 보다 근본적인 문제는 그것이 무한회귀를 포함한다는 사실이었다. 자의적 가치들 가운데 하나를 고르는 방식이 도입되면, 그런 선택을 정당화하기 위한 기준이 마련되어야 하고, 그 기준은 다시 자신을 정당화할 기준을 필요로 하게 된다. 그런 과정은 비자의적이고 논리적인 기준을 따를 때까지 끝없이 이어질 터이다.

그는 시공이나 에너지나 물질과 같은 물리적 존재들의 본성이 이 세상의 모습을 결정하고 그렇게 결정된 모습은 사람에게 논리적 모습으로 보이리라고 추리했다. 그리고 그런 논리적 모습은 극치들로 나타날 터였다. 그런 뜻에서 그는 리얼리즘의 신봉자였다. 원뜻으로의 리얼리즘의. 공산주의와 민족사회주의의 공식적 예술 이념인 '사회적 리얼리즘'이 아니라. 따지고 보면, 그가 리얼리스트가 된 것은 자연스러웠다. 기질에서 그는 미니멀리스트였다. 미니멀리즘은 자연스럽게 환원주의에 대한 경사를 불렀고, 환원주의는 리얼리즘으로 이어졌다.

그래서 그는 본질적으로 물리적 현상들에 관한 원리인 변분 원리를 사회적 현상들에 적용하려 시도했다. 물리적 원리가 사회적 현상들에 적용된다는 가정은 논리적 근거가 약하다는 점을 그는 늘 의식했다. 물론 사회적 현상들이 물리적 원리들을 거스를 수는 없었다.

그래도 거기엔 논리적 틈이 있었고, 만일 누가 그 점을 지적했다면, 그는 선선히 인정했을 것이다. 그것이 그가 '미신'이라 부른 부분이었다.

실은 사람들이 줄곧 물리학의 개념들과 법칙들을 생물학과 사회과학에 적용해왔다는 사실이 있었다. 자연히, 명백히 잘못된 적용들도 많았다. 그래서 그의 변명은 '그래도 나는 내가 하는 일이 미신인 줄 안다'였다.

다행히, 변분 원리가 생물적 수준에서도 작용한다는 간접적 증거들이 있었고, 덕분에 물리적 수준과 사회적 수준 사이의 너른 틈이 좀 메워졌다. 동물들이 의사소통 과정에서 정상을 넘는 자극들을 선호하는 경향을 지녔다는 사실은 두드러진 예였다. '초정상 자극'이라 불리는 이 현상은 꽤 널리 퍼졌는데, 대표적인 것은 은빛 무늬를 띤 주황색 나비의 암컷이 수컷에 대해 지닌 매력이었다. 번식기가 되면, 그 나비의 수컷들은 암컷들의 독특한 빛깔과 날갯짓으로 자기 종의 암컷들임을 인식하고서 그것들을 좇는다. 생물학자들은 날개를 기계적으로 퍼덕이는 플라스틱 모형들로 수컷들을 모을 수 있다는 것을 알아냈다. 놀라운 것은 수컷들이 진짜 암컷들을 버리고서 가장 크고, 가장 빛깔이 밝고, 날개를 가장 빨리 움직이는 모형 암컷들을 좇는다는 사실이었다. 물론 그런 초정상 암컷들은 자연 환경에선 존재하지 않았다. 그 나비 수컷들은 암컷들을 인식하는 자극들에 반응하도록 진화했고, 자연선택은 수컷들이 상한이 없이 가장 큰 자극에 반응하도록 만들었다.

그가 최근에 만난 증거는 동물 사회의 조직 원리에 관한 김진식의 통찰이었다. 윤기형이 옮긴 터라, 김의 생각에 관해 자세히 알 수는 없었지만, 그는 변분 원리가 의사결정의 집중도라는 형태로 동물 사회의 조직에서 작용한다고 느꼈다. 개미는 생식 기능까지 여왕개미 하나에게만 허용할 만큼 의사결정의 집중도를 최대화했고, 사람은 개체들에게 크고 발달된 뇌를 부여할 만큼 의사결정의 집중도를 최소화했다. 그리고 그 두 극단적 형태들이 가장 효율적이고 번성했다. 그 둘을 혼합한 중간 형태들은 분명히 열등했다. 변분 원리가 사회적 수준에서도 작용한다는 증거들에 마지막으로 더해진 이 사실은 그를 특히 기쁘게 했다. 그것은 지식의 조직에 관한 것이었고 아울러 개인주의가 올바른 처방임을 가리켰다. 그리고 사회주의적 조작이 인간 사회의 구성 원리를 거슬러서 효율을 낮추고 비인간화를 불러오는 까닭을 가장 근본적 수준에서 설명해주었다.

예술가로서 그가 늘 생각할 수밖에 없는 아름다움에 관해서도, 그는 변분 원리에 비추어 그것을 개념화했다. 그에게 아름다움의 중심적 특질은 논리적 경직성이었다. 어쩌면 아름다움은 논리적 경직성을 구체화한 존재들이 지니게 되는 특질이라고 하는 편이 나을지 몰랐다.

그런 사정을 잘 보여주는 것이 물리적 원리들이었다. 물리적 원리들은 아주 경직되었다. 그것들은 실재하는 현상들을 모두 설명할 뿐 아니라 다른 가능성들은 모두 실재하는 우주의 영역에서 배제한다. 존재하는 것들이 존재하는 까닭을 보여주고 존재하지 않는 것들이 존재하지 않는 까닭을 내놓으므로, 물리적 원리들은 극단적으로 경직되었다.

물리적 원리들의 그런 경직성은 그것들을 구체화한 수학적 구조의 경직성에 반영되었다. 물리학자들은 그렇게 경직된 수학적 구조가 아름다움을 지녔다고 말했다. 옳은 이론은 아름다운 모습을 지니게 마련이고, 모습이 흉한 이론은 근본적 수준에서 옳을 수 없다는 얘기였다. 물리학 이론을 판단하는 궁극적 기준이 아름다움이라는 얘기를 물리학자들이 스스럼없이 한다는 것이 그래서 이상하지 않았다.

아름다움의 중요성은 논리적 경직성이 가장 두드러진 수학에서 더욱 뚜렷했다. 수학자들은 자신들이 수학 정리들을 평가할 때 시인이나 화가와 비슷하게 판단한다고 말했다. "모습이 흉한 수학에게 영구적 자리는 없다"는 고드프리 해롤드 하디의 말은 이 점을 유창하게 드러냈다. 그의 상상력을 자극한 것은 실재와의 관련을 전혀 고려하지 않고 자신의 미적 감각만을 따라 수학자들이 발전시킨 수학적 구조가 실재하는 세상에 아주 잘 맞아서 그 세상을 설명하는 물리학자들에게 그리도 유용하다는 사실이었다. 종교적 믿음을 지니지 못한 그에게 '수학의 상식에 어긋나는 유효성'은 자신의 속살을 좀처럼 드러내지 않는 이 우주가 수줍게 보여준 가장 신비로운 모습이었다.

그런 논리적 경직성은 '초정상 자극'이 사람의 미적 감각에 작용한다는 사실에서도 엿볼 수 있었다. 에드워드 윌슨이 지적한 대로, "미용 산업은 초정상 자극들의 제조"라고 해석할 수 있었다. 아이섀도우와 마스카라는 눈을 크게 하고, 립스틱은 입술을 도톰하고 밝게 만들고, 루즈는 볼에 홍조를 올리고, 두터운 화장은 얼굴을 매끄럽게 하고, 매니큐어 칠은 손의 혈액 순환이 좋다는 점을 강조하고, 조발은 젊어 보이게 했다. 이런 화장 기법들은 모두 젊음과 다산(多產)의 자연적 징표들을 그냥 흉내 내는 것이 아니었다. 그것들은 평균적 정상치를 훨씬 넘어서는 것들이었다. 그래서 변분 원리는 예술적 수준에서도 작용하고 있다는 '미신'이 그를 인도했다.

밈이 지식인들의 성배(聖杯)였으므로, 그의 나날은 밈을 찾는 일에 맞도록 짜여졌다. 심지어 그의 작품들도 실제로는 밈들을 품어서 전달하는 수단이었다. 그의 몸이 그 안에 든 유전자들의 생존과 전파를 위한 장치이듯, 그의 작품들은 그가 찾아낸 밈들을 감싸고 퍼뜨리는 수단이었다. 물론 작품들은 그 안에 든 밈들보다 훨씬 큰 존재였다. 사람이 그의 유전자들보다 훨씬 큰 존재이듯. 그렇긴 해도, 그에게 밈들은 자신의 작품들의 핵심이었다.

그래서 힘든 모색 끝에 밈을 찾아내면, 그는 환희를 맛보았다. 머리는 빛으로 가득했고 몸은 속이 빈 듯 허전했다. 그럴 때는 마치 보얀 알을 낳은 듯했다. 다만 그 알은 실제로는 보얗지 않았다.

어렸을 적 집에서 키우던 닭들은 만들어준 둥지가 아니라 묘한 곳들을 찾아서 알을 낳았다. 헛간 구석에서 낳는 녀석도 있었고 굴뚝 옆 멍석들을 세워놓은 곳에서 낳는 녀석도 있었다. 닭이 알을 낳을 때가 되면, 그는 녀석이 좋아하는 곳으로 살금살금 다가가서 기다렸다. 녀석이 용을 쓰고 나서 '*꼬꼬댁 꼬꼬꼬*' 하고 기세 좋게 소리치며 떠나면, 그는 얼른 달려가서 아직 따스한 알을 집어 들었다. 그 알은 보얗지 않았다. 닭의 몸을 빠져나오면서 묻은 체액과 피로 긴 얼룩이 지곤 했다. 그 긴 얼룩의 뜻을 그가 깨달은 것은 먼 뒷날이었다.

제9장

"방이 좋다," 사무실 안을 한 바퀴 둘러보면서, 이립이 말했다. "철학자의 사무실 같다."

"그래?" 정현욱이 밝은 웃음을 띠었다. "자네 맘에 든다니, 다행이다."

녹차를 한 모금 마시고서, 그는 거의 세 면을 가득 채운 서가들을 살폈다. 가지런히 정리된 책들과 잡지들이 안온한 분위기를 만들었다. "꼭 서재 같다."

정이 고개를 끄덕였다. "집에 있던 책들도 많이 갖다 놨어. 나이 들어서도, 여기를 내 사무실로 쓰겠다고 회사에 얘기해놨거든."

"잘됐다. 이제 우리 나이에 어엿한 일자리 가진 사람이 드문데, 이렇게 좋은 사무실을 갖는다는 게……"

"누님 한 분 잘 둔 덕분에, 그냥……" 정이 소리 내지 않고 웃었다.

"조카가 사장이라고 했지?"

"응. 일을 아주 잘해. 옆에서 보면, 저 애는 천생 사업가구나, 하는 생각이 들어. 그래도 누님은 걱정이 되는지, 네가 옆에서 잘 보살펴줘라, 그러시거든. 그래서 못 이기는 체, 사무실 하나 얻어서……" 정이 다시 소리 없는 웃음을 터뜨렸다.

"자넨 주로 대외 업무를 맡는다고 했지?"

"뭐, 그런 셈이지. 사장이 일에 쫓기다 보니, 혹시 자기가 놓치는 일이 없는가 걱정이 되는 모양이라. 그래서 큰 그림을 본다는 구실로 여기서 책 읽으면서 시간 보낸다."

"좋지." 그는 고개를 끄덕이고서, 녹차를 마저 마셨다. "회사는 잘되나?"

고개를 가볍게 끄덕이면서, 정이 다시 주전자를 들어 잔을 채웠다. "회사는 그럭저럭 돌아가는데, 이번 선거가 끝나고선 분위기가 좀 어두워졌어."

그는 잠자코 고개를 끄덕였다.

"회사 사람들로부터 이제 어떻게 될 것 같으냐는 질문을 많이 받는다. 자네 생각엔 어떨 것 같아?"

"글쎄." 그는 어설픈 웃음을 흘렸다. "좀더 두고 보아야 하지 않을까?"

"노무현이란 사람, 어떨 것 같으냐?"

"글쎄. 내 생각엔 노 아무개가 어떤 사람이냐 하는 물음보다 그를 추종하는 세력이 어떤 사람들이냐 하는 물음에 흥미가 가거든. 누가 그랬더라, '지도자는 추종자들의 노예다'라고. 그런 뜻에서 난 아무런 정치적 기반이 없는 국회의원을 대통령으로 만든 사람들에게 관심이 커."

"노무현 자신은 별 문제가 없다, 그런 얘기냐?"

"그런 얘긴 아니고…… 당선자 한 사람만 주목해선, 상황을 제대로 파악할 수 없다는 생각이지. 난 당선자에 대해선 판단을 유보하고 있어. 단 한 가지만 빼놓곤."

"그게 뭔데?"

"당선자가 전에 파업하는 노동자들에게 '악법은 지킬 필요가 없다'는 식의 얘길 했다는 것 말야."

"그런 얘기가 있었지."

"보통 사람도 아니고 법을 공부해서 판사까지 지낸 사람이 그런 얘기를 했다는 것이 기이하거든."

전화기 종이 울렸다. "여보세요? 아, 진식이구나. 이립이가 지금 막 도착했다. 여기 사무실에 있어." 정이 그를 쳐다보면서 고개를 끄덕였다.

"그래, 여섯 시 반까지 '다복집'으로 나갈게. 응, 그래. 그럼 거기서 봐. 잠깐." 정이 그에게 손짓했다.

"아, 여보세요?"

"이립이냐? 잘 올라왔냐?" 김진식의 카랑카랑한 목소리가 들렸다.

"그래. 조금 전에 여기 닿았어. 별일 없지?"

"응. 나 지금 연구실에서 그리로 가려던 참이야. 그럼 음식점에서 보자."

"김변호사가 '이희상이가 센스 있게 답변했다'고 한 건 결국 김변호사가 그 친구를 제대로 다루지 못했단 얘긴데…… 그게 좀 걱정스럽다." 그가 다시 소파에 앉자, 정이 정색을 하고서 말했다.

그는 고개를 끄덕였다. "그런 얘긴데. 하지만 그것이 대세에 영향을 미치는 건 아니잖아?"

"그럴까?"

"우리가 이미 전략적으로 두 번 실패했거든. 이 문제가 본질적으로 나와 영화사 사이의 일이라는 것이 우리 주장의 핵심인데, 지금은 나와 이희상이 사이의 일처럼 되어버렸잖아? 그리고 나하고 이희상이 사이의 거래도 원작-이차적 저작물 관계를 설정하는 행위였다는 우리 주장이 제대로 받아들여지지 않았고, 대신 거래의 내용이 무엇인지 확인하는 작업에 매달리고 있거든. '무료로 차용을 허용했다'는 저쪽 주장이 바로 원작-이차적 저작물 관계가 있다는 얘기잖아? 그런 관계가 없다면, 왜 무료다 유료다 하는 얘기가 나와? 그런 이치를 법의 전문가인 재판장이 모를 리 없는데…… 결국 문제는 지금 재판장이 중립적이 아니라는 점이지. 그거야 김변호사가 어떻게 해볼 도리가 없는 일 아니겠어?"

"재판장의 태도는 정말 이해가 안 가. 생각할수록 화가 나길래, 우리 회사 고문 변호사한테 그 얘길 했지. 그랬더니, 그 사람이 그러더라. '판사도 사람인데, 중립을 지키는 것이 쉽겠습니까? 중립을 지키려고 판사들도 노력은 하지만, 현실적으로는 어려운 경우가 나오지 않겠습니까?' 할말이 없더라." 정이 고개를 저었다.

쌉쌀한 녹차 맛을 음미하면서, 그는 창밖을 내다보았다. 부연 겨울 하늘이 이곳은 많은 사람들이 모여서 어깨를 부딪히며 살아가는 도심임을 일깨워주었다. 저쪽 변호사에게 몸을 기울이고 다정하게 말을 건네던 재판장의 모습이 떠올랐다. 판사도 사람이라는 이 회사 고문 변호사 얘기는 이 사회의 평균적 평가일 터였다. 이 사회는 그런 일에 대해서 아주 너그러웠다. 아니, 너그러운 것이 아니라 둔감

했다. 법정에서 재판장이 젊은 여변호사에게 마음이 끌렸음을 드러내더라도, 이 사회의 통념은 그런 처신까지 문제 삼지는 않을 터였다. 그의 얘기를 들으면, 사람들은 오히려 그가 너무 예민해서 그런 것까지 문제를 삼는다고 할지도 몰랐다.

"언젠가 법에서 정말로 중요한 것은 절차적 정의라는 얘기를 읽은 것이 생각나서, 찾아봤다." 서가에서 책 한 권을 뽑아 들고 돌아온 정이 말했다. "여기 봐라."

그는 책을 받아서 정이 가리킨 곳을 보았다. 붉은 색연필로 밑줄이 그어진 구절이었다. "분쟁의 해결자는 당사자의 어떤 일방에 호의적이거나 악의적으로 기울어져선 안 된다."

"절차적 정의의 표준으로 아홉 가지가 열거되었는데, 세번째 표준이 바로 그거야."

그는 고개를 끄덕이고 나머지 표준들을 살펴보았다. 첫째 표준은 "아무도 자신의 사건의 재판관이 되어선 안 된다"였고, 둘째는 "분쟁의 해결자는 해결의 결과에 개인적 이해 관계가 있어선 안 된다"였다. 그 세 가지 표준들은 '중립성'이란 항목으로 묶여 있었다.

"여길 읽어봐라." 정이 아래쪽 붉은 밑줄이 그어진 단락을 가리켰다.

절차적 정의의 표준들로 꼽히는 그 아홉 가지 항목들은 정의에서 근본적 중요성을 지녔고, 그래서 의회의 권능이 강조되는 영국에서도 몇몇 영국 재판관들은 그러한 절차적 정의의 표준들을 거스르는 의회의 입법은 그 자체로 효력이 없다는 주장을 폈다는 얘기였다.

"재판관의 중립성은 그렇게 중요한 거야. 그걸 망각하고서……" 정이 격한 목소리로 말했다.

정의 얼굴을 보고, 그는 정이 깊이 분개했음을 깨달았다. 당사자인 그보다도 더 분개하고 있었다. 어쩌면 정이 철학을 공부했고 늘 철학의 관점에서 세상을 살피면서 살아왔다는 사정이 정의 예민했던 정의감을 그대로 보존해주었을지 모른다는 생각이 그의 마음을 스쳤다.

부대에 막 배치받은 때였다. 야간에 관측소를 점령하라는 명령을 받고, 그와 정은 포대에서 작전상황실로 내려와 기다리고 있었다. 상황실엔 작전보좌관을 하던 중위까지 장교 세 명이 있었다. 저녁이었는데, 아주 깜깜하진 않았다. 갑자기 소총 소리가 났다. 모두 멈칫했다. 조금 있다가, 다시 '타다당' 하는 소리가 들렸다. 상황실 아이가 밖에 나갔다 들어오더니, 수송부 보초 녀석이 술 먹고서 하늘에다 총을 쐈다고 보고했다. 그러자 작전보좌관이 '일직사령은 어디 있나?' 하고 물었다. 일직사령이 해결할 문제라는 얘기였다. 난감했다. 빨리 그 보초 녀석에게서 총을 뺏어야 되는데, 울분이 폭발해서 술 먹고 하늘에다 총 쏘는 녀석에게 다가가는 게 선뜻 내키는 일은 아니었다. 그때 정이 아무 말 없이 일어서더니 상황실 뒷문을 열고서 나갔다. 내다보니까, 정은 혼자 수송부 쪽으로 올라갔다. 보초 녀석은 수송부 아래쪽 비탈의 큰 소나무 아래 혼자 서 있었다. 거리가 한 백 보 되었을까? 그 거리가 그렇게도 멀게 느껴졌다. 뒤에서 사람들이 모두 숨죽이고 바라보는 줄 아는지 모르는지 정은 눈 덮인 비탈을 혼자서 걸어 올라갔다. 보초에게 다가가더니, 정이 무어라고 말했다. 그러자 그 녀석이 '승공' 하고 구호를 외쳤다. 그 소리를 듣는 순간, 긴장이 풀린 그의 가슴에서 무슨 짐승 소리 같은 것이 나왔다.

몸집도 작고 거친 일엔 소질이 전혀 없는 정이 그렇게 다부진 면모를 보인 것은 뜻밖이었다. 그러나 그가 아직도 그 일을 선명하게 기억하는 것은 그뒤의 일 때문이었다.

정은 보초에게서 총을 받아 들더니, 녀석을 앞세우고 상황실 뒤뜰로 내려왔다. 그리고 상황실 사병에게 총을 넘기더니, 보초 녀석에게 말했다. '보초가 나라 지키라고 준 총을 술 먹고 하늘에다 대고 쏴대면, 되는 건가?' 그러자 녀석이 고개를 푹 수그리고 기어들어가는 목소리로 말했다, '잘못했습니다.' 정은 상황실에 대고 말했다. '침대 마후라 단단한 걸로 하나 가져와라.' 그러고는 보초 녀석에게 '엎드려'라고 말했다. 정은 마후라를 받아 들더니, '어금니 꽉 물어' 하고서, 녀석의 엉덩이를 팼다. 꽤 아팠을 텐데도 녀석은 매를 피하지 않고 다 맞았다.

군대에선 술 취한 병사가 잘못을 저지르는 일이 물론 흔했다. 그러면 대개 상급자가 녀석을 달래서 재웠다. 술 깬 다음에 얘기하자는 식으로. 그런데 정은 매를 든 것이었다. 그것도 적당히 벌주는 시늉을 한 게 아니라 맘먹고 팼다.

작전이 끝나고 관측소에서 내려와 포대로 돌아가는 길에 그들은 대대본부 앞 가게에서 막걸리를 한잔했다. 그때 그는 넌지시 정에게 물었다, 왜 술 취한 녀석을 그렇게 엄하게 벌했느냐고. 정은 담담하게 대꾸했다, 그렇게 하는 것이 뒤가 깨끗할 것 같았다고. 매를 들어야 사병들이 잘못하면 벌을 받는다는 것을 다시 새길 것 아니냐, 하는 얘기가 아니었다. 정이 얘기한 것은 매를 맞아서 아픔을 느껴야 그 녀석 속에 든 무엇이 배설된다는 것이었다. 그냥 재우면, 그 녀석의 가슴 속에서 부글부글 끓던 무엇이 그대로 남아서 뒤에 또 일이 생긴다는 얘기였다.

그 일을 떠올리면서, 그는 생각해보았다. 그때 정이 '카타르시스'라는 말을 썼던가, 기억이 잘 나지 않았다.

그는 정에게 고개를 끄덕여 보였다. 그리고 얼굴에 웃음을 띠었다. "맞는 얘기야. 하지만, 아까 그 변호사 얘기대로, 재판장도 사람이니까."

"그래도 그렇지. 세상이 아무리 혼탁해지더라도, 재판관만은 달라야지."

"이 얘긴 마음에 새길 만하다." 그는 밑줄 쳐진 단락을 가리켰다.

"그렇지?" 흘긋 벽에 걸린 시계를 살피더니, 정이 그에게 말했다, "우리 사장 한번 만나볼래? 우리 사장이 자네를 만나고 싶단 얘기를 여러 번 했는데……"

"그래? 좋지."

정이 수화기를 들고서 번호를 눌렀다. "미스 리? 나 감산데. 사장님 지금 혼자 계신가? 아, 그래? 그러면 지금 내가 뵙겠다고……"

제 10 장

"요새는 사는 재미가 없다." 윤기형이 탄식하고서, 잔을 비웠다. "텔레비전 본 지 오래됐다."

"텔레비전 안 보는 사람은 그래도 나아," 윤이 건넨 잔을 받으면서, 정현욱이 말했다. "신문도 안 본다는 사람도 많아."

"이립이, 자네는 아직 텔레비전 보나?" 쓸쓸한 웃음을 얼굴에 띠고서, 윤이 물었다.

그는 고개를 끄덕였다. 그리고 덧붙였다, "직업상."

가벼운 웃음이 자리 위에 내리던 무거움을 잠시 들어올렸다. 종업원이 고기 접시를 들고 들어왔다. 석쇠에 고기가 올려지자, 분위기가 좀 밝아졌다.

"어떻게 된 건지 대통령 선거마다 내가 찍은 후보가 떨어졌어. 윤보선부터 이회창까지. 아, 영샘이 하나 건졌구나," 윤이 여전히 탄식조로 말했다.

웃음이 터졌다. 잔을 되돌리면서, 정이 윤에게 말했다, "그런 실력으로 큰 회사 씨이오까지 했으니…… 세상이 참 어리숙하다."

"그래도 이번처럼 속이 상한 적은 없었어. 이번 선거에서 진 것은 이회창 한 사람이 아니고 나이 든 사람들 모두라고 볼 수 있어."

"어떤 뜻에선 그렇게 볼 수도 있지," 석쇠 위의 고기를 뒤집으면서, 정이 받았다. "그런데 말야, 가만히 보니까, 우리 또래에서도 노무현이 찍은 사람들이 꽤 많아."

"그렇더라." 김진식이 말했다. "내 작은형님이 예순다섯인데 그 양반도 노무현이 찍었다고 하시더라."

"그러면 자네 형님 집안은 화목하긴 하겠다. 누굴 지지하느냐 하는 문제로 싸워서 부자지간에 불편한 집안들도 많다던데," 정이 말했다.

"그럴지도 모르지. 저번에 어머니 제사 때 큰형님 댁에 내려갔었는데, 작은형님이 막내를 데리고 내려오셨어. 그 녀석이 나이가 서른이 다 되었는데, 취직을 못해서 제 앞을 못 가려. 그래서 친척들 앞에 나서지도 못했는데, 아, 선거 얘기가 나오니까, 이 녀석이 기가 살아나데. 지가 노 아무개의 열렬한 지지자고 이번 선거에서 자기도 한몫을 했다는 거라. 그러면서, 이번 선거를 통해서 젊은 세대가 한국 사회의 주역이 되었다나 뭐라나, 말도 잘하데. 그래서 내 그랬어, '너희 세대가 주역이 되는 건 좋은데, 그래 너희가 그동안 한 일이 뭐냐? 너, 소득세 한푼 낸 적 있나? 사회가 그냥 굴러가나? 다 힘들게 일해서 돈 벌고 그 돈에서 낸 세금으로 굴러가는 거다.' 그랬더니, 녀석이 멀쑥해서…… 형수님이 섭섭하셨던지, 나중에 그러시데, '서방님, 개도 서방님 조카 아녀유?'" 김이 웃음기 없는 웃음을 흘렸다. "듣고 보니, 내가 좀 심했다 싶던데, 그래도 그때는 녀석이 어떻게 밉살스럽던지……"

"아냐, 잘했어." 정이 말을 받고서, 김의 잔을 채웠다. 정은 기분이 좋았다. 아까 그와 사장이 만난 자리의 분위기가 좋았었다. 사장은 법대를 나왔는데, 그가 자유주의의 관점에서 법을 살핀 것에 호감을 표시했다.

"맞아." 고기를 집어 들면서, 윤이 말했다. "이 대한민국 사회가 뭐 하늘에서 떨어진 거야? 우리가 땀 흘려 세우고 피 흘려 지킨 거야. 변변한 직장 갖지 못해서 사회에 유익한 일 제대로 하지 못하면서, 우리가 이제 사회의 주역이니 나이든 양반들은 물러나쇼, 하는 것이…… 그것이 어떻게 정의로울 수가 있어? 이립이, 자네 생각은 어때?"

"나? 나한텐 대학 졸업하고도 직장 얻지 못했고, 부모한테 용돈 타 쓰고, 이번 선거에서 아무개 찍었고, 그래도 제 애비보다 세상을 잘 안다고 생각하는 아들이 하나 있네." 웃음이 사그라지기를 기다려, 그는 말을 이었다, "하지만 세대 사이의 관계는 늘 그런 것 아니겠어? 나이 든 세대야 부당한 대접을 받았다고 느끼지만, 젊은 세대는 나이 든 세대의 감정엔 신경을 안 써. 우리도 그랬잖아? '기성세대'란 말 유행시킨 게 누구야?"

"그래도 이건 너무하잖아?"

"그래서 나도 그 점에 대해서 생각해봤어. 왜 이번 선거 결과에 대해서 나이 든 세대가 그렇게도 상심하는가? 무엇이 그렇게도 억울한가?" 고기를 들면서, 그는 생각을 가다듬었다. "이번 선거는 물론 처음부터 '세대간 대결'이라고 인식되었지. 보다 중요한 요소는 사회에 대한 공헌에서 세대간 차이가 크다는 점인 것 같아. 나이

든 세대는 이 사회의 건설에 평균보다 훨씬 많이 공헌했어. 우리가 40대였을 때, 우리 사회가 '40대 사망률 세계 1위'라는 얄궂은 명예를 누렸어. 우리는 정말 '별보기 운동' 했잖아? 이 얘기 들으면, 아마 기형이는 특히 감회가 깊겠지?"

회상에 잠긴 얼굴로 윤이 천천히 고개를 끄덕였다. "그랬지, 우리는."

"반면에, 지금 젊은 세대는 사회에 대한 공헌에서 평균보다 훨씬 떨어져. 당연히 나이 든 세대는 젊은 세대를 아주 낮게 평가하지."

모두 고개를 끄덕였다. 윤이 술을 더 시켰다.

"그래서 이번 선거에선 세대간 대결이라는 특질이 두드러지게 되었어. 여기서 눈 여겨 볼 점이 하나 있는데, 나이 든 세대는 자신들이 우리 사회에 대해서 재산권을 지녔다고 여긴다는 점이야. 우리가 세우고 지켰으니 우리 것이다, 그런 얘기지. 아, 그런데, 부모 덕분에 편하게 자랐고 배고픔 대신 비만을 걱정하는 세대가 부모의 재산을 갑자기 빼앗아가서 멋대로 고치려는 거야. 그것이 우리 세대의 정의감에 어긋나는 거라."

"맞아. 바로 그거야," 정이 말했다. 다른 두 사람이 고개를 끄덕였다.

"정의는 가장 근본적 원칙이야. 정의감이 모든 도덕적 감정의 근원이거든. 나이 든 세대의 정의감이 이번 선거에서 깊은 상처를 입은 거야. 그러니……"

"정의감의 문제라, 이거지." 생각에 잠긴 얼굴로 윤이 천천히 고개를 끄덕였다.

"응. 바로 그 점 때문에 이번에 나이 든 사람들이 입은 상처가 유난히 깊은 거 같아. 노 아무개가 당선되었으니, 이 사회가 당장 어려워질 것이다, 그런 판단에서 나온 반응이 아냐. 정 뭣하면, 이렇게 말할 수도 있어. '좋다. 어차피 우리는 살 날이 얼마 남지 않았다. 우리가 땀 흘려 세운 걸 그렇게도 허물고 싶다면, 그래 한번 멋대로 해봐라. 고생이야 너희가 할 테니까.' 그러나 사람은 그렇게 반응할 수가 없어. 정의감에 어긋나는 일이 벌어지면, 사람은 불의를 시정하고 싶은 원초적 욕망이 생기거든. 그래서 상처를 입은 짐승들처럼, 애들이 텔레비전을 켜면, 자기 방에 들어가 문을 닫는 거지."

"이 일에 대해서 깊이 생각했구나." 타기 시작한 고기를 석쇠에서 들어내면서, 김이 말했다.

"실은 정의에 관한 책을 하나 쓰고 있다. 나는 정의감을 진화의 관점에서 살피거든."

"그러냐? 그 얘기 한번 들어보자." 김이 흥미를 보였다.

"얘기가 좀 긴데." 그는 맥주로 목을 축였다. "도덕적 감정에 관한 이론은 둘이야. 도덕적 감정이 보편적인 것이어서 사람의 경험으로부터 독립적이라는 이론이 있고, 도덕적 감정은 사람의 경험에서 나왔다는 이론이 있어. 전자는 칸트가 대표하고, 후자는 아담 스미스가 대표하는데, 현욱이는 철학을 했으니 당연히 칸트의 제자고 난 경제학을 배웠으니 아담 스미스의 제자라, 이 부분에선 의견이 갈린다."

정은 느긋한 웃음을 지으며 잔을 들었고, 다른 두 사람은 흥미롭다는 얼굴로 고개를 끄덕였다.

"칸트의 주장은 도덕적 감정이 어떻게 생겨났는가 설명하지 못하는 것 같아. 만일 무엇이 사람의 마음속에 있는 것이라면, 그것은 뇌의 작용에서 나온 것이라는 얘기가 되고, 뇌가 분명히 진화해온 것이니, 그것도 당연히 사람의 경험에서, 실은 사람의 조상인 포유류와 파충류의 경험까지 포함해서, 경험에서 나왔다고 보아야 하거든."

종업원이 석쇠를 가는 동안 잠시 얘기가 멈췄다. 그는 흐뭇한 마음으로 세 사람을 살폈다. 나이가 비슷한 사람을 만나면, 안도감 비슷한 감정을 느끼는 자신을 그는 요즈음 점점 자주 발견했다. 나이가 비슷해서 경험과 생각이 대체로 비슷하다는 사실은 나이 들어가는 사람들에겐 강력한 연대감을 주는 듯했다. 게다가 지금 여기 있는 넷은 같은 시기에 군복을 입었었다. 낯선 조직에서 혼자 힘으로 헤쳐가야 하므로, 군대 경험은 사람의 생각과 태도에 결정적 영향을 미치게 마련이었다. '군대 가서 사람 됐다'는 얘기를 들은 젊은이들이 어찌 한둘이겠는가. 그들 넷의 경우엔 더욱 그랬다. 대학을 갓 나온 젊은이가 같은 또래의 젊은이들을 장교로서 지휘한다는 일이 워낙 힘들었기 때문에, 두 해 동안의 비교적 짧은 경험이었지만, 군대 경험은 그들을 어떤 규격에 맞춰놓은 것이었다.

"어쨌든, 도덕적 감정은 사람의 생존에 도움이 되니까 생겨났고 살아남았다는 것이 아담 스미스의 생각이었는데, 지금 진화생물학자들은 그의 얘기가 맞다는 증거들을 제시하고 있어. 이 얘기는 진식이 자네가 나보다 훨씬 잘 알겠지."

"생물학의 관점에서 보면, 자네 얘기가 맞아." 김이 동의했다.

"내 주장은 이거야. 도덕적 감정의 시초는 정의감이었고, 정의감은 재산권과 관련하여 진화했다, 이거지. 어떤 재산에 대한 권리는 원칙적으로 그 재산의 형성에 공헌한 사람에게 돌아가. 이 원칙은 우리에게 너무 당연해서 그것 말고 다른 원칙은 생각해낼 수가 없어. 사람만 그런 것이 아냐. 짐승들도 새들도 물고기들까지 제가 만든 둥지는 제 것으로 여겨. 다른 것들이 둥지에 다가오면, 이내 공격해서 내쫓아. 그걸 생물학자들은 '영역성'이라 부르지." 그는 김을 바라보았다.

김이 고개를 끄덕였다.

"그런데 자기 둥지에 다가온 침입자를 공격할 때, 둥지 주인은 무척 분개한 것처럼 행동하거든. 침입자가 정의의 원칙에 어긋나는 짓을 했다고 화를 내면서 응징하는 것처럼 행동해. 나는 그것이 정의감의 원초적 형태라고 봐. 그래서 정의감은 재산권과 관련하여 발전했고, 사람은 자신의 재산권이 침해되었다고 느낄 때 정의감에 불타서 자기 권리를 거세게 주장하게 된다, 그게 내 생각이야."

"그러니까 이번 선거에서 나이 든 사람들은 자신의 재산권을 침해당했다고 느껴서 정의감이 발동했는데, 그런 정의감을 시행할 길이 없어서, 마음만 깊이 상했다, 그런 얘기냐?" 김이 물었다.

"그런 얘기지."

"그럴 듯한 얘긴데. 그동안 재산권에 대해서 깊이 연구한 모양이구나. 책을 쓴다고?"

"응. 원래 정의감이 재산권과 관련해서 진화했으므로, 재산권은 정의의 바탕이고, 재산권을 가장 잘 보호하는 체제가 자본주의니, 자본주의는 본질적으로 정의롭다, 실은 다른 어떤 체제보다 정의롭다, 그런 얘기를 하려고." 그는 정을 쳐다보았다. "현욱이는 나하고 생각이 달라. 저번에 롤스의 『정의론』에 관해서 얘기했는데, 의견이 달라. 그래서 현욱인 롤스의 주장을 따르고 나는 롤스를 비판한 노

234

직의 주장을 따르기로 했다. 의견의 차이가 좁혀지지 않더라."

"오래전에 읽어서, 기억이 잘 안 난다만, 롤스의 주장은 그럴 듯했는데? 어떤 점에서 롤스의 주장이 맘에 안 드냐?" 윤이 물었다.

"세상을 바라보는 관점이 달라. 그래서 나로선 비판하고 싶은 점이 여럿인데, 근본적인 것은 롤스는 칸트와 마찬가지로 아주 원시적인 생물학 지식에 바탕을 두었어. 사람이 오랫동안 진화해온 존재라는 사실이 롤스의 책엔 거의 반영이 되지 않았어."

"그러냐?" 윤이 반신반의하는 낯빛으로 말했다.

"하지만 정말로 마땅치 않은 것은 롤스의 이론이 본질적으로 사람을 초라하게 만든다는 점이야. '무지의 장막' 뒤에서 정의로운 사회를 설계할 때, 사람들은 자신들이 최악의 처지에 놓일 경우를 생각해서 가장 가난한 사람들에게 소득을 이전하는 사회를 설계할 것이다, 이것이 롤스의 주장이거든. 정의로운 사회를 설계하는 자리에서 사람이 최종적으로 고려하는 것이 이기적 두려움이라니! 사람은 그렇게 초라하지 않아. 사람은 이기적이지만, 그 이기심이라는 것이 정의로운 사회를 설계하는 자리에서 그렇게 초라한 행동으로 나오진 않아. 중요한 결정을 할 때가 닥치면, 사람은 평소엔 소심하던 사람도 영웅적으로 행동하는 일이 흔하잖아? 내일 금화 땅에 가서 옛날에 군복 입고 근무했던 곳을 둘러본다만, 전우애 없는 군대 봤어?"

얘기가 자연스럽게 싸움터에서의 영웅적 행동으로 옮아갔다. 이어 요즈음 학생들이 6·25 전쟁에 대해서 잘못 배우는 것 아니냐는 걱정이 나왔다. '북침설'을 믿는 학생들이 다수라는 얘기도 나왔다.

"어쨌든, 그런 영웅들을 낳지 않은 군대는 없었어. 일차 대전에서 갈리폴리 싸움이 일어났을 때, 터키군을 지휘한 아타투르크는 자기 병사들에게 이렇게 말했대, '나는 귀관들에게 싸우라고 명령하는 것이 아니다. 나는 귀관들에게 죽으라고 명령하는 것이다.' 당시 터키군은 하도 보급이 열악해서, 터키군을 총지휘한 독일 원수는 '참호의 흉장을 쌓을 샌드백을 만들라고 부대를 보내면, 터키 병사들은 그것을 군복을 깁는 데 쓴다'고 말했어. 그런 군대가 강력한 연합군 군대를 물리쳤어. '죽으라고 명령한다'는 지휘관의 얘기를 듣고 제 목숨 살겠다고 하는 병사는 없어. 그게 사람이야. 롤스는 사람을 너무 초라하게 만들었어. 정의를 얘기하면서, 사람이라는 존재를 정의롭게 대하지 못한 거지. 처음 롤스를 읽었을 때, 그 점에 대해서 화가 났었는데, 이번 책에 그 얘기를 하려고."

"자네가 좋은 책을 세상에 낼 모양이다. 축하한다." 윤이 진지하게 말하고서 잔을 들고 그에게 손짓했다. 그도 잔을 들어 부딪쳤다.

"좋은 평을 받을 것 같다." 김이 말을 받았다.

"그럴 가능성은 없어. 요새 세상에서 자본주의는 가장 '더러운 말'이야. 어느 정도냐 하면, 자본주의라는 말에 대해서 사람들이 하도 나쁜 선입견을 가져서, 자유주의 경제학자들까지도 자본주의라는 말은 되도록 쓰지 않고 시장경제라는 말을 써. 출판사에서 선뜻 내줄지 모르겠다. 소설이라면, 잘 되었든 못 되었든 내주겠지만, 자본주의가 좋다는 얘길 하면⋯⋯" 고개를 들고서, 그는 웃음기 없는 웃음을 터뜨렸다.

"문인들은 생각이 어떠냐? 자본주의에 별로 호의적이진 않지?" 윤이 물었다.

"당연하지. 봐라, 기형아. 문인은 낭만적이다. 낭만적 기질이 아니면, 애초에 문학을 하겠다고 나서지 않았을 거 아니냐?"

"그렇겠지."

"이 세상에서 가장 낭만적인 것이 뭐냐? 혁명이다, 혁명. 자본주의 체제가 그래도 제일 낫다, 그러니 체제를 그냥 유지하자, 그런 얘길 하면, 반응이 어떻겠니?"

"나는 요새 우리 체제에 대한 반감이 너무 거세서 정말로 걱정이다." 웃음이 그치자, 정이 무거운 목소리로 말했다.

"정말 그래. 큰 걱정이다. 반기업 정서가 너무 심해서, 기업체 운영하는 사람들 정말 속이 시꺼멓게 탄다." 한숨을 길게 쉬고서, 윤이 자기 잔에 술을 부었다.

"자본주의, 시장경제 덕분에 지금 우리가 이만큼 사는 줄도 모르고. 이제는 황금 알을 낳는 거위를 잡아먹자고 하니……" 정이 받았다.

"이러다간 정말 자본주의를 허물고 말 것 같아." 윤이 잔을 비우고서 그에게 권했다.

"내가 얘기를 하나 하지. 개미 얘기다." 김이 말했다.

"개미 얘기?" 윤이 김을 쳐다보았다. "그거 재미있을 거 같은데. '개미 시리즈' 같은 거냐?"

"아니. 좀 심각한 얘기다. 개미 중엔 다른 개미를 이용하는 기생 개미가 있어. 이 기생 개미의 여왕은 다른 개미집으로 들어가서 그 여왕을 죽여. 그리고 대신 자기 알을 낳아. 그러면 그 개미집의 일개미들은 그 기생 개미 알들을 자기 여왕이 낳은 알들로 알고서, 열심히 키워. 개미는 여왕만 알을 낳지?" 김이 둘러보았다.

"그래," 정이 대꾸했다.

"그러니까, 어떤 개미집에 속하는 개미들은 모두 여왕이 낳은 형제들이야. 자매들이지, 일개미는 모두 암컷이니까. 그런데 기생 개미의 여왕한테 자기 여왕이 죽었으니, 그 개미집은 곧 멸망하게 돼. 한 가족이 한 세대 만에 완전히 사라지는 거야. 일개미들은 자기 집 안이 다 죽어간다는 것도 모르고, 열심히 기생 개미 여왕이 낳은 알들을 자기 형제로 알고서 키우거든."

"그런 일도 다 있나?" 윤이 고개를 저었다. "그것 참 무서운 얘기다."

"그런데 기생 개미 중엔 더 교활한 녀석들이 있어." 맥주로 목을 축인 김이 말을 이었다. "기생 개미 중에서 가장 진보한 것들은 이렇게 해. 기생 개미의 여왕이 다른 개미집으로 들어가서 거기 여왕의 자리를 차지할 때, 자기가 손수 그 여왕을 죽이지 않아. 이 녀석은 화학 물질을 분비해서 거기 일개미들이 자기 여왕을 죽이도록 만들어."

"야아, 그런 일도 일어나나?" 정이 고개를 저었다. "그건 더 무서운 얘길세."

"기생 개미 여왕의 명령에 따라서 일개미들은 자기들의 엄마인 여왕을 죽이는 거지. 그리고 자기들을 조종한 기생 개미 여왕의 새끼들을 열심히 키우는 거야."

제11장

열차 소리가 좀 둔중해진 듯했다. 이립은 창밖을 살폈다. 열차는 이제 한강 밑을 지나고 있었다. 가벼운 한숨을 내쉬면서, 그는 열차 안을 둘러보았다. 모두 좀 지친 얼굴들이었다. 하긴 이 시간에 생생할 사람은 드물겠지만.

그는 마음이 홀가분했다. 목적지는 있지만 일정의 구속이 없는 여행보다 사람의 마음을 자유롭게 하는 것도 드물었다. 오늘밤 북쪽으로 가는 데까지 가서 잘 곳을 찾을 참이었다. 가능하다면, 의정부까지 가서. 그리고 내일 아침 일찍 금화로.

지적 추구는 이런 여행과 본질적으로 다르다는 생각이 단단한 물체처럼 마음속으로 밀고 들어왔다. 지적 추구엔 닻을 내릴 목적항도 되돌아올 모항도 없었다.

"목적지를 뒤늦게 지운 여정," 그는 무심코 뇌었다.

얼마 전에 '외설의 규제'에 관한 글을 쓰다가, 몰리 블룸의 독백을 인용하고 싶어서 『율리시스』를 서가에서 뽑았다. 겉장이 떨어져나간 그 책 마지막 페이지에 그 구절이 씌어 있었다. 아무리 생각해도 그 낙서의 '목적지'가 무엇이었는지 생각나지 않았다. 제련회사의 울산 공장에서 일하던 때였으니, 스물 예닐곱 되었을 때였다. 젊을 때는 그에게도 목적지가 있었다는 얘기였다. 그러나 오래전에 그는 깨달았다. 지적 편력엔 목적지가 있을 수 없다는 사실을.

지식인은 그의 뇌에 자리 잡은 지식의 노예였다. 그의 몸이 유전 자들의 논리에 따라 움직이듯, 그의 마음은 그의 뇌에 자리 잡은 밈들의 논리에 따라 움직였다. 바로 그것이 사람들이 기꺼이 순교하는 까닭이었다. 누구도 재산 때문에 목숨을 내놓지 않았지만, 많은 사람들이 자기 뇌에 자리 잡은 밈들을 위해서, '진리'라 부르든 '신의 말씀'이라 부르든, 기꺼이 목숨을 바쳤다. 보다 흔히 그것들의 논리를 따라 생각이 다른 사람들을 핍박하고 학살했다.

그래서 '파우스트의 전설'은 잘못 전해진 것이었다. 파우스트는 메피스토펠레스와 계약한 적이 없었다. 이 세상의 모든 파우스트들은 그들의 진정한 신들과 계약했다. 만일 진정한 신의 모습을 하지 않은 메피스토펠레스가 나타난다면, 그는 보다 그럴 듯한 모습을 한 경쟁자들에게 밀려날 터였다.

그의 뇌에 자리 잡고서 그를 몰아가는 지식은 끊임없이 보다 나은 지식을 찾았다. 그래서 그는 쉴 틈 없이 지식을 좇아서 헤매야 했다. 목적지도 모르고 돌아갈 곳도 없이. 그것이 그가 '비잔티움'에 오래 머물지 못한 까닭이었다. 아무리 화려하고 아름다워도 '비잔티움'은 쇠퇴한 문명의 마지막 요새였다. 그리고 아무리 오래되고 견고해도, 마지막 요새에서 새 문명이 태어날 수는 없었다. 출격을 포기한 요새엔 앞날이 없었다. 비록 '비잔티움으로의 항해'는 경이로운 경험이었지만, 지식을 좇는 넋은 '황금 새'에 오래 눈길을 줄 수 없었다.

그것이 고대 그리스의 영웅에게서 단테가 엿본 모습이었다. 아들에 대한 사랑도, 늙은 아버지에 대한 존경도, 아내에 대한 정도 세상을 탐험하고 세상 사람들의 사는 모습들을 살피고 싶은 욕망을 누를 수 없는 사내의 모습이었다. 중세 유럽의 시인에 걸맞게, 단테는 그 오디세우스를 지옥의 불길 속에 놓았다.

테니슨이 늙은 몸을 이끌고 다시 뱃길에 오르는 오디세우스를 노래한 까닭도 바로 그것이었다. 지식을 좇는 존재인 한, 누구에게도 돌아가서 쉴 곳은 없었다. 세계에 '팍스 브리타니카'를 부여한 제국의 시인에게 오디세우스는 자연스러운 영웅이었다.

"사람 생각의 맨 바깥 금 너머로

가라앉는 별처럼 지식을 따르려는 욕망에……"

이제 하나로 통합되는 지구 문명의 변두리에 선 시인이 노래해야 할 오디세우스의 모습은 무엇인가?

한강을 건넌 열차는 잠시 역에 멈췄다 다시 움직였다. 그는 한 걸음 문 쪽으로 옮겨서 밖을 살폈다. 문 유리 너머에서 낯익은 늙은이의 모습이, 자정 가까운 시간 지하철 손잡이에 매달려 어느 허름한 가박지(假泊地)를 찾아가는 오디세우스의 모습이, 호기심 어린 눈길로 그를 바라보았다.

제12장

이립은 지포리에서 내렸다. 와수리까지 가는 버스였지만, 와수리에선 택시를 잡기 어려울까 걱정이 되었다. 오성산을 멀리서라도 보려면, 택시를 타고 북쪽으로 가는 데까지 가봐야 될 터였다.

그는 좀 당황스러운 마음으로 두리번거렸다. 원래 지포리는 낯익은 곳이었다. 사단 항공대에 항공관측장교로 파견되었을 때 몇 달 동안 이곳에서 하숙했었다. 기억 속의 지포리는 나무 울타리를 두른 초가들이 양쪽에 늘어선 거리 몇이 전부였던 마을이었다. 막걸리를 파는 술집들과 허름한 여인숙들이 거기 섞여 있었다. 전방의 마을들이 다 그러했듯, 지포리엔 모든 것들이 임시적이라는 느낌이 배어 있었다. 모처럼 병영 밖으로 나온 병사들과 군용차들이 한적한 거리를 휘젓고 가면, 어쩐지 서글프고 지루한 느낌이 다시 덮이던 곳이었다.

지금 그가 내린 곳은 높은 건물들과 화려한 상점들이 늘어선 도시였다. 그의 마음속으로 거세게 밀려든 것은 모든 것들이 영구적이라는 느낌이었다. 이곳은 이미 뜨내기들이 사는 곳이 아니었다. 사람들과 차들로 북적대는 거리엔 군인들도 군용차들도 잘 뜨이지 않았다.

목이 말랐다. 옛날처럼 허름한 술집에 들어가서 막걸리나 한 사발 마셨으면 딱 좋을 터인데, 아무리 둘러봐도, 막걸리를 파는 술집은 보이지 않았다. 서울이나 대전과 그리 다를 바가 없는 거리였다. 관측기를 타고서 전방을 한 바퀴 돈 다음, 홀가분한 마음으로 조종사 선배들과 함께 초가 술집에서 막걸리를 마시면서 앞날의 꿈을 얘기하던 거리는 사라지고 없었다. 느닷없는 상실감이 가슴에 번지는 것을 느끼면서, 그는 생수를 사러 근처 가게로 향했다.

택시가 문혜리 초소 가까이 갔을 때, 그는 문득 자신이 근무했던 부대를 보고 싶어졌다. 시간이 넉넉지 못해서, 먼저 오성산을 보고 나서, 시간이 남으면, 다른 곳을 둘러보기로 했던 터였다. "기사 양반, 저기 초소에서 오른쪽으로 돌아서 텃골로 가십시다."

기사가 거울 속의 그를 보았다. "아까 토성리 가신다고 하셨잖습니까?"

"예, 그랬죠." 그는 싱긋 웃었다. "그런데 여기 오니까, 내가 근무했던 부대를 먼저 보고 싶어지네요. 내가 육칠칠 포병대대에서 근무했거든요. 육칠칠이 아직 텃골에 그냥 있죠?" 677포병대대는 155밀리 곡사포 부대로 사단의 일반 지원 부대였다. 그래서 보병연대를 직접 지원해서 보병연대의 전후방 이동에 따라 움직이는 105밀리 곡사포 부대들과는 달리, 그대로 있을 것 같았다.

"예. 아직 텃골에 있습니다." 기사의 얼굴에 희미한 웃음이 어렸다.

"그럼 먼저 그리로 가십시다."

초소가 선 네거리에서 택시는 오른쪽으로 돌았다. 그는 낯익은 풍경을 찾아서 열심히 밖을 내다보았다. 지형은 물론 그대로였다. 시내를 오른쪽에 끼고서 길은 텃골 골짜기로 뻗었다. 그러나 풍경은 전혀 달랐다. 꼬불꼬불 돌던 비포장 군용도로는 곧은 포장도로가 되어 있었고, 길가엔 집들과 상점들이 잇달았다.

"많이도 변했구나," 그도 모르게 탄식이 나왔다.

기사가 다시 거울을 살폈다. "언제 여기 근무하셨나요?"

"여기 처음 온 것이 64년도였으니까, 사십 년이 되어가나?"

"64년도요? 정말 오래됐네요. 그러니 많이 변했겠죠. 요새는 하루가 다르게 변합니다."

"예. 그런 것 같아요," 별 뜻 없는 대꾸를 하고서, 그는 무척 커진 동네 하나를 살폈다. 집마다 가난한 티는 없었다.

"그럼 손님께선 이 길을 많이 다니셨겠네요?"

"예. 늦게까지 술 마신 날은 문혜리 초소 헌병들한테 암구호를 묻고서 이 길을 혼자 걸어서…… 그땐 무장간첩이 많이 넘어왔는데, 혼자 카빈을 손에 들고 걸어갈 땐……" 그가 클클 웃자, 기사도 따라 웃었다.

"간첩들이 많이 넘어왔었나요?"

"예. 김일성이 월남전의 '제2전선'을 형성한다고…… 그때 기사 양반은 나이가 몇이었습니까?"

"전 67년생입니다."

"그럼 내가 여기 근무할 때……"

기사가 씨익 웃었다.

"여기가 고향입니까?"

"아닙니다. 제 고향은 원줍니다."

곧 밤나무골이 나왔다. 유격 훈련장이 있던 곳이었다. 막 부대로 배치되었을 때, 유격 훈련을 받았던 일이 떠올랐다. 유격 훈련을 마치고 마지막 코스인 행군 훈련을 하게 되었었다. 길을 따라 문혜리 쪽으로 한참 뛰어가는데, 지휘하던 유격대 조교가 부대를 시내 속으로 밀어넣었다. 행렬의 맨 뒤에 섰던 그도 사병들을 따라서 물속으로 들어갔다. 부대가 유격대의 지휘를 받았으니, 그가 사병들과 함께 물속으로 들어가는 것은 당연했다. 그래도 군화를 신은 채 차가운 물속으로 들어가는 것이 성가셔서, 장교들은 대부분 그냥 길을 따라 달렸다. 그가 물속으로 들어서자, 뒤를 맡았던 조교가 미안한 낯으로 '장교님은 안 들어가셔도 됩니다' 하고 말했다. 그는 고개를 끄덕이고서 그대로 물속을 첨벙거렸다. 곧 지친 사병들이 행렬에서 뒤떨어지기 시작했다. 그는 그 사병들을 따로 모아 대오를 맞추게 하고 연신 격려하면서 뛰었다. 많이 지친 녀석들의 총을 받아서 양손에 들고 뛰었더니, 그 조교가 '제게 주십쇼' 하고선 뒤따르던 구급차에 실었다. 마침내 한 녀석이 탈진해서 헉헉거렸다. 일과는 힘든데 밤엔 보초를 서느라 제대로 못 자고 먹는 것도 부실하니, 낙오하는 녀석들이 나오는 게 당연했다. 그는 조교에게 '이 아이가 몸이 좋지 않은데, 억지로 데리고 나왔더니……' 하고서 흘긋 구급차를 돌아보았다. 그러자 그 조교는 선뜻 '알겠습니다' 하고서 탈진한 녀석을 돌려세웠다.

졸아붙은 시내를 내다보면서, 그는 고마운 마음으로 그 작은 기억 한 토막을 음미했다. 망각의 늪에서 문득 떠오른 기억이 반가웠고,

부끄러운 기억들로 채워진 군대 생활에서 그래도 따스한 기억이 남아 있었다는 것이 고마웠다. 비록 아주 잠깐 아주 사소한 일을 두고서 마주했지만, 그와 그 조교 사이엔 서로 상대를 인정한 사람들 사이에서만 나올 수 있는 무엇이 있었고, 그 작은 무엇이 힘들고 어둑한 군대 생활을 한순간 견딜 만한 것으로 만들었었다.

차가 677대대에 가까워지자, 그는 왼쪽 산자락을 살폈다. '칠공주집'이 있던 곳이었다. 이름은 그럴 듯했지만, 실은 늙은 내외가 색시 한둘을 데리고서 술을 팔던 곳이었다. 대대 군인들이 술을 마시고 색시와 자곤 했었다. 이제 그 자리엔 커다란 붉은 벽돌집이 서 있었다.

"저 건물이 무엇이죠?" 그는 손으로 가리켰다. "저기 붉은 벽돌 건물 말입니다."

"저 건물요? 정신병원인데요."

"정신병원요?"

"예."

찬찬히 살펴보니, 육중한 건물이 정말 정신병원 같았다. 하긴 외지고 땅값도 쌀 터이니, 이런 곳에 짓는 것이 합리적일 터였다.

"저 자리에 정신병원이라." 그도 모르게 탄식이 나왔다.

문득 깊은 상실감이, 아까 지포리에서 느꼈던 것보다 훨씬 깊은 쓸쓸함이, 그의 가슴을 훑었다. 문혜리 초소에서 이쪽으로 접어들었을 때도, 그는 '칠공주집'은 떠올리지 않았고, 설령 떠올렸다 하더라도, 그 초가가 그대로 남아 있으리라고 생각하진 않았을 터였다. 그래도 그 술집이 있던 자리를 아예 깎아내고 들어선 건물은 이곳에서 보낸 그의 젊은 날에서 무엇을 지워버린 듯했다. '1960년대의 텃골이라는 시공이 영영 사라졌음을 그 건물은 붉은 인장이 찍힌 무슨 공식 증명서처럼 확인해주고 있었다. 이번 여행의 주제가 '상실'이고 그가 쓸 글의 주제도 '상실'이 되리라는 생각이 떠올랐다.

'도대체 내가 잃은 것이 무엇인가?' 그가 복무했던 때의 모습을 비교적 잘 간직한 부대를 지나면서, 그는 자신에게 물었다. 대답은 나오지 않았다. 군용도로를 따라 펼쳐지는 골짜기의 낯익은 모습들을 살피면서, 그는 되살아난 기억들을 시린 눈깔사탕처럼 마음속에서 굴리면서 음미했다.

저만큼 길가를 걸어가는 여군의 모습이 눈에 들어왔다. 이제 택시는 신술리의 66사단 본부에 다가가고 있었다. 그녀의 뒷모습이 문득 이한옥의 기억을 불러냈다. 가슴을 움켜쥔 절절한 그리움에 그는 두 손으로 앞 좌석을 꽉 잡고 눈을 감았다. 905지피에서 그녀와 헤어지던 일이 오래된 영화의 장면처럼 눈앞에 펼쳐졌다.

"이병장." 돌계단을 다 내려왔을 때에야, 이립은 말문이 트였다. "이병장, 나 내일 여길 내려가."

그녀가 멈춰 서서 그를 가만히 올려다보았다. 말뜻을 알아듣지 못한 것 같았다.

"나 이번에 제대하거든. 그래서 내일 원대 복귀해." 충격을 받은 듯 그녀의 얼굴에서 표정이 없어진 것을 보고, 그는 고개를 돌렸다. 어저께 조금 내린 비로 생기가 도는 유월 풍경이 눈에 아득히 들어왔다.

"현중위님께서도 이번에 제대하세요?" 그녀의 목소리에 떨림이 있었다.

말없이 고개를 끄덕이고서, 그는 그녀를 흘긋 쳐다보았다. 그녀의 얼굴이 갑자기 창백해진 것이 눈에 들어왔다. 가슴에서 독한 안개가 피어 올라와서 목을 뻣뻣하게 했다. "이젠 나갈 때가 된 것 같아서 이번엔 복무 연장을 하지 않았지." 알맹이 없는 얘기가 서투른 변명처럼 들렸다.

잠시 침묵이 무겁게 깔렸다. 흰 망사 장갑을 낀 손끝으로 눈가를 살짝 누르더니, 그녀가 고개를 들었다. "기쁘시겠죠. 축하 말씀 드려야겠네요."

마음을 다잡고, 그는 그녀에게로 몸을 돌렸다. "만나면 헤어지기 마련이라고 했으니까. 그동안……" 그는 손을 내밀었다.

그녀가 황급히 장갑을 벗었다.

꼭 어린애 손 같았다. 얼굴에 서글픈 웃음을 띠고, 그녀의 눈을 들여다보았다. 아득한 수평을 가진 바다가 이랑 긴 파도들로서 밀려오고 있었다. 밀려온 파도들이 곱게 씻긴 모랫벌 위에서 흰 거품으로 소리 없이 스러지고 있었다. 손에 힘을 주어 그녀의 손을 꼬옥 잡았다가 놓았다.

그녀가 더듬거리는 손길로 장갑을 꼈다. 다시 침묵이 무겁게 쌓이기 시작했다. "저 그럼 가보겠어요. 안녕히 계세요." 고개를 들더니, 그녀가 어렵게 덧붙였다. "현중위님. 현중위님, 행복하시길 빌겠어요."

그녀의 떨리는 목소리가 그의 가슴을 가득 채웠다가 멀리 사라져 갔다. 물결이 지나간 뻘엔 '행복'이란 말이 뾰족한 돌멩이로 박혀 있었다. 그는 고개만 끄덕였다.

그녀가 정색하더니 한 걸음 물러섰다. 어깨를 바로하고 그를 올려다보면서, 흰 장갑 낀 손을 들어 경례했다. "승공."

그의 눈을 가득 채운 흰 장갑 낀 손이 문득 아프게 흔들렸다. 마음을 다잡고서, 그도 바로 섰다. 정색하고서 답례했다. "승공."

그들은 그렇게 헤어졌다. 자신들의 연정이 열매를 맺을 길을 찾기엔, 그들은 너무 수줍었고 순진했었다. 비무장지대 안의 외딴 지피에서 만난 야전포병 관측장교와 대적선전대 여군은 연정의 위험한 공간을 건너뛰지 못하고 군대의 규율이라는 난간에 기대어 마주보곤 했었다. 차마 이름을 부르지 못하고 대신 군대의 규율에 맞춰 성에 계급을 붙여 서로를 불렀다. 그리고 '승공'이라는 군대 구호를 작별 인사로 삼았다.

그리움의 시린 물살이 잿빛 상실감으로 잦아졌을 때, 그는 무거운 눈을 뜨고 돌아다보았다. 낯설지 않은 길엔 아무도 보이지 않았다.

제13장

다리를 건넌 택시는 왼쪽으로 돌아 작은 길로 접어들었다. 안암산을 돌아 북쪽으로 가는 도로였는데, 하도 자주 다녀서 고향 길처럼 익숙했다. 낯익은 것들을 찾아, 이립은 오른쪽 산기슭의 모습을 살폈다. 북한으로 침투하던 부대의 지역 본부가 있던 곳이 나왔다. 어쩐지 음산한 느낌을 주는 건물이 두 채 서 있었는데, 지금은 다른 곳으로 옮겨간 듯했다.

자신도 모르게 앞자리를 두 손으로 잡았다는 것을 깨닫고, 그는 자세를 바로하면서 숨을 깊이 쉬었다. 곧 찰리 포대 추진진지가 나올 터였다. 그에겐 육십 평생에서 가장 괴로운 기억이 깃든 곳이었다.

155밀리 곡사포는 소형 핵탄두를 발사할 수 있었다. 그래서 그의 부대는 미군과의 합동작전으로 핵투발 모의 훈련을 정기적으로 했다. 당시 작전보좌관이었던 그는 사격지휘 장교로 그 훈련을 지휘했었는데, 판단을 잘못해서, 멀리 남방한계선 바로 아래에다 쏘라는

250

고폭탄을 바로 앞 능선에다 쏘았다. 그리고 그 일로 그의 부하 하나가 죽었다.

'이 근처일 텐데.' 그는 왼쪽 창으로 강둑을 살폈다. 강가로 뻗어 내려온 산자락을 따라 급히 도는 길이 나왔다. "여기 좀 세워주세요. 잠깐 둘러보고……"

"아, 예. 그러세요."

그는 천천히 차에서 내렸다. 가슴속에서 이름 모를 감정들이 독한 안개로 피어오르는 것을 느끼면서, 그는 한바퀴 둘러보았다. 그제야 그는 이곳이 사고가 난 지점이 아닐지 모른다는 생각이 들었다. 좀더 가야 사고 지점이 나올 것 같았다. 뭐 대수로운 일은 아니었다. 차가 강으로 구른 정확한 지점을 찾는 일이 중요한 것은 아니었다. 마른 풀줄기들이 바람에 흔들리는 강둑에 서서, 그는 처연한 눈길로 아래를 살폈다. 강은 얕았다. 병사 하나가 빠져 죽었다고 믿기 어려울 만큼 얕았다. 어쩔 수 없이 그 어둡던 겨울밤이 선연하게 떠올랐다.

이립이 무거운 상념에서 깨어났을 때, 차는 이미 낭떠러지 너머로 기울고 있었다. 이어 허옇게 얼어붙은 남대천이 맹렬하게 다가왔다. 셋이 탔다. 그와 사격 제원을 산출하는 계산병과 운전병이었다. 그리고 계산병 이순기만 죽었다.

그가 살고 이순기가 죽은 것은 그가 철모를 제대로 썼었고, 대개 실내에서 근무하는 녀석이 버릇대로 철모 내피만을 걸쳤기 때문이었다 할 수 있었다. 차가 낭떠러지 너머로 굴렀을 때, 가벼운 내피가 머리에 붙어 있을 리 없었다. 그러나 삶과 죽음이 엇갈린 것이 그 작은 사실 때문이었다고 할 수는 없었다. 실수의 궁극적 책임은 그에게 있었지만, 실수를 실제로 한 것은 녀석이었다. 그래서 녀석도 괴로워했었고, 차가 강으로 떨어졌을 때, 녀석도 그냥 눈을 감고 싶었을 터였다. 그리고 아마도 녀석은 그냥 눈을 감았을 것이었다.

그러나 그는 눈을 감지 않았다. 기를 쓰고 그 지옥에서 빠져나왔다. 사격지휘 장교로서 오천 미터 밖에다 쏘라는 포탄을 오백 미터 앞에다 쏘아놓은 터에, 선임 탑승자로서 교통사고까지 낸 것이었다. '현이립, 넌 이렇게 끝낼 수 없다. 살아야 한다. 살아서 책임을 져야 한다.' 그는 검고 차가운 물속으로 그냥 숨을 멈추고 가라앉으려는 자신을 그렇게 질타했었다. 가학과 피학이 뒤엉킨 쾌감 비슷한 것이 벌겋게 밴 마음으로.

당시 느꼈던 부끄러움과 죄책감의 기억은 아직 생생했다. 그러나 지금 마음속에 켜진 것은 열기 없이 그저 창백한 감정이었다. 그동안 세월이 많이 흘렀다는 것을, 그 세월이 한 일이 크다는 것을 그는 새삼 느꼈다.

그러고 보면, 그 자신도 많이 바뀌었다. 서른일곱 해의 세월을 사이에 두고 마주 선 젊은이와 늙은이는 어떤 점들에서 얼마나 같은 가? 어떤 점들에서 얼마나 다른가? 두 사람을 동일인이라고 할 근 거들은 무엇이고 얼마나 튼실한가?

그런 물음들이 마음을 스치는 사이, 그는 깨달았다, 지금은 젊었을 때보다 자신에게 너그러워졌다는 것을. 누구도 어느 수준까지만 자신에게 요구할 수 있다는 것을, 그보다 더 높은 수준을 요구하는 것은 일종의 오만이라는 것을, 그도 어느 사이엔가 받아들인 것이었다.

제14장

찰리 추진진지는 아직 그대로 있었다. 옥수수를 심었던 밭이었지만, 아는 눈길엔 포병 임시 진지의 흔적들이 이내 들어왔다.

'저리로 포차들이 들어와서…… 이쪽에 나란히 서고…… 사병들은 겨눔대를 들고 저리로 뛰겠지.'

하긴 이 근처에서 이곳보다 더 좋은 임시 진지를 찾기는 어려울 터였다. 무엇보다도, 포병 진지는 적당한 높이의 산줄기 뒤에 있어야 했다. 그리고 155밀리 곡사포 여섯 문을 단번에 제자리에 놓으려면, 접근로가 좋아야 하고 포를 뒤에 매단 포차가 움직일 공간이 필요했다.

그리움의 물살이 그의 가슴에서 차올랐다. 이어 다른 달갑지 않은 감정들이 뒤섞였다. 거품 이는 그 물살을 지그시 누르면서, 이립은 회상의 눈길로 진지를 둘러보았다. 이곳은 그에겐 그저 또 하나의 임시 진지가 아니었다.

'가상 적'과의 전쟁이 일어났을 때, 보병 제66사단의 작전 개념은

'조직적 철수에 의한 적 진출의 지연'이었다. 적군이 밀고 내려오면, 사단의 주력 부대는 적군으로 하여금 진출하는 데 많은 대가를 치르도록 강요하면서, 갈응봉과 명성산을 잇는 2차 방어선으로 철수하도록 되어 있었다. 사단이 점령한 금화 지역은 북쪽으로부터 기계화 부대가 공격해오기 좋은 지형이었다. 한탄강 줄기를 따라 평강에서 금화로 뻗은 너른 계곡이 좋은 접근로를 마련해주었고, 산줄기들이 모두 종격실이어서, 방어선다운 방어선을 칠 수 없었다. 더구나 작전 지역이 거의 다 오성산으로부터 감제되어서, 적의 화력에 병력이 그대로 노출되었다. 사단이 후방 사단인 보병 제65사단과 함께 2차 방어선에서 지연작전을 펴는 사이, 한강 북방에 있던 보병 제78사단이 올라올 터였다. 이어 초기 전투에서 피해를 입지 않은 78사단이 적군의 정면을 돌파하면, 방어하던 두 사단들도 반격에 나서서, 내려온 적군을 함께 밀고 올라갈 터였다. 적어도 작전 계획엔 그렇게 되어 있었다.

대대의 나머지 병력이 사단의 주력과 함께 철수하는 동안, 찰리 포대는 추진진지에서 일반 전초의 보병 연대를 도와 철수 부대들을 엄호하는 후위 작전을 수행하도록 되어 있었다. 그때 비무장지대 안에 있는 905지피의 관측장교였던 이립은 찰리의 눈 노릇을 할 터였다.

두 해 넘게 905지피에 머물면서, 찰리가 추진진지를 점령할 때마다, 그는 비감해졌었다. 철수 작전이 계획대로 이루어져 사단의 주력이 2차 방어선을 구축했을 때, 찰리가 철수하는 문제에 대해선 작전 계획에 나온 것이 없었다. 작전 계획을 세운 사람들도 사단의 후위 작전을 수행한 포대가 추진진지에서 철수하는 문제는 생각할 만한 가치가 없다고 보았던 모양이었다. 그때까지 살아남아서 부대 꼴을 유지했다 하더라도, 찰리가 갈 곳은 없었다. 무거운 155밀리 곡사포들을 끌고서 오성산에서 빤히 내려다보이는 지경리 고갯길을 넘을 수는 없을 터였다. 그리고 찰리의 운명이 결정되기 훨씬 전에, 905지피의 운명은 결정되었을 터였다.

저 아래 길가에서 택시 기사가 담배를 피우며 그를 살피고 있었다. 아무것도 없는 밭에 서서 두리번거리니, 택시 기사로서야 요량하기 힘들 터였다.

청와대를 습격하려고 김신조 일당이 넘어오고, 이어 '푸에블로호' 납치사건이 일어났던 때가 가장 긴박했었다. 찰리가 추진진지를 점령하고 방렬을 완료했다는 대대 작전주임의 음어 통신문을 읽었을 때, 그는 꽤나 비감했었다.

그때를 회상하는 그의 입가에 흐릿한 웃음이 어렸다. 적절한 지역 표적을 몇 개 골라서 보고하라는 명령이 내려왔을 때도, 그 지역 표적들이 핵투발을 위한 것임을 짐작했을 때도, 그는 속마음을 드러내지 않았었다. 사병들 앞에서 약한 모습을 보일 수도 없었지만, 갑자기 심각해져서 말수가 적어진 사병들을 다독거리느라, 그는 두려움을 제대로 느낄 겨를도 없었다.

해가 기울자, 상황이 갑자기 긴박해졌다. 중대본부 얘기로는, 지경리에 있는 전차 중대가 토성리의 추진진지로 이동하고 있었고, 사단 공병대가 남방한계선 바로 아래에 대전차지뢰 장벽을 준비하고 있었다.

'하필 내가 지피에 올라와 있을 때……' 쓸쓰레하게 입맛을 다시면서, 이립은 북쪽 엄폐호로 들어섰다.

포대경 앞에서 서성거리던 한재홍이 걱정스럽게 물었다. "포대장 님, 어떡하죠? 전쟁이 나면?"

"어떡하다니? 전쟁이 나면, 싸우는 거지. 아직 그것도 모르고 있었나?"

"그야 그렇지만, 그래도⋯⋯"

"뭐가 그래도야? 너희들은 그저 지피장이 지시하는 대로 싸우기만 하면 되는 거다. 걱정은 지피장이 하는 거고. 알겠나?"

"예." 녀석이 얼굴에 겸연쩍은 웃음을 띠면서, 손등으로 턱을 문질렀다. 다시 포대경 앞으로 다가서는 녀석은 마음이 좀 가라앉은 것 같기도 했다.

그는 속으로 씁쓸한 웃음을 지었다. 급할 때는, 군대 생활을 열 몇 해씩 한 상사도 막 부임한 새파란 소위의 얼굴을 쳐다보게 마련이었다. 자리가 사람을 만드는 것이었다.

담배를 빼어 물고서, 그는 북쪽 총안으로 가서 밖을 내다보았다. 녀석을 격려하다 보니, 자신도 좀 차분해지는 것 같았다. '하긴 간단하지. 전쟁이 나면, 싸우는 거지. 155밀리 곡사포로. 곡사포가 없어지면, 60밀리 박격포로. 그것도 없어지면, 카빈으로. 카빈 총탄이 떨어지면, 대검을 꽂고서. 걱정은 후방에 있는 높은 사람들이 할 일이고⋯⋯ 그 전쟁의 뜻을 헤아리는 일은 후세의 역사가들에게 남겨질 일이고. 나는 그저 적을 적으로 알고 싸우면 되는 거지.'

그러나 이 추진진지가 늘 그의 마음 가장 어두운 구석에 자리 잡았던 가장 큰 까닭은 역시 그가 결정적 실수를 저지른 것이 하필이면 미군과의 합동작전에서였다는 사실이었다.

전포대를 덮은 얼어붙은 어둠 속으로 누가 다가왔다. "훌륭한 사격이었습니다. 나는 이제 돌아가봐야겠습니다."

멍한 마음으로 이럽은 존슨 중위가 내민 크고 두툼한 손을 잡았다. "안녕히 가십시오." 목소리가 갈라져 나왔다.

존슨 중위가 돌아서서 몇 걸음 걸어갔을 때에야, 그 미군이 한 말의 뜻이 그의 의식 속으로 들어왔다. 불덩이 같은 수치심이 그의 마음을 지졌다. 코에서 단내가 났다.

아까 존슨 중위가 전포대 사병들이 사격 준비를 하는 것을 신기하다는 표정으로 보고 있을 때, 그는 생각했다. '존슨 중위, 너무 우습게보지 마시오. 당신이 보다시피, 우린 가난한 나라의 군대요. 디트로이트의 크라이슬러 공장에서 이차 대전 중에 만들어진 낡은 차량 견인식 곡사포로 무장하고 당신네 나라에서 만들어진 포탄을 쏘는 군대요. 그것도 당신네 육군의 야전 교범에 나온 교리에 따라 쏘고 있소. 그래도 우리 야전 포병은, 적어도 내가 사격지휘 장교로 있는 제여섯칠칠 야전 포병대대만큼은, 당신네 어떤 야전 포병부대에도 뒤지지 않게 포를 쏠 수 있소. 이제 보쇼, 우리가 어떻게 포를 쏘는가.' 이제 그 미군에게 한국 육군의 야전 포병이 얼마나 멋지게 포를 쏘는가 보여준 것이었다.

그래서 이미 견디기 힘들었던 부끄러움은 한껏 달아올라 그의 가슴을 지졌고 그의 가슴에 징그러운 흉터를 남겼다. 그 일은 외국인들과의 교섭에서, 특히 앞선 나라들의 시민들과의 교섭에서, 그의 마음이 예민하게 반응하도록 만들었다. 마치 사람의 살이 어떤 자극에 너무 예민해져서 알레르기 반응이 나오는 것처럼. 그리고 그로 하여금 주변부의 지식인이라는 자신의 정체성에 대해 일찍 깨닫도록 만들었다.

1960년대 말엽 그가 군복을 벗고 사회에 나왔을 때, 그가 맡은 일들은 모두 외국인들과 교섭하는 일들이었다. 당시 한국 사회는 경제 발전을 위해서 막 이륙하는 사회였다. 그래서 이륙에 필요한 추진력을 얻기 위해서 해외로부터 막대한 자원들을, 자본과 기술과 지식을, 받아들이고 있었다. 사정이 그러했으므로, 그는 늘 외국인들에게 아쉬운 소리를 해야 했다. 보다 많은 차관과 원조를 보다 좋은 조건으로 들여오고, 외상으로 원자재를 수입하고, 아직 만들어지지도 않은 생산품에 대한 선수금을 받아서 원자재 대금을 결제하고. 국내에서 아무도 모르는 기술을 들여오면서 속지 않으려고 노심초사하고, 연수생들을 외국 회사 공장으로 내보내고, 외국 학자들과 기술자들을 초빙해서 그들의 머릿속에 든 지식들을 국내 기술진들이 습득하도록 하고. 그런 일들을 하면서, 그는 가슴에 새겼다, 돈 없고 아는 것이 적으면, 누구도 당당할 수 없다는 사실을.

그런 경험은 이미 예민해진 그의 마음에 열등감을 낳을 만했다. 그러나 그는 열등감을 어찌어찌 통제할 수 있었고 끝내는 그것을 풀어냈다. 핏줄기를 타고 흐르는 독한 무엇을 분해해서 밋밋한 물로 바꾸는 것처럼. 뒤진 주변부 사람들이 앞선 중심부 사람들에게 품게 마련인 그 깊은 열등감을 자신이 어떻게 마음속에서 풀어낼 수 있었는지, 그는 아직도 알지 못했다. 당시의 기억들 가운데 오뚝 선 기억 하나에서 어쩌면 그 힘든 과정을 엿볼 수 있을지 몰랐다.

그의 두번째 일터는 제련회사였는데, 일본의 차관으로 공장을 지었다. 자금도 기술도 넉넉지 못했으므로, 회사는 전망이 처음부터 밝지 못했다. 마침내 회사가 아주 부실해져서, 수입한 원자재의 값을 제때에 치르지 못하는 일이 많아졌다. 그는 거래처들에 그런 사정을 알리고 양해를 구하는 편지를 자주 써야 했다. 쉬운 일이 아니었다. 상대가 너그럽게 나올 만큼 공손하면서도 비굴함이 느껴지지 않을 만큼 품격이 있는 편지를 쓰는 일이, 그것도 영어로 쓰는 일이, 쉬울 리 없었다. 어떤 날은 그런 편지 한 통을 쓰고 나면, 맥이 풀리고 머리가 무거워서, 더 일하기 힘들었다.

회사 사정이 점점 어려워져서, 회사가 빚을 갚을 힘이 없다는 것을 거래처들도 뻔히 알게 되었다. 그때도 그는 '언제까지는 빚을 갚을 듯하니, 거듭 귀사의 친절한 협조를 바랍니다'라고 썼다. 그것이 빈말인 줄 모두 알았지만, 일이 돌아가려면, 편지는 오가야 했다. 월급이 제때 나올 리 없어 하숙비가 여러 달 밀린 처지에서, 그런 편지를 써 들고 외국 회사 서울 지점들을 찾아 나서던 때의 참담함이라니.

당시 그의 회사가 거래하던 곳들 가운데 유대계 회사가 있었다. 유대계 회사들이 야무지다는 평판에 걸맞게, 그 회사는 빈틈을 보이지 않았다. 어느 여름날 그는 아쉬운 소리를 하는 편지를 써 들고, 그 회사의 서울 지점을 찾았다. 그의 편지를 읽더니, 지점장은 웃음이 담긴 눈길로 그를 잠시 바라보았다. 그리고 정색하고서 말했다, "미스터 현, 당신은 참으로 아름다운 비즈니스 레터를 씁니다."

어쩌면 그것인지도 몰랐다. 비참한 처지에서도 품위를 지키려 애쓰는 사람은 그렇지 않은 사람과 다르고, 세상엔 그런 차이를 아는 사람들이 있었다. 상대가 그런 차이를 모르는 사람이면, 그는 어깨를 추썩이고 돌아섰다, 잘못된 것은 상대라는 확신으로. 1970년대 초엽 어느 무덥던 여름날 북창동의 사무실에서 나이 지긋한 유대인 비즈니스맨이 정장을 하고 땀을 흘리는 그에게 해준 칭찬 한마디는 그의 마음속에 뜻 깊은 이정표로 남았다.

언제였나 확실치는 않았지만, 그는 차츰 한국 사회로 밀려들어오는 사람들과 자원들이 본질적으로 지식의 유입이라는 사실을 의식하게 되었다. 사람의 머릿속에 들었든, 기계 속에 담겼든, 자본이라는 형태로 들어오든, 기술이라는 모습을 하든, 앞선 사회들에서 밀려들어오는 것은 본질적으로 지식이었다. 그리고 그런 지식의 유입이 원활하고 효율적이 되도록 돕는 것이 그의 일이었다. 회사원으로서나 지식인으로서나.

막 이륙 단계에 들어선 한국과 앞선 나라들 사이에 있는 '지식의 물매'가 워낙 쌌으므로, 그가 선 비탈은 가파를 수밖에 없었다. 그 비탈을 타고 쏟아지는 지식의 물살에 휩쓸리지 않고 균형을 유지하는 일은 어려웠다. 그가 균형을 유지하고 주변부 지식인이라는 정체성을 잃지 않을 수 있었던 것은 그가 일찍이 중심부에 대한 열등감을 풀어낸 덕분이었다. 강한 상대에게 무턱대고 달려들지 못하게 한다는 점에서 열등감은 개체에게 적응적이었고, 자연히, 누구도 그것을 마음 한구석에 밀어넣고 외면할 수 없었다. 특히 지식인들은 늘 보채는 그것을 달래느라 애를 먹어야 했다. 그러다 보면, 가파른 비탈에서 균형을 잡는 일에 마음을 쏟을 수 없었다. 그래서 앞으로 넘어져서 스스로 중심부에 흡수되거나 미끌어져서 국수주의자가 되곤 했다.

260

능선은 345미터 고지에 가려져 있었다. 갠 하늘 아래 새끼손톱만 한 태극기가 외롭게 나부끼고 있었다.

트럭이 검문소를 지나자, 지피는 산자락 뒤로 사라졌다. 문득 '과거'라는 말이 머릿속을 스쳤다. 화집점 부라보 델타 519, 좌표 찰리 탱고 5975 4293, 표고 498미터─ 905지피는 이제 과거였다. 그 너머로 세월을 아랑곳하지 않는 오성산이 서늘한 암청의 이마로 하늘을 받치고 있었다.

이제 그 과거가 그를 마주하고서 답변을 요구하고 있었다. 안타깝게도, 그는 녀석들이 듣고 싶어 하는 얘기를 해줄 수가 없었다. 세상이 바뀌는 사이에 어찌어찌하다가 그들의 죽음은 별 뜻을 지니지 못한 것이 되었다. 그들의 죽음 덕분에 태어나고 자랄 수 있었던 세대가 그들을 '미제의 용병'이라 부르는 세상이 된 것이었다.

가슴에서 울컥 치민 무엇을 지그시 누르면서, 그는 눈길을 돌려 오성산 오른쪽 줄기에 있는 저격능선을 살폈다. 아군과 중공군이 수류탄 투척전을 벌였던 그곳에서 죽은 그 많은 사람들도 이제는 잊혔다. 그들의 죽음을 기억하는 사람은 드물었고, 그들의 죽음을 기리는 사람은 더욱 드물었다. 어찌어찌하는 사이에 그 많은 죽음들이 모두 뜻을 잃은 것이었다.

당시 군복을 입은 사람들은 모두, 어쩌면 지금도 그렇겠지만, '군대에서 죽는 건 개죽음'이라고 했었다. 그러나 그들은 의심하지 않았다, 만일 그들이 죽으면, 그들의 죽음은 나라를 위한 희생이라고 기림을 받으리라는 것을. 이제 녀석들은 자신들의 억울하도록 아까운 죽음이 헛된 것이었음을 보고 있었다. 그리고 이곳에 돌아온 905

지피 선임장교인 그에게 묻고 있었다, '포대장님, 우리 죽음을 그렇게 헛된 것으로 만든 세상이 어떻게 정의로울 수 있습니까?'

그의 너그러움에 고무되어, 나는 생각들을 서슴없이 밝혔다. 나는 조선조의 한글 문학을 높이는 그의 태도에 비판적이었다. 그가 프로이트에 크게 의존하는 것에도 회의적이었다.

어느 날 속에 있던 생각이 저 혼자 밖으로 나왔다. "선생님, 다음 세대에 누가 평론가의 글을 읽겠습니까? 사람들이 선수는 오래 기억하지만, 코치를 누가 기억합니까?" 그 얘기에 그가 어떤 반응을 보였는지 기억이 없으니, 그가 화를 내지 않은 것만은 확실하다.

끝내 나는 그의 노여움을 샀다. '1980년의 광주'에 대해서 호남이 고향인 그는 '소유적' 태도를 보였다. 아마 그도 알았으리라, 그런 태도가 그 사건이 지닌 뜻을 줄인다는 것을. 그런 생각이 그의 노여움을 더 크게 했는지도 모른다.

어쨌든, 그는 내 시집을 내기 위해서 애썼다. 그러나 등단도 하지 않은 무명 시인의 시집을 선뜻 펴낼 출판사가 어디 있겠는가. 그는 나를 달랬다, 먼저 추천 절차를 밟으라고. 문단 선배의 지우(知遇)를 입는 것이 도움이 되리라는 점을 지적하면서. 그가 마음에 두었던 '문단 선배'는 김춘수였다. 그를 통해서 나는 또 한 분 스승을 뵈었다.

그가 나를 잊을 만하면 나는 그의 아파트를 찾았다. 일요일 오후에. 위스키 한 병을 들고. 그는 으레 코냑을 내놓았다. 우리는 청마와 손창섭에 대한 홀대를 개탄했고 과대평가 되었다고 여긴 사람들에 대한 험담을 즐겼다.

당연히 자리가 즐거웠다. 우리가 대체로 의견이 비슷했다는 사정은 자리를 더욱 즐겁게 했다. 그와 나는 자라난 환경과 배운 분야와 종사하는 직업이 전혀 달랐다. 그는 문단의 한복판에 있었고, 나는 문단에 아는 사람이 하나도 없었다. 그렇게 겹치는 부분이 드문 두 사람이 그렇게 판단이 비슷했던 것은 지금도 신기하다.

내가 생각할 수 있는 가장 그럴 듯한 설명은 둘 다 지적으로 무척 야심찬 지식인들이었다는 점이다. 그는 내가 만난 지식인들 가운데 가장 야심찬 사람이었다. 그는 자기 분야에서 가장 뛰어나기를 바랐을 뿐 아니라 창조적 업적을 남기고 싶어 했다. 그런 야심은 그로 하여금 자신이 주변부의 지식인이라는 사실을 늘 의식하도록 만들었다. 자연히, 우리는 우리 사회의 모든 현상들을 세계적 맥락에서 살폈다.

그가 내게 뜻밖의 관심과 호의를 보인 것도 그 점 때문이었는지 모른다. 그는 당돌한 나에게서 주변부가 강요하는 제약들을 자신의 재능만으로 뛰어넘으려는 야심찬 지식인을, 즉 자신의 모습을, 본 것이 아니었을까.

평론가들의 '영구적 적의'를 살 발언이지만, 평론가의 글이 한 세대 뒤면 잊힌다는 얘기는 맞다. 시나 소설보다는 그것들에 대한 평론이 어쩔 수 없이 먼저 바랜다. 그러나 김현의 평론들은 '규칙을 증명하는 예외'다. 그의 글들 가운데 가장 빼어난 것들은 내 생각엔 김춘수와 최인훈에 관한 평론들이다. 그것들은 위대한 작가들과 주파수를 맞출 수 있는 위대한 평론가만이 낳을 수 있는 보얀 알들이다. 그런 생각은 내게 특별한 즐거움을 준다. 김춘수는 나를 시인으로 세상에 내보낸 스승이고 최인훈은 내가 소설가로서 사숙한 스승이다.

사제의 관계에서 개인적 차원이 있는 두 분과는 달리, 최인훈은 내겐 개인적 차원이 없는 스승이다. 내 세대의 다른 문인들과 마찬가지로 나는 그의 너른 그늘 속에서 자랐다. 눈길이 닿는 곳마다 그의 발길이 있었고, 그 발길은 아득한 곳으로 뻗었다. 언제였는지는 기억이 없지만, 나는 그의 압도적 영향에서 벗어나야 한다는 것을 깨달았다. 지식인은 스승의 그늘에서 벗어나야 비로소 뜻있는 일을 이룰 수 있고, 스승의 그늘을 벗어나는 계기와 방식은 지식인의 운명에 결정적 영향을 미친다. 최인훈의 그늘을 벗어나는 과정은 나의 문학 수업에서 내가 당시 인식한 것보다 훨씬 중요한 사건이었다.

김현을 마지막으로 만난 것은 문학과지성사의 사무실에서였다. 이미 병이 깊어져서, 그는 수척했다. 혼자서 잡지를 읽던 그는 늘 그랬듯이 나의 생계부터 물었다. 이어 요즈음 무슨 작업을 하느냐고 물었다. 과학과 종교와 예술을 지식의 관점에서 통합하는 길을 모색한다는 대답을 듣자, 그는 소리 내어 웃었다. "지식 대통합 이론이구면." 그리고 잠시 생각하더니, 정색하고 말했다. "그거 그럴 듯한 얘긴데. 이거 읽던 거 마저 읽고서 얘기합시다." 그가 그 글을 읽는 사이에 다른 사람들이 들어왔고, 그 얘기를 이을 기회는 사라졌다.
그 일을 하면서, 나는 자주 생각했다. '만일 내가 선생님과 함께 그 일을 했다면.' 여러 해 뒤 '지식에 관한 지식'을 어느 정도 얻고서, 나는 내가 틀을 제대로 잡았음을 알았다. 그러나 생물학이나 심리학의 지식을 제대로 갖추지 못했던 터라, 우리가 개척적 업적을 남길 수는 없었을 것이다. 아마도 자신들이 힘들게 생각해낸 것들이 모두 재발명들임을 발견하고서, 주변부 지식인의 시린 비애를 한 번 더 맛보았을 터이다. 그러나 그와 함께 지식의 통합이라는 높은 봉우리를 오르는 과정은 순수한 즐거움이었으리라.

그뒤로 나는 내가 추구하는 지식의 통합에 대해 다른 사람과 얘기하지 않았다. 어떤 뜻에선, 그것이 너무 일찍 경력을 마감한 스승을 추모하는 내 나름의 방식이었다.

그가 나를 선수로 세상에 내보냈을 때, 나는 이미 마흔이 넘었었다. 내가 학교에서 배운 것은 문학에 가장 이질적인 '장사'였고 첫 직장은 은행이었다. 그래서 나는 '섹시'한 신인이 못 되었다. 그래도 그는 내게 마음을 쏟았다. 논쟁적 글쓰기나 텔레비전의 리포터 노릇과 같은 '가외 활동'들에 대해서도 그는 조언을 했다. 어쩌면 그는 일찍이 느꼈는지도 모른다, 내가 자신이 조련한 마지막 선수가 되리라는 것을.

그가 세상을 떠난 뒤, 나는 겨우 여섯 편의 소설을 썼다. 나는 이 사회가 나를 이념적 전선으로 불러낸다고 판단했고, 시간의 큰 부분을 논쟁적 글쓰기에 바쳤다. 분명히 그는 그런 판단을 안타까워했을 것이고, 어쩌면 나의 극단적인 자유주의 이념에 공감하지 않았을 것이다. 그래도 그는 나를 이념적 전선으로 밀어낸 논리를 이해하고 세상의 비판으로부터 나를 감싸려 했으리라고 나는 믿는다.

"약간의 의미의 굴절은 감수해야 하겠지만, 최인훈씨는 쥘리앙 방다의 표현을 빌리면 '지적 성직자'이다. 〔……〕 그의 임무를 탓하든 탓하지 않든, 성직자에겐 모자를 벗는 것이 예의이다." 스승이 위대한 자유주의 사상가의 말씀을 빌려 또 한 분 스승을 변호한 것은 내 마음을 든든하게 한다.

이제 나는 그보다 열두 살을 더 살았다. 그래도 내 작품을 읽는 그를 떠올리면, 나는 원고를 들고 그를 찾았던 젊은이로 돌아간다. 책을 펴낼 때마다, 나는 자신에게 묻곤 한다, '선생님의 첫마디는 무엇일까?'

내가 『비명을 찾아서』의 원고를 그 앞에 내놓고 주제를 설명하자, 그는 대뜸 물었다, "이광수는?" 득의의 불꽃이 문득 내 마음속 하늘을 밝혔다.

그는 늘 주제의 가장 본질적 부분을 이내 찾아냈다. 전설이 된 그의 '지적 후각'은 정말로 예민하고 정확했다. 실은, 그 작품을 시작했을 때, 나는 춘원에게 특별한 자리를 마련하지 않았었다. 이야기가 상당히 나아간 뒤에야, 내 이야기가 춘원의 문제와 필연적으로 부딪힌다는 것을 깨달았다. 춘원이 맞은 문제는 적응이었고 그래서 그의 경험은 보편적이었다. 스승과 내가 춘원의 삶에 적응의 관점에서 접근했다는 점은 내겐 뜻이 크다. 조지 윌리엄스의 통찰대로, 적응은 삶의 가장 근본적 현상이고 진화도 적응의 부산물에 지나지 않는다. 그리고 헨리 플로트킨의 지적대로, 적응 자체가 지식이다. "적응들은 생물적 지식이고, 우리가 일상적으로 그 말을 이해하는 바로서의 지식은 생물적 지식의 특별한 경우다." 우리는 지식을 추구하는 일에서 거의 본능적으로 옳은 길로 접어든 것이었다.

지금 나는 땀 젖은 몸으로 묵묵히 지켜본 코치 앞에 섰다. 그의 첫마디가 무엇일까 궁금해하면서.

이제 나는 그에게 빚이 없다.

2006년 3월
복거일